리어 왕

윌리엄 셰익스피어

리어 왕

판본 편집/주해 조지 헌터
서문 키어넌 라이언
김태원 옮김

펭귄클래식코리아

리어 왕

1판 1쇄 발행 2014년 4월 18일
1판 17쇄 발행 2022년 7월 4일

지은이 | 윌리엄 셰익스피어 옮긴이 | 김태원
발행인 | 이재진 단행본사업본부장 | 신동해
편집장 | 김경립 마케팅 | 최혜진 이은미 홍보 | 최새롬
국제업무 | 김은정 제작 | 정석훈

브랜드 펭귄클래식 코리아
주소 경기도 파주시 회동길 20
문의전화 031-956-7066 (편집) 02-3670-1123 (마케팅)
홈페이지 www.wjbooks.co.kr
페이스북 www.facebook.com/wjbook
포스트 post.naver.com/wj_booking

발행처 ㈜웅진씽크빅
출판신고 1980년 3월 29일 제406-2007-000046호

Penguin Classics Korea is the Joint Venture with Penguin Random House Ltd. Penguin and the associated logo are registered and/or unregistered trademarks of Penguin Random House Limited. Used with permission.
펭귄클래식코리아는 펭귄랜덤하우스와 제휴한 ㈜웅진씽크빅 단행본사업본부의 브랜드입니다. 펭귄 및 관련 로고는 펭귄랜덤하우스의 등록 상표입니다. 허가를 받아야만 사용할 수 있습니다.

이 책은 저작권법에 따라 보호받는 저작물이므로 무단 전재와 무단 복제를 금지하며, 책 내용의 전부 또는 일부를 이용하려면 저작권자와 ㈜웅진씽크빅의 서면 동의를 받아야 합니다.

한국어판 ⓒ 웅진씽크빅, 2014
본에 대하여/주해 ⓒ 조지 헌터, 1972, 1996/펭귄랜덤하우스

ISBN 978-89-01-16356-7 03840

- 잘못된 책은 구입하신 곳에서 바꾸어 드립니다.
- 책값은 뒤표지에 있습니다.

차례

셰익스피어를 읽기에 앞서 · 7
셰익스피어 작품 연보 · 19
서문/위대한 비극 『리어 왕』 · 23
『리어 왕』 공연의 역사 · 74
판본에 대하여 · 88

리어 왕 · 99

주해 · 304

셰익스피어를 읽기에 앞서

스탠리 웰스

셰익스피어가 쓴 극작품들은 모두 특별하다. 이 점은 그가 지닌 위대함의 일부이다. 끊임없이 지칠 줄 모르는 실험을 시도한 극작가였던 그는 한 작품에서 다음 작품으로 넘어갈 때마다 예술적 깊이와 특별한 전문성을 혼합하는 진기한 능력을 보여 주었다. 결코 관습에 얽매이지 않았기 때문에, 그는 매 작품마다, 또한 작품들 내에서도 배우들에게 진지한 역할과 익살스러운 역할을 번갈아 가며 부여했고, 이는 그가 작업을 한 작품 체계가 필요로 한 원칙이었다. 그리고 이러한 원칙이 그의 상상력에 귀중한 자극을 주었다. 이 펭귄클래식 시리즈에 포함된 개별 작품에 대한 서문은 각 작품의 개별적 특성을 정의하려고 시도한다. 하지만 이러한 개별적 특성 외에도 셰익스피어의 특별한 작품 경력을 지지해 주는 공통 요소들이 존재한다.

그가 남겨 놓은 것들 중에 어떤 것도 그의 천재적 재능이 어떻게 생겨났는가를 설명할 만한 실마리를 제공하지는 않는다. 1564년 그가 태어났던 스트래트포드 어폰 에이븐에서의 양육 과정도 예외는 아니다. 그의 어머니 메리 아든은 성공적인 농업

가문 출신이었다. 그녀의 아버지는 그녀의 8명의 자매들과 4명의 의붓자식들 중에서 10대 후반이었던 그녀를 자신의 유언 집행인으로 지정했다. 이 사실은 그녀가 보통 이상의 실용적인 능력을 지니고 있었다는 것을 말해 준다. 장갑 제조업자였던 그녀의 남편 존 셰익스피어는 분명히 글을 쓸 줄은 몰랐지만, 그럼에도 불구하고 능력 있는 사업가였고 성실한 시민이었다. 그는 말년에 상대적으로 힘든 시기를 겪은 것으로 보인다. 그는 가톨릭 신도로 양육을 받았으며, 가톨릭적 공감을 지니고 있었을 것으로 보이지만, 그의 아들은 전 생애 동안 공적으로는 영국 국교회주의를 표명했다.

셰익스피어에게 가장 중요한 영향을 끼친 곳은 그의 학교였다. 1568년 지방 행정관이 된 읍 참사 회원의 아들로서 그는 마을의 그래머 스쿨에 다닐 수 있는 권리가 있었다. 이곳에서 그는 오비디우스, 키케로, 퀸틸리아누스 같은 작가들을 공부하면서 고전 수사학과 웅변술에 기초한 교육을 받았을 것이고, 어린 시절부터 라틴어로 읽고, 말하고, 쓰고, 심지어 생각하도록 요구받았을 것이다. 이러한 고전 교육은 작가로서의 이력 초반부터 마지막까지 셰익스피어의 작품 속에 스며들어 있다. 그 영향은 『타이터스 안드로니커스 Titus Andronicus』, 『실수 연발 The Comedy of Errors』과 같은 1590년대 초반의 극작품들과 『비너스와 아도니스 Venus and Adonis』(1592~1593), 『루크리스의 능욕 The Rape of Lucrece』(1593~1594)과 같은 설화시들에서 나타나는 자의식적인 고전주의에서 분명하게 드러나며, 이는 그의 후기 작품들에도 분명하게 드러나 있어서, 1607년부터 1611년 사이에 쓰인 『페리클레스 Pericles』와 『심벨린 Cymbeline』, 그리고 『태풍 The Tempest』에 나오는 가면극의 꿈같은 환상들을 설명해 준다. 그러한 영향은 그의 경력 전체에 걸쳐서 문학적 스타일을 변화시킨다. 가장 초기의 작품들에는 10개의 음절과 5개의 강세를 지닌 약강 오보격에 기초한 운문이 주로 정형화되어 있다. 두운법칙과 대조법, 광범위한 직유와 정교한 말장난같이 고전 문학 작품에서 유래한 수사 기법들이 많이 있다. 『사랑의 헛수고 Love's Labour's Lost』와 『한여름 밤의 꿈 A Midsummer Night's Dream』에서처럼, 그는 자주 서정시와 연관된 운율 패턴을 사용하여, 각 행에서 의미상 독립적이며 정교한 비유적 표현을 운문뿐만 아니라 산문에도 적용하고 있다. 언어적으로 많은 변화가 있던 시기에 글을 썼기 때문에, 셰익스피어는 자주 라틴 어법을 영어에 도입하여, '절제하는(abstemious)', '중독(addiction)', '붉게 물들이다(incarnadine)', '부속물(adjunct)' 같은 단어들을 만들어낸다. 그는 또한 비숍 성서와 제네바 성서 등 뛰어난 성서 번역본에도 크게 영향을 받았다. 경험이 늘어감에 따라, 그의 운문과 산문은 더욱 유연해지고, 일상적인 대사의 리듬을 더욱 잘 수용하며, 『로미오와 줄리엣 Romeo and Juliet』에 등장하는 유모의 대사들과, 폴스타프와 햄릿의 특징적인 산문에서처럼 표현법이 더욱 구어체가 된다. 그리고 그 결과로서 심리적 사실주의가 점차 늘어나서 『햄릿 Hamlet』, 『오셀로 Othello』, 『리어 왕 King Lear』, 『맥베스 Macbeth』, 그리고 『안토니와 클레오파트라 Antony and Cleopatra』에서 최고의 절정에 도달하게 된다. 점차로 그는 오보격의 규칙적인 강세를 적용하는 방법을 발견했으며, 이 방법을 생각과 느낌을 연결하는 대단히 유연한 수단으로 삼게 된다. 극작 말기에 쓰인 『겨울 이야기 The Winter's Tale』, 『심벨린』, 그리고 『태풍』 같은 작품들에 이르러서는 좀 더 두드러지게 상징적이고 표상적인 방식을 자신의 창작 과정에서 유지하는데, 이때 그는 좀 더 특별한 양식을 갖춘 스타일을 채택한다.

　우리가 아는 한, 셰익스피어는 1582년에 여덟 살 연상인 앤 해서웨이와 결혼한 후까지 스트랫포드에서 살았다. 그들에게는 자녀가 셋 있었는데, 결혼하고 나서 6개월이 지나지 않아 태어난 딸 수잔나와 1585년에 태어난 쌍둥이 햄닛과 주디스가 그들이다. 셰익스피어의 생애에서 그 이후 7년의 기간은 실제로 백지처럼 텅 비어 있다. 예를 들어 그가 학교 선생님이나 혹은 변호사, 혹은 군인, 혹은 선원이 되었을 수도 있다는 추측들은 이를 뒷받침할 만한 증거가 부족하다. 인쇄물에서 최초로 그에 대한 언급이 나오는 로버트 그린의 소책자, 1592년에 나온 「그린이 많은 후회로 얻은 서푼어치의 기지」는 『헨리 6세 제3부 *Henry VI, Part III*』의 한 행을 희화하는데, 이는 셰익스피어가 이미 확고하게 기반을 잡은 극작가였다는 점을 암시한다. 쌍둥이가 태어난 이후 어떤 알려지지 않은 시점에 그는 극단에 참여했으며, 지방과 런던에서 배우이자 극작가로서 경험을 쌓았던 것 같다. 런던의 극장들은 1593년과 1594년에 흑사병 때문에 문을 닫았다. 그리고 이 기간 동안 아마도 그는 다른 직업이 필요하다는 것을 깨닫고, 설화시인 『비너스와 아도니스』 그리고 『루크리스의 능욕』을 쓰고 출간했다. 이 작품들은 셰익스피어 자신이 직접 인쇄 작업을 담당했던 것으로 우리가 확신할 수 있는 유일한 작품들이다. 각 작품에는 사우샘프턴 백작 헨리 리오세슬리에게 바치는 작가의 헌사가 있는데, 첫 번째보다 두 번째 헌사가 더 따뜻한 어투로 쓰여 있다. 셰익스피어보다 10년이나 더 젊었던 사우샘프턴 백작은 셰익스피어가 개인적으로 작품을 바친 유일한 사람이다. 백작은 셰익스피어의 친한 친구였으며, 아마도 셰익스피어가 그의 소네트에서 찬양하는 아름답고 사랑스러운 젊은이였을 것으로 추정된다.

흑사병이 돌던 기간이 지난 후에 연극 공연이 재개되자 '체임벌린 경의 극단(Lord Chamberlain's Men)'이 생겨났는데, 셰익스피어는 남은 생애 동안 배우이자 소유주, 그리고 극작가로서 이 극단에 소속되었다. 이 기간 동안 어떤 다른 극작가도 셰익스피어만큼 한 극단과 이처럼 안정된 관계를 유지하지 못했다. 셰익스피어는 그가 쓰는 작품을 연기할 배우들을 알고 있었고, 그들이 공연했던 상황을 알고 있었다. 그 상설 극단은 12명에서 14명의 연기자들로 구성되어 있었지만, 한 배우가 흔히 한 작품에서 하나 이상의 역할을 했고, 필요할 경우에는 추가로 배우들이 고용되었다. 이 극단은 비극 배우인 리처드 버비지(1568~1619)와 희극 배우인 윌 켐프(1603년 사망)가 운영했고, 이들은 빠르게 높은 명성을 쌓아 올렸다. 그리고 1603년에 제임스 1세가 엘리자베스 여왕을 계승했을 때, 그들은 극단의 명칭을 '왕실 극단(King's Men)'으로 변경했다. 여성의 역할은 모두 소년들이 맡았으며, 어떤 여성 역할도 약 18세 이상의 남성 배우가 맡았다는 증거가 없다. 셰익스피어는 자신의 소년 배우들에게 충분한 신뢰를 지니고 있었기 때문에, 그들을 위해 『좋으실 대로 *As You Like It*』의 (낭만 희극들의 다른 여주인공들처럼 많은 상황에서 소년으로 변장하는) 로잘린드나, 맥베스 부인, 클레오파트라 같은 길고도 중요한 역할을 쓸 수 있었다. 하지만 그의 작품들에는 어머니들보다는 아버지들이, 딸들보다는 아들들이 더 많았으며, 극단이 소유한 서너 명의 소년 배우들보다 더 많은 배우를 필요로 하는 경우는 거의 없었다.

극단은 주로 런던의 공공 공연장에서 공연을 했는데—영국의 나머지 지역에는 우리가 알고 있는 그런 공연장이 거의 없었다. —초기에는 1576년에 쇼디치에 세워진 더 시어터 극장에서, 그리고 1599년부터는 뱅크사이드에 지은 글로브 극장에서 공연을 했다. 이 공연장들은 나무로 지어졌으며, 다소 둥근 원형의 구조를 지니고 있었다. 지붕 없이 하늘이 개방되어 있었으며, 1페니를 지불한 관객들이 서서 관람한 공간으로 튀어나와 있는 천장이 달린 돌출형 무대를 갖고 있었는데, 이 무대는 추가로 돈을 더 지불해야만 앉을 수 있는 관람석으로 둘러싸여 있었다. 커다란 가마솥이나 동물을 가두는 우리, 인공 나무들과 침대들 같은 도구들을 이용해 위치나 장소를 가리킬 수는 있었지만, 연출을 위한 무대 배경은 없었다. 트럼펫 연주와 같은 음향 효과, 군대 음악과 연애 음악, 그리고 노래 반주는 극단의 연주자들이 담당했다. 배우들은 무대의 뒷벽에서 문을 통해 등장했다. 그 위쪽으로는 (『존 왕 King John』에서처럼) 마을의 성벽을 나타내거나, 혹은 (『리처드 2세 Richard II』에서처럼) 성을 나타내거나, (『로미오와 줄리엣』에서처럼) 실제로 발코니를 나타낼 수 있는 전망대가 있는 공간이 있었다. 1609년 극단은 블랙프라이어스 극장을 사용할 권리를 획득했는데, 그곳은 더 소규모의 실내 극장이었으며, 입장료가 더 비쌌다. 그리고 그곳에서는 『심벨린』에서 독수리를 탄 주피터가 내려오는 모습과 『태풍』에서 여신들이 내려오는 모습 같은 좀 더 볼만한 무대 효과를 사용하는 것이 허용되었다. 그리고 그들은 왕이 사는 궁정에서도 자주 공연을 했으며, 지방으로 정기적인 공연 여행을 하면서, 여관이나 길드 집회소, 그리고 시골에 있는 대지주의 저택 내 넓은 공간과 같은, 극장 공간이 아닌 곳에서도 공연을 했다.

극작 초기에 셰익스피어는 아마도 『헨리 6세 제1부 Henry VI,

Part I』는 토머스 내쉬(1567~1601?)와, 『타이터스 안드로니커스』는 조지 필(1556~1596)과 함께 공동 작업을 했는지도 모른다. 그리고 극작 말기에 『페리클레스』는 조지 윌킨스(1604~1608년에 활약)와, 『아테네의 타이몬 *Timon of Athens*』은 자신보다 어린 동료였던 토머스 미들턴(1580~1627)과, 『헨리 8세 *Henry VIII*』와 『두 귀족 친척 *The Two Noble Kinsmen*』, 그리고 분실된 작품 『카데니오 *Cardenio*』는 존 플레처(1579~1625)와 공동 작업을 했다. 셰익스피어의 작품 활동은 말년에 점차 줄어들었다. 그는 1616년 스트래트포드에서 사망했다. 그곳에 있는 뉴 플레이스라는 멋진 집과 많은 땅이 그의 소유였다. 그의 유일한 아들은 1596년에 열한 살의 나이로 사망했고, 그의 마지막 후손은 1670년에 사망했다. 뉴 플레이스는 18세기에 파괴되었지만, 그의 생애와 관련된 스트래트포드의 다른 집들은 셰익스피어 출생지 보호 기관에 의해 유지되고 대중에게 전시되고 있다.

셰익스피어 극작품의 가장 두드러지는 특징 중 하나는 그 지적 · 감정적 범위이다. 그의 작품들은 『베로나의 두 신사 *The Two Gentlemen of Verona*』와 『실수 연발』 같은 가장 가벼운 희극부터 『리어 왕』과 『맥베스』 같은 가장 심오한 비극에 이르기까지 광범위하게 걸쳐 있다. 그는 희극적인 것과 진지한 것 사이를 오가며 꾸준히 1년에 약 두 작품 정도를 집필했다. 그의 희극들은 모두 심각한 요소들을 지니고 있는데, 『베니스의 상인 *The Merchant of Venice*』에서는 샤일록이 거의 비극적 차원에까지 도달하며, 『자에는 자로 *Measure for Measure*』는 도덕 문제를 다루는 데 있어서 대단히 심각하다. 마찬가지로 그의 비극들은 모두 유머를 포함하고 있다. 햄릿은 어떤 희극 주인공 못지않게 재치가 있으며, 『맥베스』에는 문지기가 등장하고, 『리어 왕』에는 광대가 등장한다. 그의 가장 유명한 희극적 인물인 폴스타프는 사극들에 등장하며, 『헨리 5세 Henry V』는 결혼으로 결말을 맺는다. 한편 『헨리 6세 제3부』, 『리처드 2세』, 『리처드 3세 Richard III』는 주인공들의 비극적 죽음으로 끝을 맺는다.

비록 공연에서 그의 등장인물들은 과다한 현실에 억눌리는 듯한 인상을 줄 수 있지만, 셰익스피어는 자연주의적 극작가는 아니다. 그의 작품 중에 어떤 작품도 명백하게 그 자신의 시대를 배경으로 하고 있지 않다. (영국 사극들을 제외하고는) 그의 작품에서 일어나는 행위가 심지어 일부만이라도 영국을 배경으로 하는 경우도 거의 없다. (『윈저의 즐거운 아낙네들 The Merry Wives of Windsor』과, 『말괄량이 길들이기 The Taming of the Shrew』의 도입부는 예외이다.) 이탈리아는 그가 가장 좋아하는 배경이다. 그가 만들어내는 중요한 줄거리들 대부분은 인쇄된 저작들에서 유래하지만, 이러한 이야기들에 구조를 부여하고 극적인 대사로 바꾸는 작업은 셰익스피어 자신의 작업이며, 또한 그는 많은 추가적인 요소들을 만들어낸다. 그의 극작품들 대부분은 신화적 요소와 전설적 요소를 포함하고, 많은 작품들이 옛날 또는 보다 최근의 역사에서, 혹은 고대와 머나먼 장소의 낭만적 이야기에서 유래한다. 모든 작품들은 아주 상세한 부분에 있어서도 그의 독서량을 반영한다. 영국, 스코틀랜드, 아일랜드 역사의 거대한 소개서라고 할 수 있는 홀린즈헤드의 『연대기』(1577, 1587년에 개정)는 셰익스피어의 영국 사극들을 위한 자료를 제공했다. 그리스 작가 플루타르코스가 쓰고 1579년에 토머스 노스 경이 불어에서 영어로 훌륭하게 번역한 『그리스·로마 영웅전』은 로마 역사와 관련된 셰익스피어의 극작품들을 위한 많은 서사 자료와 다량의 상세한 언어 표현을 제공했다. 어떤 극작품들은 좀 더 짤

막한 개별 작품에 상당히 근거하고 있다. 예를 들어 『좋으실 대로』는 그와 거의 동시대인인 토머스 로지(1558~1625)의 소설 『로잘린드』(1590)에 근거하고 있고, 『겨울 이야기』는 그의 오랜 경쟁자인 로버트 그린의 『판도스토』(1588)에, 그리고 『오셀로』는 이탈리아의 지랄디 친티오가 쓴 이야기에 근거하고 있다. 그리고 그의 극작품들에 쓰인 언어에는 성서와 기도서, 당대의 속담이 상당히 스며들어 있다.

셰익스피어는 동시대인들에게 인기가 있었지만, 공연에서 극장과 극작품에 대해 그가 얼마나 헌신적이었는가 하는 것은 그의 극작품 중에서 겨우 반 정도만이 그의 생전에 인쇄되었다는 사실에서 잘 드러난다. 그렇게 인쇄된 극작품들은 사절판(quartos)으로 알려진 얇은 페이퍼백이었다. 이 판본들이 사절판으로 불린 이유는 인쇄용 종이를 두 번 접어 4장(8페이지)으로 만들었기 때문이다. 이 사절판들에는 셰익스피어가 출판에 관여했다는 어떤 표시도 남아 있지 않다. 그에게는 공연이 가장 최우선의 발표 수단이었다. 그의 작품 가운데 가장 자주 재인쇄된 작품은 극작품이 아닌 실화시들, 즉 성애를 다룬 『비너스와 아도니스』와 좀 더 도덕적인 『루크리스의 능욕』이었다. 1609년에 등장한 『소네트집 The Sonnets』은 그의 이름으로 출간되었지만 그의 동의를 받지 않았을 가능성이 높고, 그다지 성공적이지 못했다. 그 이유는 아마도 1590년대에 절정을 이루었던 소네트 연작의 유행이 그때에는 지나갔기 때문일 것이다. 셰익스피어의 소네트들은 1640년이 되어서야 재인쇄되었는데, 그때에는 다른 작가들의 시들과 함께 수정을 가한 형태로만 인쇄되었다. 다행스럽게도 그가 사망한 지 7년이 지난 1623년에 그의 동료들이었던 존 헤밍즈(1556~1630)와 헨리 콘델(1627년 사망)이 그의 극작품집을 첫 번째 이절판(folio)으로 출간했는데, 거기에는 전에는 인쇄되어 나온 적이 없는 18편의 작품이 포함되어 있었다. 이절판이라는 이름은 인쇄용 종이를 단 한 번만 접어 2장(4페이지)으로 만들어냈다는 사실에서 유래되었다. 사절판 중 일부는 인쇄 상태가 나쁘고, 그렇다 보니 몇몇 극작품의 경우 2개 혹은 심지어 3개의 초기 판본이 존재한다는 사실은 편집자들에게 문제를 일으킨다. 이에 대해서는 이 시리즈 각 권에 있는 「판본에 대하여」에서 논의된다.

셰익스피어의 극작품들은 1642년 청교도들이 극장을 닫을 때까지 공연 목록에 계속 올랐다. 1660년에 군주제가 회복되고 나서 공연이 다시 시작되었을 때, 셰익스피어의 많은 극작품들은 그 시대의 기호에 맞지 않았는데, 그 주된 이유는 장르를 혼합하고 시적 정의를 충족하는 데 실패한 작품들이 신고전주의의 지시 사항들을 위반했기 때문이다. (1667년에 존 드라이든과 윌리엄 대버넌트가 당대의 기호에 맞춰 바꾼) 『태풍』과 (1681년에 나훔 테이트가 행복한 결말로 바꾼) 『리어 왕』, 그리고 (1700년에 콜리 시버가 자신의 재능을 표현하기 위한 수단으로 각색한) 『리처드 3세』처럼 몇몇 작품들은 광범위하게 다시 쓰였다. 다른 작품들은 관심의 대상도 되지 못했다. 셰익스피어의 극작품들은 천천히 공연 목록에서 제 위치를 되찾았고, 계속해서 재인쇄되었지만, 셰익스피어가 초월적인 천재로 여겨지기 시작한 것은 위대한 배우 데이비드 개릭(1717~1779)이 1769년에 스트래트포드에서 특별한 축제를 조직하고 나서부터였다. 개릭의 맹목적 숭배는 새뮤얼 테일러 콜리지(1772~1834)와 윌리엄 해즐릿(1778~1830) 같은 비평가들의 열광적 태도를 미리 보여 준 것이었다. 점차 셰익스피어의 명성은 해외로, 독일, 미국, 프랑스, 그리고 다른 유럽 국가들로 퍼져나갔다.

19세기에 셰익스피어의 극작품들은 여전히 심하게 각색되거나 축약된 형태로 공연이 되었지만, 많은 양의 학문적 연구와 비평이 쌓이기 시작했다. 부분적으로는 그리스와 로마의 텍스트를 가르치는 것에서 벗어나 영어로 쓰인 문학 작품을 교육해야 한다는 일반적 경향의 결과로서, 셰익스피어는 학교와 대학에서 집중 학습의 대상이 되었다. 극장에서는 두 극장 연출가의 영국에서의 작업이 중요한 전기를 마련했다. 윌리엄 포엘(1852~1934)과 그의 제자 할리 그랜빌 바커(1877~1946)는 초기 무대 조건에 관한 지식을, 그중 일부는 새롭게 알게 된 것이지만, 연극 공연에 적용하는 것이 현대 극장에서 원래의 텍스트를 더욱 생동감 넘치게 만들 수 있다는 점을 보여 주었다. 20세기에 셰익스피어 작품에 대한 감상은 극작품들을 오디오, 영화, 비디오로 만들어 보급하는 환경에 힘입어서 전 세계로 퍼져 이제는 그를 세계적 작가라고 부를 수 있을 정도에까지 이르게 되었다.

셰익스피어 작품들의 영향력은 영어에도 스며들어 있다. 그의 극작품과 시에 등장하는 어구들, 예를 들어 '힘이 되는 사람(a tower of strength)', '녹색 눈을 가진 질투(green-eyed jealousy)', '뻔한 결과(a foregone conclusion)' 같은 표현들은 셰익스피어를 한 번도 읽어본 적이 없을지도 모르는 사람들도 사용한다. 셰익스피어의 작품들은 가곡이나 오케스트라 음악, 오페라의 작곡가들, 화가들과 조각가들, 시인들, 소설가들, 영화감독들에게 영감을 주었다. 셰익스피어를 생각나게 하는 인유적 표현들이 팝송, 광고, 텔레비전 쇼에 나타난다. 로미오와 줄리엣, 폴스타프, 샤일록, 그리고 햄릿처럼 그의 작품에 등장하는 일부 인물들은 신화적 지위를 획득했다. 셰익스피어는 그의 인간애, 심리적 통찰력, 재치와 유머, 서정성, 언어의 탁월성, 흥분시키거나 놀라게 하거나 감동을 줄 수 있는 능력, 그리고 좀 더 넓은 의미에서 관객을 즐겁게 할 수 있는 능력 때문에 높게 평가받는다. 그는 시인 중에서 가장 위대한 시인이지만, 본래 극시인이다. 그의 극작품들은 독자들에게도 많은 것을 줄 수 있지만, 그것들은 온전히 공연을 위해서 존재한다. 이 펭귄클래식 셰익스피어 시리즈는 서문, 텍스트의 특별한 사항들에 관한 주해, 그리고 편집 등에 대한 각종 정보를 제공한다. 뿐만 아니라 극작품의 공연사도 함께 수록한다. 펭귄클래식 셰익스피어 시리즈가 이해를 방해하는 장애물들을 제거하고, 무엇보다도 인간이 된다는 것이 어떤 것인지를 우리가 이해할 수 있도록 최대한의 노력을 기울인 사람의 작품을 읽는 것이 즐거운 일이 되도록 도움을 줄 수 있기를 기대하는 바이다.

셰익스피어 작품 연보

스탠리 웰스

셰익스피어의 작품 중 일부는 집필 시기를 비교적 정확히 산정해 낼 수 있지만, 대부분의 작품들은 막연한 자료만 남아 있어 그 시기를 어림잡을 수밖에 없다. 특히 초기 작품들은 집필 시기의 추정이 더욱 어렵다. 아래의 작품 연보는 스탠리 웰스와 개리 테일러 등이 쓴 『윌리엄 셰익스피어 텍스트 지침서』(1987)에 수록된 「정전과 연보」에 기초해 작성한 것이다.

1590~1591	베로나의 두 신사 The Two Gentlemen of Verona
1590~1591	말괄량이 길들이기 The Taming of the Shrew
1591	헨리 6세 제2부 Henry VI, Part II
1591	헨리 6세 제3부 Henry VI, Part III
1592	헨리 6세 제1부 Henry VI, Part I (토머스 내쉬와 공동 작업으로 추정)
1592	타이터스 안드로니커스 Titus Andronicus (조지 필과 공동 작업으로 추정)
1592~1593	리처드 3세 Richard III
1592~1593	비너스와 아도니스 Venus and Adonis (시)
1593~1594	루크리스의 능욕 The Rape of Lucrece (시)

1594	실수 연발 The Comedy of Errors	
1594~1595	사랑의 헛수고 Love's Labour's Lost	
1595	리처드 2세 Richard II	
1595	로미오와 줄리엣 Romeo and Juliet	
1595	한여름 밤의 꿈 A Midsummer Night's Dream	
1596	존 왕 King John	
1596~1597	베니스의 상인 The Merchant of Venice	
1596~1597	헨리 4세 제1부 Henry IV, Part I	
1597~1598	윈저의 즐거운 아낙네들 The Merry Wives of Windsor	
1597~1598	헨리 4세 제2부 Henry IV, Part II	
1598	헛소동 Much Ado About Nothing	
1598~1599	헨리 5세 Henry V	
1599	줄리어스 시저 Julius Caesar	
1599~1600	좋으실 대로 As You Like It	
1600~1601	햄릿 Hamlet	
1600~1601	십이야 Twelfth Night	
1601	불사조와 산비둘기 The Phoenix and the Turtle (시)	
1602	트로일러스와 크레시더 Troilus and Cressida	
1593~1603 및 이후	소네트집 The Sonnets	
1603	자에는 자로 Measure for Measure	
1603~1604	연인의 불만 A Lover's Complaint (시)	
1603~1604	오셀로 Othello	
1604~1605	끝이 좋으면 다 좋다 All's Well That Ends Well	
1605	아테네의 타이몬 Timon of Athens (토머스 미들턴과 공동 작업)	
1605~1606	리어 왕 King Lear	
1606	맥베스 Macbeth	

1606	안토니와 클레오파트라 Antony and Cleopatra
1607	페리클레스 Pericles (조지 윌킨스와 공동 작업)
1608	코리올레이너스 Coriolanus
1609	겨울 이야기 The Winter's Tale
1610	심벨린 Cymbeline
1611	태풍 The Tempest
1613	헨리 8세 Henry VIII (존 플레처와 공동 작업)
1613	카데니오 Cardenio (존 플레처와 공동 작업)
1613~1614	두 귀족 친척 The Two Noble Kinsmen (존 플레처와 공동 작업)

서문

위대한 비극 『리어 왕』

키어넌 라이언

1

셰익스피어의 탁월한 성취이자 세계 문학의 위대한 걸작으로 추앙받는 비극 작품과 대적해야 한다는 생각만으로도 압도당하지 않을 수 없다. 지난 4세기 동안 무수히 많았던 공연과 학술적 비평문, 그리고 연구서(전 세계에서 광범위하게 생산되는 영화, 소설, 연극, 시, 음악, 회화는 말할 것도 없이)로 인해, 오늘날 『리어 왕』을 학술적으로 연구하거나 공연 무대에 올리는 것은 엄청난 임무처럼 느껴지기 마련이다.

『리어 왕』과 대면하는 일의 막중함에 대해 느끼는 부담감은 200년 전 낭만주의 시대의 시인들과 비평가들에게도 마찬가지였다는 사실이 조금은 위안이 될 것이다. 낭만주의자들은 "이 작품(『리어 왕』)은 세상에 존재하는 가장 완벽한 극예술"(『시의 옹호』, 1821)이라고 상찬한 퍼시 비시 셸리와 공감했으며, 셰익스피어의 극작품을 오늘날의 탁월한 위치에 자리매김하는 데 지대한 공헌을 했다. 존 키츠는 이 비극 작품을 본격적으로 다루기 전에 먼저 소네트 형식으로 그 경험을 점검해 봄으로써 스스로의 마음가짐을 다잡으려 했다.

> 잘 가라! 다시 한 번, 그 격렬한 다툼이
> 저주와 무감각한 육체 사이에서 일어나는 것을
> 나는 불타며 겪어야 하느니. 다시 한 번 겸허하게
> 셰익스피어의 달콤쌉쌀한 열매를 맛보아야 하거늘.
> (「다시 한 번 『리어 왕』을 읽기 위해 자리에 앉아」, 1818)

"셰익스피어의 희곡 중 가장 훌륭한 작품"과 비평적 한판 승부를 벌이기도 전에 항복해야만 했던 윌리엄 해즐릿은 『셰익스피어 극의 등장인물』(1817)이라는 책에서 다음과 같이 썼다. "이 연극(『리어 왕』)을 불문에 부치고 차라리 아무 말 없이 그냥 보냈으면 좋겠다. …… 우리가 어떤 말을 하더라도 그것은 작품의 주제를 설명하는 데 부족할 뿐만 아니라, 우리 자신이 이해하고 있는 것조차도 표현하지 못한다. 이 희곡 자체를 묘사하거나 혹은 이 작품이 우리의 감정에 미치는 영향을 묘사하려는 시도는 전적으로 주제넘은 짓이다." 해즐릿의 책이 발간되기 몇 해 전에 「셰익스피어의 비극에 관하여」(1811)라는 에세이를 발표한 찰스 램은 『리어 왕』이 불러일으키는 엄청난 정서적 효과란 오로지 '마음의 극장'에서만 완전히 실현될 수 있기 때문에 무대 위에 올리려는 것 또한 매우 어리석은 짓이라고 주장한 바 있다. 그는 "셰익스피어의 리어는 연기될 수 없다."라고 결론짓는다. 왜냐하면 "무대 위에서 그를 재현하는 것이 근본적으로 불가능하기" 때문이다.

다행스럽게도 찰스 램의 시대부터 오늘날에 이르기까지 연출가들이나 극단들이 램의 주장에 구속된 적은 거의 없을 뿐만 아니라, 그들은 램의 생각이 잘못됐다는 것을 뛰어난 공연을 통해 입증하곤 했다. 물론 램이 말하고자 한 바가 무엇인지 이해하기란 어렵지 않다. 아무리 영감으로 충만한 『리어 왕』 공연이라 할지라도, 대본이 제공하는 풍부한 상상력의 모든 영역을 포괄할 수 있다거나 작품의 강렬한 시적 요소를 전부 무대 위에 옮겨 놓기를 희망하기란 무척이나 어렵다. 반면에 진부한 공연에서는 셰익스피어의 강력한 비극이 쉽사리 지루하고 늘어진 가정 멜로드라마로 축소되어 버리고 여기저기서 감상에 젖은 정서만을 맞닥뜨리게 될 따름이다. 그렇지만 공연장 무대 위에서 그리고 영화관이나 텔레비전 화면에서 뛰어난 연기력과 충실한 이해에 기초한 『리어 왕』 공연을 보는 것은 희곡의 연극적인 측면을 활성화하고, 종이 위에 기록된 내용을 읽는 경우에는 제한될 수밖에 없는 어떤 연극적 가능성을 열어 보인다는 것 또한 분명하다. 『리어 왕』이 무대나 스크린 위에서 피터 브룩, 그리고리 코진체프, 구로사와 아키라 같은 감독에 의해 각색되는 것을 보는 것은 교실이나 강의실에서는 배울 수 없는 것을 배운다는 의미가 있다.

『리어 왕』을 논평하는 것에 대해 해즐릿이 느낀 불편함에 현대의 비평가들이 거의 관심을 보이지 않은 것만큼이나 『리어 왕』을 무대화하는 것에 대한 찰스 램의 경멸을 현대의 연출가들이 전적으로 무시했다는 사실이 그리 다행스러운 일은 아니라는 점을 인정해야 한다. 규정과 분석을 거부하는 것처럼 보이는 작품을 해석해야 하는 일 앞에서 주저하는 태도를 보이기는커녕, 다양한 분파의 비평가들은 자신들의 목적에 맞춰 『리어 왕』을 끊임없이 재단해 왔다. 그에 따르는 대가를 생각해 보면 그것이 그리 놀라운 일도 아니다. 정전의 주춧돌이자 문학적 가치의 기준으로 여겨지는 『리어 왕』은 숱한 비평적 연구 방법론의 주요 대상이 되어왔으며, 해당 이론의 우수성을 증명하고 다른 경쟁 이론을 따돌리는 데 이용되었다. 이 셰익스피어의 걸작에 대한 가장 주목할 만한 글로 인정받는 것은 문학 연구와 관련된 분야에서 가장 중요한 지위를 차지하는 것과 같았다.

20세기 대부분의 기간 동안 『리어 왕』에 대한 해석은, 텍스트 자체에는 그 증거가 희박함에도 불구하고 다양한 기독교적 해석의 틀 안에 갇혀 있었다. 기독교적 해석은 이 비극을 죄, 고통, 희생, 그리고 구원에 대한 우화로 읽도록 만들었다. 그러나 1960년대에는 이러한 비평적 합의가 붕괴되고, 두드러지게 세속적이고 인간주의적인 해석이 자리를 잡게 되었다. 이 비극은 누군가에게는 무자비한 우주에서 살아가는 인간 존재의 냉혹한 부조리를 목격하게 만드는 작품인 반면, 다른 누군가에게는 말로 형언할 수 없는 고뇌와 절망에서조차 지켜낼 수 있는 인간 존엄성의 증거를 의미했다. 『리어 왕』에 대한 이러한 관점들은 1980년대에 들어서 새로운 정치적 비평의 시대에 자리를 양보하게 된다. 새로운 정치적 비평은 이 희곡이 셰익스피어 시대와 우리 시대의 사회를 통치하는 이념들을 용인하거나 배척했는지에 관해 연구하는 것을 주요 목표로 삼는다. 그 결과, 현재의 『리어 왕』 연구는 후기 구조주의, 신역사주의, 문화 유물론, 페미니즘, 정신 분석 이론 같은 혼란스러울 정도로 다양한 접근법으로 범람하고 있는데, 이러한 새로운 연구 방법들은 저마다 작품의 핵심을 제대로 짚었다고 주장한다.

상황을 더욱 혼란스럽게 만드는 것은, 『리어 왕』 텍스트와 관련된 문제가 최근 연구자들에 의해 격렬한 논쟁거리가 되었으며 어떤 판본을 사용하느냐에 따라 작품에 대한 해석이 다양해질 수 있다는 사실이다. 우리는 1608년에 출간된 사절판에 근거해 작품을 해석해야만 하는가? 아니면 여러 측면에서 사절판과 심대한 차이점을 보이는 1623년의 이절판을 토대로 이 비극을 이해해야만 하는가? 혹은 이 펭귄클래식 판본처럼 이절판과 사절판을 결합해 양쪽 모두의 장점을 살리려는 텍스트에 근거해 작품을 읽어야만 하는가?

이러한 질문들은 『리어 왕』이 불러일으킨 상반된 비평적 반응이나 이 작품이 만들어낸 연극적이고 문화적인 맥락, 그리고 무대와 스크린에서 이루어진 공연의 역사, 나아가 여타의 많은 논의들과 마찬가지로 『리어 왕』 연구라는 맥락 속에서 논의할 만한 가치가 충분하다. 그러나 이러한 비평적 쟁점들에 대한 토론은 대개 처음부터 독자와 희곡 사이를 간섭하고 우리에게 끼치는 직접적인 영향을 제어한다. 그리고 정말로 중요한 질문, 즉 『리어 왕』은 무엇에 관한 것이며, 왜 그것이 중요한가에 대해 질문하지 못하도록 만든다. 그러므로 이 서문에서 필자가 제안하는 바는 독자들이 최소한의 사전 지식만을 가지고 『리어 왕』과 정면으로 마주하라는 것이다. 이 글의 목적은 『리어 왕』이라는 비극 자체를 직접적으로 반추함으로써 부각되는 쟁점과 그로 인해 생겨나는 문제점을 다루려는 것이다.

2

『리어 왕』이 연극화하려는 이야기는 상대적으로 단순하며 기본적인 사실들도 손쉽게 설명된다. 이 작품은 두 명의 아버지와,

서로 운명적으로 얽혀 있는 그들의 가족에 관한 이야기이다. 하나의 플롯에서는 어느 늙은 왕이 자신을 진정으로 사랑하는 딸을 어리석게 거부하고 사악한 딸들을 잘못 신뢰한 결과, 권력을 빼앗기고 고통과 정신 착란의 황야에서 오도 가도 못하는 일이 벌어진다. 마침내 죽음이 그를 고통에서 구제해 주지만, 그마저도 사악한 딸들이 먼저 죽고 난 다음, 그리고 헌신적인 딸의 주검이 그의 팔에 싸늘하게 누워 있게 된 다음에야 가능하다. 이것과 평행을 이루는 또 하나의 플롯에서는, 왕을 모시는 어느 귀족이 냉혹한 서자의 속임수에 넘어가 적자인 큰아들이 자신을 살해할 거라는 두려움에 사로잡히게 되고, 큰아들은 미친 거지로 변장해 도망을 치는 처지가 된다. 귀족은 서자의 배신으로 장님이 되는 고통을 겪게 되고, 왕과 마찬가지로 폭풍우에 온몸을 맡기고 절망감에 휩싸여 정처 없이 떠돌아다닌다. 마침내 죽음으로 고통이 사라지기 직전에 효성과 사랑이 지극한 큰아들과 화해를 하고, 큰아들은 극의 정점에서 이루어지는 기사도 결투를 통해 사악한 동생을 해치운다. 이야기의 결말에 이르면, 주요 인물 세 명을 제외한 모두가 죽음을 맞고, 망연자실한 채 살아남아 있는 자들의 전망은 그리 밝아 보이지 않는다.

셰익스피어가 이렇게 단순한 이야기를 비극으로 바꾸어놓음으로써 만들어내는 효과는 결코 단순하지 않다. 『리어 왕』을 집필하기 시작하는 순간부터 자신이 다루는 문제가 매우 중차대하며 또한 아주 다루기 힘든 복잡한 문제가 되리라는 것을 셰익스피어가 인지하고 있었는지에 대해서는 단언하기 힘들다. 정황 증거에 따르면, 셰익스피어는 1605년 후반에서 1606년 초반 사이에 이 작품을 집필한 것으로 보인다. 우리가 잘 아는 바대로, 이 시기는 셰익스피어의 상상력과 표현력이 정점에 이르렀던 시기로, 그는 희극, 역사극, 비극 등 이미 20여 편이 넘는 작품을 창작한 경험을 바탕으로 글을 쓰고 있었으며, 그러한 선행 작품들 중 몇몇은 『리어 왕』을 쓰는 데 여러모로 도움이 되었으리라는 것을 짐작할 수 있다.

셰익스피어는 『리어 왕』을 집필하기 전 10년 동안 『리처드 3세』(1592~1593), 『리처드 2세』(1595), 『줄리어스 시저』(1599) 등의 비극 작품을 통해 군주의 몰락과 권력자의 파멸이라는 주제를 탐구했다. 그의 초기 작품 중 하나인 『타이터스 안드로니커스』(1592)에서는 사랑하는 딸을 잃게 된 전제 군주적인 가부장의 착란과 파멸을 다루었다. 최초의 웅장하고 완숙한 비극이라 할 수 있는 『햄릿』(1600~1601)에서는 비극 자체를 아주 유연한 형식으로 변형함으로써 『리어 왕』과 같은 작품에서 강력하게 작동한 대담하고 철학적인 사색이 가능한 형식을 만들었다. 『리어 왕』보다 몇 년 전에 쓴 『오셀로』(1603~1604), 그리고 『리어 왕』에 이어 집필한 『맥베스』(1606)에서 셰익스피어는 『햄릿』에서 처음 시작한 것으로서 가족적 친밀감의 가장 어두운 구석까지 탐색하고자 시도한다. 『햄릿』은 가족 관계의 핵심에, 부모와 자식 간의 신성한 유대 관계 속에 도사리고 있는 것에 대한 두려움이라는 차원에서 『리어 왕』과 유사점이 있다. 기묘한 실패작이라 할 수 있는 『아테네의 타이몬』(1605)은 셰익스피어가 『리어 왕』을 집필하면서 함께 작업한 작품으로, 부와 권력을 소유한 남성에 초점을 맞추고 있는데, 주인공은 가까운 지인들의 뻔뻔스러운 배은망덕에 진저리 치며 욕설과 울분 속에 망명길에 오른다. 셰익스피어는 탁월한 비극 『안토니와 클레오파트라』(1606) 이후, 극작가 경력이 막바지에 이른 무렵 『페리클레스』(1607)와 『겨울 이야기』(1609) 같은 로맨스 작품에서 유사한 주제로 다시 복귀한다. 즉, 영원히 잃어버렸다고 생각했던 딸과 아버지가 다시 만나게 된다는 주제를 다루고 있는데, 물론 이번에는 리어 왕에게는 아주 잔인하게 배제되었던 흐뭇한 결말과 함께 되돌아온다.

사실 셰익스피어는 『리어 왕』이 나오기 여러 해 전에 목가적인 낭만 희극 『좋으실 대로』에서 가족이라는 같은 주제에 축제적인 반전을 선사한 바 있다. 비극과 일종의 가족 유사성을 드러내는 이 희극 작품에서 『리어 왕』에 대한 예표를 발견할 수 있다는 점에는 무언가 기묘한 요소가 있다. 두 희곡에서 통치자는 문명화된 사회에서 쫓겨나 황무지에서 자연적 요소의 지배를 받게 되고, 그곳에서 마침내 추방당했던 딸과의 관계를 회복하게 된다. 또한 두 희곡에서 착한 아들은 똑같이 형제의 악의에 내몰려 살아가기에 적합하지 못한 땅으로 달아나고, 그곳에서 노쇠한 늙은이를 돌보게 된다. 이 지면에서 열거할 수 있는 것보다 더 많은 유사성이 『리어 왕』과 『좋으실 대로』 사이에는 물론, 『리어 왕』과 셰익스피어의 다른 많은 희곡들 사이에도 무수히 존재한다. 그러나 가장 두드러진 반향이나 유사점에 대한 피상적인 평가만으로도 우리는 『리어 왕』의 세부 사항들이 얼마나 오랫동안 작가의 마음속에서 준비되었는지, 그리고 이 희곡이 다루는 주제에 대한 관심이 얼마나 깊었기에 자신의 극작 경력 전반을 통해 지속적으로 그 주제로 되돌아오게 되었는지 확인할 수 있다.

『리어 왕』에서 희곡을 구성하기 위해 주어진 소재를 사용하는 방식을 들여다보면 셰익스피어의 주요 관심사와 독창적 구상을 이해할 수 있는 단서를 발견할 수 있다. 『리어 왕』은 충분히 발전된 이중 플롯을 사용하는 유일한 비극으로서, 쌍을 이루는 줄거리들이 모든 단계에서 서로를 조명해 주도록 정교하게 구성

되어 있다. 리어 왕 이야기를 위해 셰익스피어가 우선적으로 의존한 소재는 1605년에 익명으로 출간된 『레어 왕과 그의 세 딸 고노릴, 라간, 코델라에 대한 진정한 연대기 사극 The True Chronicle History of King Leir and his three daughters, Gonorill, Ragan, and Cordella』(이하 『레어 왕』)이다. 그러나 이 연대기 사극은 출간보다 10여 년이나 앞선 1594년에, 셰익스피어가 포함되었을 가능성이 있는 배우들에 의해 무대에 올려졌다. 셰익스피어는 이 이야기에 수많은 중대한 변형을 가하고 새로운 내용도 추가했다. 셰익스피어는 새로운 인물을 여럿 구상했는데, 그중 가장 대표적인 경우가 광대와 오스왈드이다. 그리고 리어 왕의 어리석음을 확장해 완전한 광기에 빠져들게 만들었으며, 폭풍우가 일어나는 장면에서 그의 광기가 폭발에 이를 수 있는 완벽한 배경을 제공했다. 또한 소재로 사용한 원전에 담긴 기독교적 내용의 흔적을 실질적으로 제거함으로써, 자신의 등장인물들을 더욱 삭막하고 이교도적인 우주 속에 완벽히 고립시켜 놓았다.

그러나 『레어 왕』과의 가장 큰 차이는 셰익스피어가 자비로운 결말을 뒤집어 놓았다는 것이다. 희비극으로서 『레어 왕』은 늙은 왕이 다시 왕위에 오르고, 코델라는 안전하게 귀향하며, 모든 등장인물들이 생존하게 된다는 내용으로 결말을 맺는다. 반면에 셰익스피어의 『리어 왕』은 국왕의 권위가 산산조각 나고, 그의 세 딸과 다른 많은 사람들이 죽음을 맞으면서, 위안을 전혀 느낄 수 없을 정도로 완전한 비극으로 끝난다. 리어 왕에 관한 엘리자베스 시대의 여러 이야기에 대해서는 셰익스피어도 분명히 알고 있었을 텐데, 특히 존 히긴스의 『행정관을 위한 거울』(1574), 라파엘 홀린즈헤드의 『잉글랜드 연대기』(1577), 에드먼드 스펜서의 서사시 『요정 여왕』(1590) 제2권 10편에 나오는 이야기를 그가 읽었으리라는 것은 거의 확실하다. 실제로 그는 스펜서의 시에서 코델리아(Cordelia)라는 이름의 철자와 그녀가 교수형을 당한다는 아이디어를 가져온 듯하다. 그러나 위에 언급된 이야기들은 그 이전의 연극들이 그랬던 것처럼 복권된 왕이 권좌에 머무르는 동안 코델리아는 잘 살아가고, 아버지의 수명이 다해 사망한 이후에 그녀도 죽음에 이른다는 결말을 보인다. 셰익스피어가 위안을 전혀 남기지 않는 잔인한 대단원을 청중들에게 선사한 것은 여태껏 전해 내려오는 리어 왕 이야기에 비추어 전례 없는 것이며, 작품에 대한 관객의 기대를 한껏 어긋나게 만들려는 극작가의 의도에서 비롯한 결정의 결과이다.

글로스터와 그의 두 아들 에드거와 에드먼드의 운명을 따라가는 두 번째 플롯을 위한 영감은 엘리자베스 시대 후기의 또 다른 작품, 필립 시드니의 산문 로맨스『아카디아』의 초판(1590)에서 유래한다. 『아카디아』제2권 10장에는 파플라고니아의 왕에 대한 이야기가 나오는데, 그는 사악한 서자 플렉서트러스에게 속아 장자이자 적자인 레오나터스를 죽이려 하고, 그 이후 장님이 되어 왕권을 찬탈당하게 된다. 한때는 자신의 신하였던 자들에게 외면당하고 집 없는 부랑자로 구걸을 하며 살아가는 눈먼 왕은 (마치 『리어 왕』에서 에드거가 눈먼 아버지 글로스터를 인도해 도버로 가는 것처럼) 레오나터스에게 발견되어 길 안내를 받게 된다. 레오나터스 역시 에드거처럼 높은 절벽에서 곤두박질쳐 자살하려는 아버지의 계획을 무산시킨다. 그러나 그의 아버지는 머지않아 슬픔과 기쁨 사이에서 가슴이 찢어지는 듯한 경험을 하며 죽음에 이르게 되는데, 이는 아버지가 죽어가던 모습을 토로하던 에드거의 대사 속 글로스터와 비슷하다.

> 그분의 갈라진 심장은—안타깝게도 충격을 견디기에는 너무나도 약한지라—감정의 두 극단, 기쁨과 슬픔 사이에서 미소와 함께 그만 터져버렸습니다. (5막 3장)

다시 말하지만, 셰익스피어와 원전 사이에 이야기를 다루는 방식에서 차이가 있다는 사실은 극작가의 복잡한 전망을 도드라지게 만든다. 이런 차이 중 가장 중요한 것으로는 레오나터스의 경우와 달리 에드거는 미친 거지 불쌍한 톰으로 가장하고, 여정의 마지막 순간에 이르기까지 아버지에게 자신의 정체를 감춘다는 사실이다. 또한 셰익스피어는 아버지가 투신하려고 암벽 꼭대기로 데려가 달라는 것을 거부하는 레오나터스의 에피소드를 기발하게 발전시켜 매우 탁월한 도버 절벽 장면을 만들었다. 그곳에서 에드거는 글로스터를 속여 실제로는 존재하지 않는 절벽에서 떨어지도록 이끈다. 게다가 『아카디아』의 아버지는 덕망 있는 아들이 그를 대신해 왕좌에 오른 다음에 죽음에 이르고, 또한 왕좌에 오른 아들은 행실을 고친다는 조건하에 사악한 형제를 용서한다. 셰익스피어는 에드거가 에드먼드에게 치명적인 상처를 입히게 만들고, 죽어가는 글로스터와 관객들이 리어 왕 이후의 통치를 에드거가 맡게 될 것이라는 기대를 하지 못하게 한다. 이는 대단원의 순간에 잠깐 드러날 수 있는 일말의 위안마저 완전히 잠식시킴으로써 비극의 암울함을 배가하고자 하는 셰익스피어의 욕망을 반영한 것이다.

『리어 왕』을 집필하며 셰익스피어는 두 개의 중요한 자료에 의존한다. 그것은 가톨릭교 엑소시즘에 대한 논쟁적 저서인 새뮤얼 하스넷의 『지독한 가톨릭교 사기 선언』(1603)과, 같은 해에 존 플로리오에 의해 번역된 미셸 드 몽테뉴의 『수상록』이다. 하스넷의 생생하고 재치 넘치는 어휘 목록에서 빌려 온 표현들이 셰익스피어의 희곡 도처에서 나타나는데, 특히 악마에 대한 장황한 설명과 미친 사람 흉내를 생생하게 연출하는 에드거의 귀신 들린 주문에서 잘 나타난다. 불쌍한 톰의 말과 행동을 가능한 한 진짜처럼 보이기 위해 심혈을 기울였다는 것은 셰익스피어가 에드거의 분신을 창조하는 데 심취해 있었으며 그의 역할을 매우 중요하게 여겼다는 것을 납득시켜 준다. 플리버디지벳, 스멀킨, 모도, 마후 같은 악마의 이름은 모두 하스넷의 책을 상기시킨다. 같은 맥락에서, 글로스터를 포박하라고 명령하는 콘월이 그의 노쇠한 팔을 묘사하며 사용하는 "앙상한(corky)"(3막 7장), 같은 장면에서 글로스터가 리건를 비난하며 사용하는 "망쳐놓다(ruffle)"("내가 베푸는 친절한 호의를 이토록 망쳐놓아서는 안 되는 거요."), 그리고 2막 4장에서 리어 왕이 자신에게 발병한 병을 진단하기 위해 사용하는 "격렬한 히스테리(hysterica passio)" 같은 표현들은 하스넷을 떠나 생각하기 어렵다.

또한 『리어 왕』에는 셰익스피어가 플로리오의 몽테뉴 번역서에서 빌려 온 표현들이 많다. 이전에는 한 번도 사용한 적이 없는 일련의 특별한 단어들, 예컨대 "색정(goatish disposition)"(1막 2장), "돌 심장을 가진(marble-hearted)"(1막 4장), "부도덕한(dis-natured)"(1막 4장), "얼렁뚱땅(handy-dandy)"(4막 6장) 같은 표현들은 셰익스피어가 몽테뉴를 읽으며 깊은 인상을 받았던 것을 다시 사용한 것이다. 새롭고 희귀한 단어에 대한 셰익스피어의 욕심이 『리어 왕』에만 국한된 것은 아니지만, 하스넷과 플로리오의 어휘를 적극적으로 이용하는 것은 언어의 한계를 넘어서고자 하는 이 희곡의 동기와 맞물려 있다. 어휘 확장이라는 차원 이외에도, 「자식들을 향한 아버지들의 애정에 대하여」 같은 몽테뉴의 에세이는 『리어 왕』 집필 과정에서 많은 여운을 불러일으켰음에 틀림없다. 또한 인간의 본성을 동물의 본성에 비유하는 이 프랑스 철학자의 에세이 「레이몽 스봉의 옹호」에서도 많은 영감을 받았을 것이다. 예컨대 리어 왕이 폭풍우 속에서 불쌍한 톰을 생각할 때 그런 점이 잘 드러난다. 그러나 몽테뉴와 관련해 이 비극이 더 미묘하고 더 광범위하게 빚지고 있는 대목은, 근대 초기에는 의문시되지 않았던 많은 가설들과 가치들에 대한 과격한 회의주의라 할 수 있으며, 당대 사회가 소중히 여기던 여러 종류의 경건함을 거침없이 다루는 몽테뉴식의 태도라고 말할 수 있을 것이다. 적어도 셰익스피어는, 상상할 수 있는 극단으로까지 『리어 왕』을 밀고 나가려 했던 자신의 충동을 이해해 줄 수 있는 어떤 동질적인 정신의 소유자를 몽테뉴에게서 분명히 발견했다.

3

『리어 왕』에서 셰익스피어가 극화하고 있는 주제가 놀라울 정도로 대담하다는 사실은 달리 과장할 필요가 없을 것이다. 왕의 혈통을 물려받았다는 점에 근거해 스스로를 신하들에 비해 선천적으로 우월하다고 믿어왔던 어느 강력한 군주가 왕으로서의 권위를 박탈당할 뿐만 아니라 몸을 누일 거처조차 없는 신세로 전락하게 되며, 나아가 자신의 왕국에서 가장 헐벗고 궁핍한 자들이 느끼는 바를 몸소 겪어야만 하는 것이다. 명령하고 복종을 받도록 하늘이 점지해 주었다고 믿는 통치자가 자신의 딸에게조차 무시당하며, 그 결과 분노와 슬픔으로 제정신을 잃게 된다. 미친 상태에 처한 그는 평생토록 당연하게 여겨왔던 것들과 결별해야만 하고 군주로서 자신의 권위와 권력에 대해 의문을 품게 된다. 그리고 그토록 오랫동안 특별한 고민 없이 다스려왔던 사회가 과연 정의로웠는지를 의심하게 된다. 그러나 왕이자 아버지로서 자신이 책임져야 하는 잘못들을 단순히 인지하는 것만으로는 그의 죄가 사면되거나 구제될 수 없다. 일종의 형벌로서 부과되는 굴욕과 오랫동안 지속되는 괴로움을 통해 결국 그가 얻게 되는 것은 위안도 해방감도 아니다. 그것은 참을 수 없는 더 많은 고통과 냉혹한 죽음일 뿐이다.

비극적인 여정의 시작이라 할 수 있는 첫 장면에서 리어는 고집스럽고 전제적인 왕권의 전형으로 나타난다. 리어는 자신의 왕권을 양위하고 왕국을 세 딸—거너릴, 리건, 코딜리어—에게 나누어 주는 대신, 자신은 책임은 넘겨주되 "국왕이라는 이름과 명예만 누리겠다"(1막 1장)는 결정을 공표한다. 게다가 그가 세 딸에게 요구하는 바는, 왕국의 영토 중에서 가장 좋은 삼등분을 얻기 위해 아버지에 대한 사랑이 다른 형제들보다 월등함을 말로써 입증하는 공개경쟁을 벌이는 것이다. 그런데 리어가 가장 아끼는 딸이자 막내딸인 코딜리어가 그의 '은밀한 계획'을 좌절시키면서 아버지를 가장 사랑한다고 말하기를 거부하고 그가 세 딸에게 강요한 허세의 유희에 참여하기를 거부한다. 자존심에 상처를 받고 권위를 손상당한 제왕 리어는 분통을 터뜨리고 그 결과는 어마어마한 파장을 일으킨다. 그는 징후적인 내용으로 가득한 수사법을 폭발적으로 쏟아내며 자기 자신과 그가 숭배해 마지않던 자식을 분리함으로써 권위를 재천명하려 한다.

태양의 성스러운 광채, 헤캇과 밤의 신비, 우리의 태어남과 죽음을 관장하는 천체의 모든 운행에 걸고 맹세하건대, 이 자리에서 아버지로서의 책임을 부인하겠다. 핏줄이라는 것도, 근친이라는 것도. 지금부터 영원히 내 마음은 너를 이방인으로 여기겠다. (1막 1장)

잠시 후, 리어의 격한 경고("용과 용의 분노 사이에 끼어들지 마라.")를 귀담아듣지 않은 그의 충실한 신하 켄트 역시 똑같은 성마름과 무모함에 의해 돌이킬 수 없이 추방당한다.

하지만 장면이 세 번 바뀌고 솔직한 말투의 카이어스로 변장한 켄트가 군주와 다시 만났을 때, 리어의 용모를 보고 "기꺼이 주인이라 부르고 싶다"(1막 4장)는 켄트의 말에도 불구하고, 리어의 권위는 이미 쇠퇴의 길에 들어선 상황이다. 재산과 권력을 모두 처분해 버린 리어로서는 이제 거너릴의 집사 오스왈드의 무례함을 참아야 하고, 그녀의 냉혹한 꾸짖음도 받아들여야 한다. 광대가 지적하는 것처럼, 리어의 성급함은 그 자신을 무소불위의 통치자에서 "앞에 아무것도 붙지 않는 숫자 영"(1막 4장)으로 격하했다. 그렇기에 그가 과장된 언동을 일삼고 경악스러운 저주를 퍼부어도 그에게서 오직 "리어의 그림자"만을 목격할 뿐인 사람들에게 아무런 영향을 끼치지 못한다. 그가 배은망덕과 "돌 심장을 가진 악마"를 비난한다거나, 큰딸의 "자궁을 불임으로 인도하고, 그녀의 생식 기관을 죄다 말라비틀어지게 해" 달라고 자연에게 헛되이 기도하는 것이 강조해 주는 바는 결국 그 자신의 무능력일 따름이다. 1막이 끝나기도 전에 그는 코딜리어에게 잘못을 저질렀다는 것을 깨닫는다. 그리고 자신의 어리석음이 초래한 무시무시한 결과들이 조금씩 구체화되기 시작하자 최초의 정신 착란을 경험한다. "오, 미치지 않도록 해 다오, 친절

한 하늘이여, 내가 미치지 않도록."(1막 5장)

2막은 광대가 예언한 것처럼 아버지를 대하는 리건의 태도가 언니에 버금간다는 것을 보여 준다. "돌능금이 사과를 닮았듯이 그 애(리건)는 여기 딸(거너릴)과 닮았으니까."(1막 5장) 리건과 콘월이 리어의 전령인 카이어스를 차꼬에 묶어둠으로써 그의 권위를 능멸하는 것, 그리고 거너릴과 리건이 공모하여 그의 수행 기사들을 남김없이 없애려 드는 것("한 명도 필요 없지요."—2막 4장)은 이 늙은 왕을 돌아버릴 수밖에 없도록 몰아간다. 딸들이 드러내는 "불친절이라는 날카로운 이빨"(2막 4장)과 "인간 본연의 의무, 부모 자식의 인연, 예의범절의 중요성과 감사하는 마음"(2막 4장)에 대한 경멸에 의해 상처투성이가 된 리어는 결국 점점 거세지는 폭풍우 속으로 뛰쳐나가 "적대적인 바깥 공기와 싸우면서 늑대랑 올빼미랑 친구가 되고" "따끔한 빈곤의 고통"(2막 4장)을 맛보게 된다. 그 자리를 떠나면서 자신이 양육한 "사악한 마녀들"에게 퍼붓는 리어의 성난 저주는, 한때 모두를 두렵게 만들 만큼 강력했던 군주가 얼마나 허약한 상태가 되었는지 애처로울 정도로 분명히 보여 줄 따름이다. 심지어는 그의 과장스러운 기질마저 도움이 되지 않는다.

너희 둘 모두에게 복수해서, 온 세상이 알게 될—나는 그런 짓을 하겠다.—그게 어떤 일이 될지는 아직 모른다만, 지상을 공포로 떨게 만들 것이다. (2막 4장)

기원과 저주의 경이로운 기세가 다시 부각되는 것은 3막 초반에서 격렬하게 표출되는 리어의 분노가 뛰어난 아리아를 이루는 부분이다. 맨머리로 폭풍우 속에 서서 자연 요소들을 불러내고 자신의 지시에 따르도록 명령하려 할 때, 비록 그의 간청이 헛된 행동에 불과할지라도, 아주 잠시 동안이나마 우주적인 무대 위를 지배하는 초인간적인 군주로서 리어의 위상이 회복되는 것이다.

그리고 만물을 뒤흔드는 천둥이여, 둥글고 가득한 세상을 내리쳐 평평하게 만들어라! 자연의 형상을 금 가게 하고, 배은망덕한 인간을 만드는 모든 정액을 한꺼번에 쏟아부어 없애 버려라! (3막 2장)

그러나 이것은 경이로움으로 가득한 3막에서 리어에게 일어나는 심대한 변화의 서막에 불과하다. 바로 다음 대사에서 리어는 스스로를 그저 "헐벗고, 허약하고, 경멸받는 노인"이라고 인정함으로써 자신의 위상을 낮춘다. "머리가 돌기 시작하고" 살을 에는 추위가 찾아들자, 그는 자신의 안위가 아니라 광대가 겪는 어려움을 걱정한다. 그리고 광대가 자신보다 먼저 오두막에 들어가도록 이끈다. 광대를 뒤따라가기 전에 리어는 심금을 울리는 기도를 하기 위해 잠시 멈춘다.

이 냉혹한 폭풍의 팔매질을 견뎌야 하는 불쌍하고 헐벗은 자들아, 어디에 있든지 간에, 머리를 누일 집도 없이 굶주린 뱃가죽으로, 그리고 구멍 뚫린 넝마를 걸친 채로, 이토록 험악한 시절로부터 어찌 너희 스스로를 보호한단 말이냐? 오, 그동안 내가 이것에 대해 너무 소홀했구나! 치료를 받아라, 화려한 자여. 불쌍한 자들이 느끼는 바에 스스로를 노출하여 넘쳐 나는 것들을 그들에게 나누어 주도록 하고 하늘이 공평하다는 것을 보여라. (3막 4장)

첫 장에서 보았던 변덕스럽고 자기중심적인 독재자가 이제 잔혹한 자식들과 "허허벌판의 거칠고 포악한 밤"에 의해 변모한 것이다. 즉, 동료 인간들 중에서 가장 경멸받는 자들에 대한 연민을 느끼는 인간, 그리고 자신의 왕국에서 벌어지는 냉혹한 악행들을 이해하는 인간이 된 것이다.

  그러나 리어 왕과 관련해 셰익스피어는 아직 끝낼 마음이 없다. 이 불운한 군주의 어쩔 수 없는 깨달음은 이제야 겨우 시작된 것이다. 같은 장 후반부에서 불쌍한 톰으로 가장한 에드거의 모습에 마음이 움직인 리어는 다음과 같이 소리친다. "너는 사물 그 자체로구나. 문명의 편의에서 배제된 사람은 너처럼 그저 불쌍하고, 헐벗고, 다리 둘 달린 짐승일 뿐이다. 벗자, 벗어, 빌린 것들을! 자, 여기 단추를 풀어라."(3막 4장) 이 경이로운 장면은, 리어가 갈 곳도 없이 굶주린 자들을 위해 기도한다는 사실보다 훨씬 심오한 의미를 내포한다. '왕실 극단'의 극작가이자, 절대 군주 제임스 1세의 후원으로 생계를 유지한 셰익스피어가 이 장면에서 왕의 육체적 경험을 통해 무대화하는 것은, 화려한 복장의 왕이건 넝마를 걸친 거지이건 똑같이 추위에 떠는 "불쌍하고, 헐벗고, 다리 둘 달린 짐승"일 뿐이라는 인식이다. 리어가 오두막의 문턱에서 기도를 할 때 그의 기도는 여전히 계층화된 사회를 전제로 하고 있다. 그것은 '화려함'이 존속하는, 다만 피지배자들을 더 큰 관용과 연민으로 대하는 사회이다. 그러나 리어가 "빌린 것들", 즉 군주의 화려한 옷을 찢어버릴 때, 그래서 그 아래 감춰진 "문명의 편의에서 배제된 사람"을 노출할 때, 리어의 행동이 보여 주는 바는 군주제와 그에 따른 권력과 재산의 불균등한 분배에는 사실 자연적인 근거가 전혀 없다는 인식이다. 인간이라는 동물로서 우리는 신체적 구조를 공유하고, 존재에 필요한 것을 공유하며, 그에 수반하는 취약성과 필멸성을 공유한다. 이런 사실이야말로 인간을 지배자와 피지배자, 배부른 자와 굶주린 자로 분할하려는 논리를 반박하는 것이며, 인간 세계의 계급 질서를 조롱하는 것이다.

이때 리어의 정신이 혼미한 것으로 그려졌다고 해서 이러한 깨달음의 효과가 줄어드는 것은 아니다. 셰익스피어는 다음에 이어지는 장면들에서 그 영향과 결과를 추적한다. 4막 6장에서 미친 왕과 눈먼 글로스터가 대화를 할 때, 리어는 3막 6장에서 제기했지만 답하지 않고 남겨 둔 정의의 문제를 다시 꺼낸다. 그 비현실적인 장면에서 광대와 에드거는 리어와 함께 그 자리에 있지도 않은 거너릴과 리건을 심문한 바 있다. 그러나 이제(4막 6장에서) 통치라는 관념에 대해 리어가 느끼는 환멸은 완전하다. 글로스터가 "폐하가 아니신가요?" 하고 묻자, 리어는 "그래, 어디를 봐도 왕이다. 내가 노려보면 백성이 떠는 것이 보이지."(4막 6장)라며 조롱하듯 대답한다. 그가 느끼는 환멸은 거기에서 멈추지 않는다. 리어가 글로스터에게 비록 눈은 멀었지만 "너는 이 세상이 돌아가는 형국을 잘 알지."라고 말하자, 글로스터는 "저는 느낌으로 봅니다."(4막 6장)라고 대답한다. 그리고 다음의 빼어난 대사로 이어지는데, 우리는 에드거의 방백 때문에 그것을 "이치에 맞는 것과 그렇지 않은 것이 뒤죽박죽 섞여 있는 광기 속의 이성"(4막 6장)으로 받아들이게 된다.

리어
    아니, 미쳤구나! 이 세상이 어떻게 돌아가는지는 눈이 없어도 볼 수 있다. 네 눈으로 보아라. 저기 저 재판관이 저 좀도둑에게 호통치는 것을 보아라. 네 귀로 잘 들어라.—자리를 얼렁뚱땅 바꾸는 거다. 그러면 누가 재판관이고 누가 도둑이더냐? 농부의 개가 거지에게 짖어대는 것을 본 적이 있느냐?

글로스터

예, 폐하.

리어

그 버러지 같은 인간이 개한테 쫓겨 달아나는 것도? 거기에서 너는 권위의 위대한 이미지를 볼 수 있었을 거야. 관직이 있는 개한테는 복종하는 거지. 악독한 포졸 놈아, 피 묻은 손을 멈추어라. 그 창녀를 왜 매질하느냐? 네놈 등을 쳐야지. 그녀가 매질당하는 것과 같은 본성으로 네놈 역시 그녀를 향해 욕정을 불태우지 않았더냐? 사채업자가 사기꾼의 목을 매단다. 넝마 옷 사이로 보이는 악행은 크게 보이는 법이지만, 법복과 털 외투는 그 모든 것을 감춰주지. 죄에 황금 칠을 하면 강력한 정의의 창도 상처 하나 못 입히고 부러지는 것이다. 누더기로 무장하면, 난쟁이의 지푸라기도 꿰뚫을 수 있다. 아무도 죄짓지 않았다. 아무도 없다, 없어. 내가 윤허한다. (4막 6장)

"용과 용의 분노 사이에 끼어들지 마라."라는 태도에서 "관직이 있는 개한테는 복종하는 거지."라는 태도로 변화가 일어난 것이다. 리어는 엄청난 거리를 현기증 나는 속도로 달려온 셈이다. 위의 인용문 마지막 문장에서 리어는 그의 사회가 보여 주는 불의와 위선으로부터 결론을 끌어냄으로써 더 커다란 도약을 하게 된다. "아무도 죄짓지 않은" 이유는 불평등과 수탈이 제도화되어 있을 때에는, 그리고 사회 전체가 본질적으로 잘못되어 있을 때에는 모든 사람이 죄를 짓고 있기 때문이다. 이제 "치료를 받아라, 화려한 자여."라고 감정적으로 충고할 때의 리어와는 사뭇 다르다. 왕의 입에서 나오는 자비에 대한 권고는 어떤 의미가 있을까? 그들의 존재 자체가 문제의 원천임에도 불구하고, 지배하는 자들이 도덕적으로 개선된다면, 그것이 해결책이 될 수 있을까? 이 순간 이 비극은, 문제의 원인이 개인의 잘못을 넘어서는 것, 즉 가난한 자를 만들어내고 그들을 강한 자에게 복속시키는 체제 그 자체에 있다는 깨달음으로 나아간다.

잠시 후 코딜리어와 재회하는 리어와 그녀 앞에 무릎을 꿇고 용서를 비는 리어는 첫 장에서 그녀를 내쫓았던 분노에 찬 폭군과는 매우 다른 종류의 왕이다. 사실 그는 더 이상 자신을 왕이라고 생각하지도 않으며, 더 이상 부풀린 말투를 사용하지도 않는다.

> 나는 아주 어리석고 실없는 늙은이라오. 더도 말고 덜도 말고 여든 살을 먹었소. 그리고 솔직히 말하자면, 내가 온전한 정신이 아닌 게 두렵소. (4막 7장)

『레어 왕』의 주인공과 달리, 리어는 왕관을 되찾는 일이나 다시 통치를 시작하는 일에 아무 관심이 없다. 그 사회에 내재하는 비도덕성에 대한 자신의 책임을 부인할 수 없기 때문이다. 코딜리어와 함께 포로가 되었을 때, 그는 그녀와 함께 감옥에 갇히게 되리라는 가망을 다행스럽게 받아들인다. 그것은 궁정에서 벌어지는 가혹한 권력 투쟁에서 해방되는 것을 의미하기 때문이며, 이제 리어는 그런 양태를 마치 올림포스 산 위의 신들처럼 물끄러미 관조할 수 있다.

> 그렇게 우리가 살아 기도하고, 노래하고, 옛이야기를 나누며,

그리고 금도금한 나비들을 보고 웃으며, 형편없는 작자들에게서 궁정 소식을 들을 테다. 그들과도 말을 나누자꾸나.—누가 이기고, 누가 졌는지, 누가 들어가고, 누가 쫓겨났는지—마치 신의 첩자라도 되는 것처럼 사물의 신비한 비밀을 책임질 것이다. 그리고 벽으로 막힌 감옥에서 우리는 달이 차고 기우는 것처럼 부침하는 고관들보다 더 오래 살아남을 것이다. (5막 3장)

리어와 코딜리어에게는 매우 안타까운 일이지만, 셰익스피어에게는 그들이 쉽게 떠나도록 내버려 둘 마음이 없다. 그가 겪은 의식의 대전환에도 불구하고, 고통에서 벗어나 마침내 평안을 얻기는커녕, 리어는 그들의 안식처가 되기를 희망했던 감옥에서 코딜리어가 죽임을 당하는 것을 지켜보아야만 하고, 하염없는 슬픔 속에서 그녀의 얼굴을 바라보며 자신의 목숨도 단념하게 된다.

리어의 이야기를 더욱 강력하게 만들기 위해 셰익스피어는 한 걸음 더 나아가, 고통과 통찰과 망각이라는 같은 궤적을 따라가는 글로스터의 이야기를 겹쳐서 묘사한다. 남의 말을 쉽게 믿어버리는 어리석음 때문에 글로스터는 에드거와 자식의 연을 끊고, 에드먼드에게 농락당하며, 결국 콘월과 리건에게 눈알마저 뽑히는 처지에 빠진다. 첫 장에서 나타나는 리어의 광기가 은유적인 차원이었다면, 그가 지혜를 획득하는 것은 실제로 미쳐버리고 나서이다. 이와 마찬가지로, 아들의 진실한 본성에 눈을 감은 글로스터 역시 실제로 장님이 되고 나서야 비로소 세상이 돌아가는 방식에 대해 실감하게 되는 것이다. 도버로 가는 길을 못 보지 않느냐며 말리는 노인에게 글로스터는 다음과 같이 토로한다. "가야 할 길도 없는데 눈이 무슨 필요가 있겠어. 볼 수 있을 때에도 걸려 넘어졌지."(4막 1장) 리어의 광기가 그런 것처럼, 글로스터는 실명이라는 충격적인 체험을 통해 자신의 생각과 가치의 틀을 만든 사회와 문화의 굴레로부터 벗어날 수 있게 된다. 불쌍한 톰과 함께 도버로 가는 길에 그가 하는 말은, 자신의 영토에 거주하는 불쌍하고 헐벗은 자들을 위해 기도하는 리어의 대사를 상기시킨다. 특히 마지막 대사는 리어가 '광기 속의 이성' 대사에서 퍼붓는 날카로운 비판을 미리 보여 준다.

여기 이 지갑을 받아라. 하늘이 내린 온갖 재앙을 너는 달갑게 받는구나. 이렇게 비참한 처지가 되고 보니 네 모습이 더 행복해 보인다. 하늘은 항상 이렇게 대처하시지. 재물로 넘쳐 나고 욕정을 탐닉하는 인간은 하늘의 뜻을 농락하고, 자신이 못 느끼는 탓에 보려고 하지도 않으니, 하늘의 위력을 느끼게 만들어주소서! 공평한 분배로 지나친 것을 무효로 만들어 모두가 충분히 누리도록 하소서. (4막 1장)

리어와 글로스터 이외에도 갑작스러운 혼란과 추락으로 충격적인 경험을 하게 되는 인물이 또 있다. 에드거는 아버지가 겪은 고통을 이해하게 하는 변화를 경험하며, 그보다는 덜 심각하지만 켄트 역시 자신의 군주가 겪는 고통스러운 경험에 따라 변화한다. 리어와 유사하게 자신의 정체성을 잃어버린("에드거는 없는 거지."—2막 3장) 에드거는 "경멸받는 인간이 빈곤으로 인해 짐승의 수준까지 떨어질 정도로" "가장 천하고 헐벗은 꼴"(2막 3장)로 변장한다. 불쌍한 톰으로 변장한 그는 리어와 글로스터의 깨달음을 전율을 느낄 정도로 온몸으로 보여 주는 존재가 된다. 그리고 자신의 아버지와 왕이 겪어야만 하는 비참함을 목도

함으로써 그의 동정심 또한 더 넓고 깊어진다. 도버 절벽 장면 이후 글로스터를 인도하는 에드거는 이제 톰이라는 가면을 벗고 자신을 새로운 방식으로 소개한다. "운명의 풍파에 길들여진 아주 불쌍한 사람으로, 이미 알려진 슬픔과 나 자신이 겪은 슬픔에서 얻은 기술 덕분에 동정심을 쉽게 느끼는 사람입니다."(4막 6장) 물론 리어나 글로스터와 달리 에드거는 살아남아 에드먼드를 물리친다. 그러나 기껏해야 이 황폐한 왕국의 왕이 되는 미래가 기다릴 뿐이다. 켄트 백작은 그와 함께 나라를 통치하자는 제안을 거부하고 "모든 게 우울하고, 어둡고, 죽은 듯한"(5막 3장) 이 세상에서 벗어나 자신의 경애하는 주군을 따라 무덤으로 향하겠다고 말한다. 켄트 역시 극 내내 유지해 온 자신의 가면을 벗어버린 참이었다. "매우 정직한 심장을 가졌으며, 왕처럼 가난한"(1막 4장), 저돌적인 말투의 카이어스로 가장했던 켄트는 차꼬에 묶이는 치욕을 치르고 폭풍우 속에서 리어의 악몽을 함께 겪지만, 결국에는 차가운 시체로 변한 왕과 코딜리어를 그저 지켜볼 수밖에 없다.

셰익스피어는 이런 방식으로 군주의 운명을 복합적으로 만들 뿐만 아니라 글로스터, 에드거, 켄트 같은 걸출한 귀족들의 운명 역시 같은 궤적을 따르게 한다. 그럼으로써 그는 이 비극이 단순히 왕의 운명만을 다루는 것이 아니라 더 커다란 목적이 있음을 분명히 한다. 리어, 코딜리어, 글로스터뿐만 아니라 거너릴, 리건, 에드먼드, 콘월도 죽는다. 그리고 광대 역시 죽었을 테고, 머지않아 켄트도 죽을 것이다. 그것은 마치 하나의 체제 전체가 제거되고 파괴되는 것과 다를 바가 없다.

1608년 사절판 표지에 기록된 것처럼, 『리어 왕』이 1606년 '크리스마스 축제 기간 성 스티븐 축일 밤에 화이트홀에서 국왕 폐하를 모시고 공연되었다'는 사실은 잘 알려져 있다. 제임스 왕과 신하들이 이 공연을 어떻게 생각했는지는 기록된 바 없다. 성 스티븐 축일(요즘에는 '박싱 데이(크리스마스 선물의 날)'로 불린다.)은 전통적으로 환대와 가난한 자들에게 베푸는 자비를 떠올리게 한다. 그렇기에 리어가 겪는 시련의 의미를 귀족 관객들이 포착하지 못했을 리도 없고, 또한 그들에게 많은 심리적인 부담을 남겨 주었을 것이다. 그러나 다른 한편으로는, 제임스 왕과 그를 에워싼 귀족들이 예술 작품의 함의를 회피하는 데 있어 우리 시대의 관객들만 못하다고 판단할 근거도 없다. 설령 그렇다 하더라도, 군주를 위해 연극을 창작하고 공연하는 것, 그것도 작품 속에 군왕의 의복을 그저 "빌린 것"이라며 경멸하는 왕이 나오고, 영화를 누리는 자들에게 "치료를 받으라고" 요구하며, "관직이 있는 개한테는 복종한다"고 공언하는 것은 상당한 배짱을 필요로 한다. 특히 그런 식의 불경스러움을 "광기 속의 이성"이라는 명목으로 내놓고 뒷받침하는 경우에는 더더욱 그러하다. 왕이 권좌로 되돌아오는 방식을 피하기 위해 『레어 왕』의 행복한 결말을 폐기하고 그 대신 극도의 고통 속에서 죽음을 맞도록 만드는 것은 어쩌면 극작가 스스로를 위험에 빠뜨리는 일일 수 있다. 제임스 왕 자신은 이와 같은 『리어 왕』의 선동적인 차원을 안중에 두지 않았을지도 모른다. 그러나 기억해야 할 사실은, 불과 수십 년도 지나지 않아 그의 아들 찰스 1세가 1649년 의회에 의해 처형당하면서 "권위의 위대한 이미지"가 사라지고, 그의 왕국이 공화국으로 대체되었다는 점이다. 셰익스피어의 수많은 역사극과 비극 중에서 특히 『리어 왕』이 그와 같은 혁명이 일어날 수 있는 분위기를 만드는 데 일조했다고 말하는 것이 아주 잘못된 주장은 아니다.

혁명 후 찰스 2세의 왕정복고 시대 취향에 맞춰 나훔 테이트가 개작한 『리어 왕』이야말로 이러한 가설을 가장 잘 입증해 준다. 테이트는 광대라는 등장인물을 아예 없애 버렸고, 그러면서 그의 반항적인 풍자와 수수께끼 같은 예언도 삭제해 버렸다. 에드거와 코딜리어를 고결한 연인으로 만들고, 리어는 되찾은 왕국을 그들에게 물려준다. 또한 리어, 글로스터, 켄트를 죽이지 않고 살려 놓는다. 테이트의 말을 빌리자면, 그의 목적은 "이 이야기에 부족한 개연성과 균형을 바로잡으려는 것"이다. 즉, "고통받는 순결한 사람들"이 모두 죽는 것이 아니라 "성공하는 것으로 결말을 내기 위해" 작품에 변형을 가한 것이다. 달리 표현하자면, 당대 사람들의 취향에 맞추고자 테이트는 이 비극을 셰익스피어는 버린 장르, 즉 희비극으로 되돌려 놓은 것이다. 1681년부터 1838년까지 테이트의 맥 빠진 모방작이 셰익스피어의 『리어 왕』을 밀어내고 영국의 연극 무대를 차지했다는 사실은 셰익스피어의 작품에 강력한 전복적 힘이 내재되어 있음을 증명한다.

이 비극은 오늘날의 관객조차 불편하고 당황스럽게 만드는 힘을 여전히 보여 준다. 21세기에 절대 군주의 존재는 거의 사라졌지만, 폭압적인 지배자와 전제적인 국가는 여전히 남아 있다. 사회적 불화와 경제적 불평등은 더욱 심각하며, 셰익스피어의 상상조차 뛰어넘는 굶주림과 가난이 계속된다. 거지와의 동질성을 고백하는 왕의 비극, 그리고 "공평한 분배로 지나친 것을 무효로 만들어 모두가 충분히 누리도록 하소서."(4막 1장)라고 간청하는 백작의 비극은 그 어느 때보다 오늘날의 우리에게 해줄 말이 많다.

4

그러나 이것이 전부는 아니다. 『리어 왕』을 제대로 설명하고자 하는 현대 비평이라면 반드시 언급해야 할 내용으로 이 작품이 극화하는 비극적 충돌, 즉 위계질서와 인간애 사이의 충돌, 왕에 의해 구현되는 통치와 왕국 분할에 대한 파괴적 명령과 헐벗은 거지에 의해 구체화되는 평등, 연민, 공유에 대한 요구 사이의 충돌이 있다. 그렇지만 이 작품은 또한 두 명의 아버지와 그들의 자녀를 둘러싼 이중의 가정 비극으로, 제임스 1세 시대 영국에서 왕가와 지배층만의 문제가 아닌 가족과 가부장제에 관한 불편한 진실을 보여 주기도 한다. 이와 같은 시각으로 이 극 작품을 새롭게 살펴본다면, 우리의 반응을 더욱 복잡하게 만드는 모순 및 모호성과 씨름할 수밖에 없다.

무엇보다 리어 왕과 딸들의 관계를 고려해 보자. 표면적으로는 도덕적 대립과 차이라는 점에서 이보다 더 분명할 수 없다. 리어는 "아주 어리석고 실없는 늙은이"이며 "배은망덕"의 희생자로서 "죄를 짓기보다는 죄의 피해자가 된 적이 훨씬 더 많다."(3막 2장) 거너릴과 리건은 자신들이 "딸들이 아니라 호랑이들"(4막 2장)이며 무자비한 약탈자라는 점을 거침없이 드러낸다. 반면에 "헐값이라도 매우 소중한 아가씨"(1막 1장) 코딜리어는 "온 세상의 저주를 자연으로부터 거두어줄"(4막 6장) 유일한 딸이자 자식의 사심 없는 사랑을 보여 주는 눈부신 본보기이다.

그러나 왕국을 쪼개려는 리어의 '은밀한 계획'은 처음에 아버지의 관대함이라는 자기기만적 공상으로 나타난다. 그것은 세 딸 모두가 자신에게 감사하는 마음을 갖도록 만들고, 자신의 여생은 코딜리어의 "다정한 보살핌"(1막 1장)에 맡기고 싶다는 계획이다. 딸들의 사랑을 공개적으로 시험하려는 장면은 리어의 허영심이 얼마나 터무니없는 것인지 보여 줄 뿐만 아니라, 부모와 자식 간의 사랑을 양으로 측정하고 값을 매기려는 리어의 관점을 드러낸다. 거너릴과 리건은 그와 같은 리어의 생각을 공유하고 "매끄럽고 번지르르하게 말하는 재주"(1막 1장)로 아버지에게 아첨함으로써 보상을 받는다. 반면에 코딜리어는 계산적인 언어를 거부하고, 침묵 속에서 사랑하며, 부녀 관계에 대해 꾸밈없는 진실을 말함으로써 벌을 받는다. "저 아이를 가장 사랑했다"(1막 1장)며 한탄할 때, 리어는 여전히 사랑의 크기를 측정하려는 태도를 버리지 못한다. 하지만 그러한 사랑을 곧바로 끔찍한 적대적 반감으로 바꿔버리는 그의 신속함, 그리고 코딜리어에 대한 혐오감을 표현하기 위해 그가 동원하는 온갖 야만적인 이미지를 떠올리면, 맨 처음 리어가 품었던 사랑이 과연 어떤 것이었는지 의아해하지 않을 수 없다.

야만스러운 스키타이인 혹은 부모를 먹을거리로 만들어 제 식탐을 채우는 자를 내 마음속에서 벗하거나, 동정하거나, 용서하는 것과 같은 정도로만 한때는 내 딸이었던 너를 대접하겠다.
(1막 1장)

더구나 "아이처럼 변한 아버지"(4막 7장)가 "잊어버리고 용서해 달라"고 간청하며 코딜리어와 심금을 울리는 화해를 한 후, 그녀를 대하는 리어의 태도 역시 문제이다. 왜냐하면 "저 아이의 다정한 보살핌" 아래 여생을 보내고 싶다던 그의 소망이 그러했듯이, 여기에서도 그의 태도가 불편할 정도로 독점적이기 때문이다. 포로가 된 코딜리어가 "딸들이자 언니들을 우리가 만나야 하는 것 아닌가요?"라고 물었을 때, 리어는 외친다. "아니, 아니, 아니, 아니! 자, 우리는 감옥으로 가자. 새장 속에 갇힌 새처럼 우리 둘이서만 노래하자."(5막 3장) 코딜리어의 시체를 팔에 안고 등장하는 리어가 그녀의 입술에 남은 생명의 불꽃에 절망적으로 집착하다 죽어갈 때, 즉 이 통렬한 비극이 절정에 도달했을 때, 딸을 소유하려는 그의 욕망이 마침내 그런 식으로 충족되는 것은 아닌가 하는 불편한 느낌을 지우기 어렵다.

"들개의 심장을 가진 딸들"(4막 3장) 거너릴과 리건이 늙은 아버지를 대하는 방식은 아버지가 그들을 대하는 방식을 고려하면 설령 용서하기는 어려울지라도 충분히 이해할 만하다. 리어는 세 자매를 서로 아버지의 애정을 얻기 위해 다투는 경쟁자로 여기도록 키웠으며, 그러면서도 거너릴이 리건에게 상기시키듯 "막내를 가장 사랑한다"(1막 1장)는 사실을 노골적으로 드러냈다. 실제로 에드먼드의 사랑을 차지하기 위해 다툼으로까지 발전한 거너릴과 리건의 경쟁심은 문자 그대로 그들 두 사람의 목숨을 앗아 가는 원인이 된다. 리어가 "언제나 자신에 대해 잘 몰랐다"거나 "가장 왕성하고 가장 건강했던 시절에조차 늘 경솔했다"는 그들의 생각은 그가 코딜리어를 내치는 것으로써 입증된다. 따라서 "습관처럼 오래 몸에 붙어 있는 불완전한 상태"의, 그리고 "나이 들어 허약해진" 상태의 리어에 대한 그들의 두려움은 충분히 납득할 만하다. 그들이 아버지에게 보복적으로 가하는 굴욕은 분명 정당화하기 힘들지만, 리어의 수행 기사를 한 명도 남기지 않고 없애 버리는 거너릴과 리건의 태도에는 매우 극악한 차원의 시적 정의가 있다. 그토록 잔인하게 더치 경매(값을 점점 낮춰 부르는 경매)를 실행에 옮기는 그녀들의 마음이란, 아버지에 대한 사랑을 공개적으로 천명하도록 요구하고 그녀들의 감정에 가격표를 붙이려 드는 마음의 거울 이미지이다. 열매는 나무 주변으로 떨어지게 마련이라는 속담의 진실이 복수처럼 리어에게 되돌아오는 것이다. 리어 자신이 인정하듯 그녀들은 "내 몸속에 들어 있는 질병이라서 내 것이라 불러야만 하는"(2막 4장) 존재인 것이다.

게다가 코딜리어가 아버지의 타락에 오염되지 않았다고 여기는 것, 그래서 그녀를 사악한 언니들과 정반대되는 천사 같은 인물로 받아들이는 것은 매우 감상적인 관점이다. 물론 코딜리어 스스로가 밝히는 것처럼, "마음속에 있는 것을 입까지 끌어낼 수 없다"는 이유로 "사랑합니다 말하고 입을 닫을 수밖에."(1막 1장)라고 결심함으로써 그녀는 분명 더 나은 삶의 방식을 상징하는 존재가 된다. 그것은 세상을 지금처럼 존재하게 하는 방식을 넘어서는 것이며, 그 세상을 돌아가게 하는 오염된 언어를 넘어서는 것이다. 그러나 언니들의 것보다 "더 비옥한 삼등분"을 주겠다는 아버지의 거래를 내놓고 거부하는 그녀에게서 경직된 완고함과 도덕적 우월감을 발견하기는 어렵지 않다. "할 말이 없습니다."라는 코딜리어의 고집스러운 솔직함은 아버지의 압력에 따라 냉정하고 정확한 표현으로 바뀐다. "폐하를 사랑합니다만 자식의 도리에 따른 것이지, 그 이상도 이하도 아닙니다." (1막 1장) 마침내 그녀는 아버지의 계산적인 논법에 굴복하지만, 그것은 거너릴과 리건에 필적할 만큼 차가운 냉소로써 표현된다.

> 제 맹세를 받는 그분의 손이 제 사랑의 절반을, 그리고 제 관심과 존경의 절반을 가져가시겠지요. 아버지만을 사랑한다면, 정말이지 저는 언니들처럼 결혼을 하지는 않을 겁니다. (1막 1장)

이와 같은 냉정한 말에는 확실히 경멸의 기미가 있으며, 그것이 진실하다고 해도, 가시 돋친 말로써 상처를 주려는 의도가 감춰지지는 않는다. 아버지에게 순응하지 않는 코딜리어의 용감한 행동이 동시에 아버지를 향한 복수의 행동이며 결국 언니들에 비해 그녀가 우월함을 입증하는 뒤틀린 증거라는 추론을 물리치기는 어렵다. 그러나 그 대가는 아버지의 파멸과 왕국의 분열, 그리고 그녀 자신의 목숨이다.

리어와 그의 세 딸은 서로를 학대하는 왜곡된 순환에 갇혀 있는 가족이다. 그리고 그것은 리어의 도덕적 깨달음이나 코딜리어와의 초월적 재회만으로 완전히 극복되지 않는다. 사실 리어의 경우, 자신의 마음을 아프게 했다는 이유로 단지 자식들에게 비난을 퍼붓는 것만이 아니라, 폭풍우 속에서 자신을 고통과 정신 착란에 내던짐으로써 그들에게 상처를 주려 한다는 의심에서 자유롭지 못하다. 어쩌면 리어는 사랑이 부족하다는 이유로 딸들을 벌함으로써 사랑받을 자격이 없는 자기 자신을 벌하려는 무의식적 충동을 만족시키고 있는지도 모른다. 폭풍우 속에서 "나는 죄를 짓기보다는 죄의 피해자가 된 적이 훨씬 더 많도다."라고 끝맺는 대사는 그가 인정하지 못하는 죄책감이 그의 마음을 괴롭히고 있음을 분명하게 암시한다.

벌벌 떨어라, 드러나지 않은 범죄를 마음속에 담고 있어 정의의 단죄를 받지 않은 비열한이여. 어서 숨어라, 피 묻은 손아, 위증을 한 너, 근친상간을 저지르고도 짐짓 미덕을 가장한 너도 숨어라. 은밀하고 편리한 외양을 하고서 인간의 목숨을 농락한 비천한 자는 두려움에 떨다 조각조각 박살이 날 거다. 감춰진 범죄를 끝장내라, 그들의 은밀한 은신처를 발기발기 찢어라. 그리고

이 무시무시한 자연의 소환리에게 자비를 구하여라. (3막 2장)

만약 이 대사가 잠재의식적으로 자기 자신에게 하는 말이라면, 그리고 "감춰진 범죄"에 그 자신의 것도 포함된다면, 사랑을 시험하고 왕국을 분할하는 그의 '은밀한 계획'에는 사실 자신에 대한 심판을 초래하는 불행을 재촉하는 것, 그가 한탄하는 바로 그 고통을 불러일으키는 것이 포함되어 있는 것이다.

리어에게 그와 같은 복잡한 심리적 동기를 부여하는 것은 너무 지나친 것으로 보일 수도 있지만, 이와 놀랄 만큼 유사한 특징이 에드거의 성격에서도 발견된다. 그러므로 이런 문제에 대한 셰익스피어의 탐색이 결코 우연하게 이루어진 일이 아니다. 왕과의 유사성에 대해 에드거는 아주 간결하게 요약한다. "내가 아버지에게 당한 것처럼 그는 자식들에게 당했구나."(3막 6장) 1608년 사절판의 표지는 그들의 유사성을 강조해 주는데, 리어와 그의 딸들의 삶과 죽음이라는 표제에 이어, 글로스터의 삶이 아니라 '글로스터 백작의 아들이자 후계자 에드거의 불행한 삶, 그리고 미친 톰으로 가장한 그의 음울한 기행'이라는 부제를 덧붙이고 있다.

에드거는 매우 수수께끼 같은 인물이다. 특히 그가 "개들마저 경멸하는 외양"(5막 3장)을 하고 다녀야 하는 이유는 이해하기 어렵다. 그럴 필요가 없는 상황에서도 여전히 그와 같은 변장을 하고 있는 이유는 말할 것도 없다. 스스로에게 신체적·정신적 참회 과정을 그토록 오랫동안 부과함으로써 그는 과연 어떤 감춰진 죄를 속죄하고 있는 것일까? 이 질문에 대한 단서는, 글로스터가 완벽한 기회를 제공했음에도 불구하고 눈먼 아버지에게 자신의 정체를 드러내지 않는 매우 당혹스러운 장면에서 찾을 수 있다.

> 오, 사랑하는 에드거, 속임수에 빠진 아비에게 분노의 제물이 되었구나! 살아서 다시 너를 만져볼 수만 있다면 다시 눈을 찾았노라 말할 텐데. (4막 1장)

에드거는 후회로 가득한 아버지에게 베풀 수도 있었던 위안을 아버지가 죽는 순간까지 베풀지 않는다. 그리고 아버지의 죽음은 때늦게 밝히는 아들의 정체를 알게 되면서 받은 충격에서 비롯된다. 더욱이 그렇게 치명적인 정체 공개에까지 이르는 과정에서, 에드거는 눈먼 아버지를 속여 "회백색 절벽의 무시무시한 꼭대기에서"(4막 6장) 뛰어내렸다고 믿게 만들고 가짜 자살을 경험하도록 이끈다. 남의 말에 휘둘려 자신을 불신했던 아버지에 대한 에드거의 분노가 이런 방식을 통해 우회적으로 충족되는 것이라고 결론짓는 것은 타당해 보인다. 아버지를 인도하고, 그를 위해 구걸하고, 그를 위로할 때조차 에드거는 아버지가 대가를 치르게 한다. 그것은 자신에게 서자라는 낙인을 남겼다는 이유로 아버지에게 대가를 치르게 만드는 에드먼드와 확실히 비슷하다. 하지만 불쌍한 톰으로 가장함으로써 스스로를 고통 속으로 몰아넣는 에드거의 모습에는 스스로에게 벌을 주려 한 리어의 은밀한 욕망과 유사한 점이 있다. 불쌍한 톰은 고결한 에드거라면 반드시 억압해야만 하는 자식으로서의 공격성을 대신하고, 또한 어쩌면 아버지를 향한 자신의 마음이 아버지가 의심할 만한 것일지도 모른다는 에드거의 두려움을 대변하는 일종의 희생양과 같다. 글로스터로서는, 두 아들과 자신의 운명에 대한 비난을 모두 자신이 떠맡아야 한다는 수치심 때문에 죽음에 이른 것일 수도 있다.

리어 및 글로스터 가문의 비극에 상호 대립적으로 보이는 것들의 공모 관계가 자리 잡고 있다는 사실을 밝힌다고 해서, 리어와 코딜리어 그리고 글로스터와 에드거가 서로를 사랑하는 법을 배운다는 사실을 부정하는 것은 아니다. "기꺼이 모든 것을 내준 늙고 인자한 아비"(3막 4장)라는 리어 자신의 표현이 거짓인 것은 아니다. 그리고 에드거와 코딜리어가 각자의 아버지에게 보여 준 연민이 가짜인 것도 아니다. 코딜리어의 타협을 모르는 마음에는, "본질에서 벗어난 문제들과 사랑이 뒤섞이게 되었다면 사랑은 사랑이 아닌"(1막 1장) 것이다. 그러나 『리어 왕』이 분명하게 보여 주는 바는, 가부장적 가족 제도 안에서 사랑이란 아무리 순수하다 할지라도 지배와 독립, 적의와 죄의식에 의해 타락할 수밖에 없다는 사실이다. 리어와 글로스터가 사랑에 의해 구원받는 것으로 바라보는 것은 이 비극을 지나치게 낙관적으로 설명하려는 태도로서, 모든 파멸의 공범 역할을 하는 그 사랑 또한 이 작품에서 심판받고 있다는 점을 직시하지 못하는 것이다.

성차(性差)와 밀접하게 관련된 질문 역시 판단하기가 쉽지 않다. 『리어 왕』을 매혹적인 여성혐오주의 판타지로 설명하는 여성주의적 작품 해석을 확증하는 증거는 아주 많다. 이러한 비평적 관점에서 보면, 셰익스피어가 소재로 삼은 작품들에서 두 집안 모두 어머니가 없다는 눈에 띄는 사실이 셰익스피어 작품에서도 고스란히 이어진다. 자신의 어리석음과 자식들의 배은망덕 때문에 겪는 리어의 비극적 고통이란 이 극작품을 실제로 추동하는 것을 가리는 연막에 불과하다. 그것은 바로 어머니의 자리를 빼앗고 모성적 갈망을 억누를 뿐만 아니라, 남성의 힘을 위협하는 모든 여성적 특성을 절멸하고자 하는 남성의 욕망이다.

"바로 이 육신이 그런 펠리컨 딸들을 낳았으니까."(3막 4장)라는 리어의 언명은 그들을 낳은 여성을 배제한다. 반면 자신의 남성성을 침해할 수 있는 여성적인 눈물에 대해서는 두려움을 보인다. "여자들의 무기인 눈물이 흘러내려 남자의 뺨을 적시지 않도록 해 주소서."(2막 4장) 게다가 거너릴과 리건은 거친 남성성을 보임으로써 비난을 받으며, "(여자에게는 탁월한 일인) 항상 부드럽고 다정하고 조용한 목소리"(5막 3장)를 가진 코딜리어와 대조가 된다. 거너릴에게 퍼붓는 리어의 저주는 그 의미가 너무도 자명하다. "그녀의 자궁을 불임으로 인도하고, 그녀의 생식기관을 죄다 말라비틀어지게 하여라."(1막 4장) '광기 속의 이성'을 실감 나게 보여 주는 장면에서 리어는 여성의 성욕이 야기하는 유해한 공포에 대해 소리친다.

> 그들은 허리 아래로는 켄타우로스고 위로는 여자의 몸을 하고 있어. 허리까지만 신들이 다스리고 그 밑으로는 악마의 소유물이다.―거기에 지옥이 있고, 암흑이 있고, 유황 불구덩이가 있다.―불타고, 화상을 입히고, 악취가 나고, 소진되는 거다!
> (4막 6장)

또한 이 극작품에 등장하는 여성 전부라 할 수 있는 리어의 세 딸이 결국 아버지와 더불어 사라지고, 오직 남성들만 살아남은 세계가 작품의 끝에 기다리고 있다는 사실을 부정할 수 없다.

여성 인물이 모두 제거된 무대 위에서 죽어가는 리어가 가부장제의 표본으로서 비극적 조명을 독차지하고 있다는 생각은 매우 냉소적인 주장으로 들릴 수도 있다. 『리어 왕』에 대한 이 같은 해석을 지지하는 증거는 텍스트 안에 충분히 많다. 성차적인 요소를 충분히 고려한 작품 해설이 이루어지려면 지금까지와는 매우 다른 방향의 여성주의적 읽기가 필요할 것이다. 그러한 독서는 악의적인 여성혐오주의가 리어의 대사를 훼손하고 작품의 플롯 구조에 영향을 미친다는 주장을 뒷받침할 것이다. 하지만 그것은 이 극작품이 가부장 중심의 편견과 정형화를 승인하고 있다거나 주인공들이 그에 사로잡혀 있다는 결론에 도전하는 독법이 되어야 할 것이다. 왜냐하면 리어의 비극은 그러한 편견과 정형화의 무시무시한 대가를 남성과 여성 모두가 치러야 한다는 점을 보여 준다고 주장할 수도 있고, 또한 억압하면 남성을 정서적 불구로 만들어버리는 그런 자질들을 포용하기 위해 남성성을 새롭게 정의하는 것이 바람직하다는 점을 보여 준다고 주장할 수도 있기 때문이다. 이런 관점에서 보면, 리어가 질식할 듯 경험하는 히스테리("격렬한 히스테리가 아랫배에서 치고 올라오는구나!"—2막 4장)는, 그가 부질없이 물리치려 애쓰는 눈물이 그러하듯, 그의 정서적 해방을 징후적으로 보여 준다. 그의 내면에서 모성적 충동과 여성적 감정 이입이 치밀어 솟아오르는 것은, 폭풍우 속에서 거처도 없이 굶주리는 자들에게 느끼는 연민과 분리할 수 없다. 그리고 그것은 왕권의 기초 그 자체에 대한 회의와도 분리할 수 없다. 더구나 "동정심을 쉽게 느끼는"(4막 6장) 혹은 느끼게 되는 남성 인물들(글로스터, 켄트, 에드거, 광대, 올버니)의 중심에 리어가 있다. 그리고 그들은 에드먼드, 콘월, 거너릴, 리건과 선명한 대조를 이루면서, 작품 속에서 배려와 인정이 넘치는 남성들로 구성된 일종의 버림받은 자들의 공동체를 이룬다. 달리 말하자면, 『리어 왕』은 성차에 관한 가부장적 개념들을 용인하는 것이 아니라, 그 결탁 관계를 폭로하고, 그로부터 벗어나려는 남성 인물을 제시하는 것이다.

5

 그러나 『리어 왕』에 대한 분석이 아무리 충분한 근거에 기초한다 하더라도, 이 비극의 전체를 다 설명할 수는 없다. 리어 및 글로스터의 가족에게 벌어지는 일, 그리고 그 결과로 인해 브리튼에서 일어나는 일은 사회에서의 관계, 가족 내에서의 관계, 남녀 간의 관계를 왜곡하는 종속 구조들과 분리될 수 없다. 이런 점에서, 사람의 운명이란 "천체의 영향"에 의해 만들어지고 우리의 현재란 "복종할 수밖에 없는 행성의 영향력"(1막 2장)에 의해 만들어진다는 글로스터의 믿음은 에드먼드뿐만 아니라 이 극 작품 전체에 의해 반박된다. 이 작품은 "사람은 시류를 잘 따라야 하는 법"(5막 3장)이라는, 인간은 자신이 살아가는 시대와 문화의 산물이라는 에드먼드의 주장에 동조한다. 그러나 동시에 인간이란 시대가 요구하는 것을 따르지 않는, 즉 역사의 조수를 거슬러 헤엄치는 가능성을 가진 존재라는 것 또한 보여 준다. 『리어 왕』은 위계질서와 가부장제로 말미암아 인간들이 서로에게 그리고 자신에게 어떤 짓을 하게 되는지를 보여 준다. 그러나 다른 한편으로 이 비극은, 리어와 글로스터의 변화를 통해, 코딜리어의 말 없는 사랑을 통해, 자신의 내부에서 거지의 모습을 발견한 에드거를 통해, 주인공들을 파멸시키는 자들과는 아주 다른 방식으로 사랑하며 살아갈 수 있는 능력이 인간에게 존재한다는 사실을 확인해 준다. 그런 점에서 『리어 왕』을 아주 급진적이고 미래 지향적인 비극으로 볼 수 있으며, 이 비극의 잔혹성과 공포는 인간이 만든 사회적 창조물일 뿐이며 따라서 사람들이 의문을 던지고 변화시킬 수 있는 것이라는 사실이 드러난다.

 그러나 셰익스피어는 자신의 작품이 거기에 머물도록 내버려 두지 않는다.『리어 왕』을 그처럼 이해하는 것은 틀리지 않을 것이다. 그러나 문제는 그것으로는 충분하지 않으며, 작품의 저자가 마음먹은 수준에 한참 못 미친다는 것이다.『리어 왕』이 전개되는 과정에서 셰익스피어는 점차 비극의 원인을 역사 속에서, 설명 가능한 인간적 이해관계의 충돌 속에서 찾으려는 생각을 버린다. 그 대신 우리가 그 궁극적인 원리를 여전히 알지 못하는 자연법칙의 냉혹한 요구에서 그 원인을 찾으려 한다.

만약에 "자연의 은밀한 욕정 속에서" 잉태된 것을 자랑스럽게 여기고 "관습의 병폐"(1막 2장)를 비웃는 에드먼드가, 효심으로써 "온 세상의 저주를 자연으로부터 거두어줄"(4막 6장) 코딜리어보다 더 진실에 가깝다면 어찌할 것인가? 만약에 리어가 "사악한 마녀들"(2막 4장)이라 부르며 비난을 퍼붓는 딸들이 단지 "암여우"(3막 6장)로서 자신들의 본성에 충실한 것일 뿐이며, 그들이 끊임없이 비유되는 호랑이, 늑대, 뱀, 독수리의 세상에서 편안함을 느끼는 것일 뿐이라면 어찌할 것인가? 양육 방식이 어느 정도는 "불친절이라는 날카로운 이빨"(2막 4장)과, 거너릴과 리건의 무자비한 탐욕을 설명해 줄 수 있을 것이다. 그러나 양육에 근거한 설명은 같은 가정 환경에서 그리고 같은 상황 아래에서 자란 막내딸이 언니들과 다르다는 사실 앞에서 무기력하다. 마치 글로스터가 운명에 대한 점성술적 설명에 필사적으로 매달리는 것처럼, 켄트 역시 "하늘 위의 저 별들이 우리의 본성을 결정하지요. 그러지 않고서야 같은 부부가 그토록 다른 자식을 낳았을 리가 없지요."(4막 3장)라고 말한다. 하지만 딸들의 성정을 별들 탓으로 돌리는 것은 리어에게 도움이 되지 않는다. 리어는 그 참된 이유가 육신 자체에 있는 것은 아닌지 의문한다. "그놈들에게 리건을 해부하도록 시켜서, 그년 심장 주변에 무엇이 자

라고 있는지 알아보자. 무슨 까닭으로 자연은 이토록 비정한 심장을 만드는 것일까?"(3막 6장)

폭풍우 장면에서 불쌍한 톰의 "아무것도 걸치지 않은 몸"(3막 4장)을 보고 참담한 심정을 느낀 리어는 이제 인간의 동물적 본성이라는 적나라한 생리학적 현실을 직시하게 된다. 그리고 아주 기초적이면서 까다로운 질문을 던진다. "인간이 이것밖에 안 되는가? 그를 잘 살펴보아라. 너는 누에가 만든 비단도, 짐승의 가죽도, 양모도, 고양이의 향수도 누린 적이 없다. 하, 여기 세 사람은 겉치레라도 하고 있는데, 너는 사물 그 자체로구나."(3막 4장) 일단 우아함의 허울과 관습에 의해 덧붙여진 것을 제거해 버리고 나면, 인간이라는 동물은 다른 동물들과 마찬가지로 원초적 욕구와 본능에 의해 움직이는 아주 취약한 존재임이 드러난다. 인간과 동물 사이의 구별은 앞 장에서 이미 강조된 바 있다. 거너릴과 리건이 리어의 수행원을 반대하며 냉정한 태도로 합리성을 내세울 때, 리어는 자신의 권리를 옹호하려고 한다.

필요를 운운하지 마라! 가장 비천한 거지들의 형편없는 처지에도 남아도는 게 있다. 본성이 요구하는 것 이상이 허용되지 않으면 인간의 삶이 짐승과 다를 게 뭐냐. (2막 4장)

추위와 배고픔, 그리고 "앞과 뒤에서 맹렬히 불어오는 바람과 비"(3막 1장)를 마주할 때 그와 같은 구별은 의미가 없어진다. 그래서 리어는 "늑대랑 올빼미랑 친구가 되고", 맹수 같은 딸들과 마찬가지로 "허기진 어미 곰 …… 사자와 굶주린 늑대"와 한 부류가 되는 것이다. 이런 관점에서 보면, "인간들이 마치 깊은 바닷속 괴물처럼 필시 서로를 잡아먹게 될"(4막 2장) 것이라는 올버니의 두려움은 매우 현실적으로 보인다.

광대는 광야를 떠도는 리어에게 "이런 밤에는 똑똑한 사람이나 멍청한 사람이나 동정받지 못하는 건 마찬가지야."(3막 2장)라고 말한다. 음식과 온기와 쉼터에 대한 욕구는 신분이나 자격, 종(種)의 차이와 아무런 상관이 없다. 마찬가지로 폭풍우는 인간 사회의 세속적 구별을 전혀 인정하지 않는다. 모든 것을 풀어놓는 폭풍우 장면이 함의하는 바는, 인간 세계의 위계질서를 유지해 주는 사회적 차별의 체계에는 아무런 자연적 근거가 없으며, 인간이란 자연 앞에서 그저 발가벗은 채 걸어 다니는 짐승일 따름이라는 사실이다. 하지만 그와 같은 함의를 수긍하는 것은, 인간의 운명에 대해서는 아무 관심이 없으며, 인간의 힘으로는 통제할 수도 없는 자연의 힘에 우리가 굴복할 수밖에 없음을 인정하는 것이다.

잔인하면서도 공평한 자연의 힘에 대해 『리어 왕』의 결말만큼 단호하게 보여 주는 것은 없다. 거기에서 선과 악은 가치를 불문하고 동시에 파멸한다. 에드거, 에드먼드, 올버니는 마지막 장면에서 연달아 진부한 표현을 써가면서 시적 정의를 부각한다. 에드거는 "신들은 공정하시다. 우리가 탐닉하는 악덕을 이용하여 우리를 병들게 하신다."(5막 3장)라고 결론짓는다. 에드먼드는 "운명의 수레가 한 바퀴를 돌았다"며 그의 말에 동조하고, 올버니는 "아군들은 모두 무공의 대가를 받을 테고, 적들은 모두 마땅한 벌에 처해질 것"이라고 선언한다. 하지만 셰익스피어는 이런 식의 관례적이고 점잔 빼는 결말로 매듭짓지 않는다. 올버니의 입에서 위의 말이 떨어지기가 무섭게 리어는 그의 마지막 대사에서 코딜리어에게 던지는 끔찍한 질문을 통해 자기기만의 가망을 산산이 부숴버린다.

어찌하여 개나 말이나 쥐는 살아 있는데 너는 숨을 쉬지 않느냐? 너는 다시 못 오는구나. 결코, 결코, 결코, 결코, 결코.
(5막 3장)

『리어 왕』의 죽음의 순간들을 차마 읽을 수 없었던 새뮤얼 존슨은 작품에 대한 편집자 주해를 통해 다음과 같이 말한다. "셰익스피어는 코딜리어의 미덕이 정당한 명분 속에서 파멸해 가도록 만들었는데, 그것은 정의에 대한 자연스러운 생각에 상반되고, 독자들의 희망에도 어긋나며, 역사책들이 보여 주는 믿음에도 반하는 것이다."(『윌리엄 셰익스피어 전집』, 1765) 하지만 코딜리어의 죽음이 증명해 주는 것은, 정의의 이념이란 결코 자연스러운 것이 아니며 인간이 만들어낸 문화적 창조물에 불과하다는 것이다. 리어가 토해 낸 질문에 답을 하자면, 자연의 시각에서는 코딜리어의 목숨이 쥐의 목숨보다 나을 것이 없으며, 그녀의 죽음과 쥐의 죽음은 똑같이 하찮은 일일 따름이다. 자연의 법칙은 중립적이며 비도덕적이다. 그것이 명하는 바에 따르면, "젊은이가 일어서는 순간은 늙은이가 쓰러지는 때"(3막 3장)이고, 강자는 약자를 짓밟을 것이며, 어떤 마음은 온화하게 또 어떤 마음은 잔혹하게 변할 것이다. 그리고 그것은 인간이 좋아하든 말든 아무 상관이 없다. 그러나 작품 전체를 통해 울려 퍼지는 더 심오한 질문, 즉 왜 자연은 꼭 그래야만 하는지, 그리고 왜 인간은 자연의 냉혹한 무관심에 휘둘려야만 하는지에 대해서는 아무런 대답이 없다.

『리어 왕』의 결말이 관례와 예상을 배신한다는 점에서, 자연 그 자체의 냉혹함을 흉내 내는 셰익스피어의 잔혹한 방식이 드러난다. 리어의 마지막 대사에 이르기까지 관객들의 희망을 조롱하는 방식에는 무언가 가학적인 요소가 있다. 이 작품의 마지막 충격은, 즉 비극으로서 혹은 희비극으로서 그 결말은, 그저 한숨을 내쉬게 할 뿐이다. 더구나 허무주의의 차가운 기운이 『리어 왕』을 관통해 흐른다는 사실을 부인하는 것은 매우 부정직한 일이다. 어디에나 존재하는 맹목적인 생식욕("굴뚝새도 그 짓을 하고, 작은 똥파리도 내 눈앞에서 음탕한 짓을 한다."—4막 6장)에 대한 리어의 혐오, 그리고 생명의 원천을 절멸하려는 그의 열망("자연의 형상을 금 가게 하고, 모든 정액을 한꺼번에 쏟아부어 없애 버려라!"—3막 2장)은 단순한 여성혐오주의를 넘어서는 태도이다. 그것은 장님이 된 글로스터와 리어가 공유하는 망각에 대한 갈망("꺼져라, 죽게 내버려 둬라."—4막 6장), 즉 죽음 그 자체에 의해서만 가라앉을 수 있는 갈망의 징후이다. 코딜리어와 처음 다시 만났을 때, 리어는 그녀를 점잖게 물리치며 "나를 무덤에서 끌어내 욕보이려 하는구려."(4막 7장)라고 말한다. 그리고 켄트는 죽어가는 리어를 살려 보려 하는 에드거를 제지하면서 이렇게 말한다. "그분의 혼령을 괴롭히지 마세요. 보내드려요. 그분은 세상이라는 가혹한 형틀에 자신을 더 오래 묶어두려는 사람을 싫어하셨을 겁니다."(5막 3장)

죽음에 대한 리어의 갈망은 그 자신의 심각한 곤경에 대한 단순한 반응을 훨씬 뛰어넘는다. 그것은 맹목적인 자연이 인간이라는 동물에게 강요하는 공통된 운명에서 벗어나려는 열망이다. 리어는 글로스터에게 말한다. "처음 세상의 공기를 마시면서 우리가 앙앙 울어대며 온 것을 너도 알지 않더냐. ...... 우리가 태어나면 이 거대한 바보들의 무대로 나왔다고 울어대는 거다."(4막 6장) 이런 낌새를 챌 수 있는 마지막 장면으로, 세상에 지친 아버지를 타이르는 에드거의 대사를 들 수 있다. "이 세상에 올 때만큼 세상을 하직할 때도 사람은 인내해야 합니다."(5막 2장) 그 사이에는 순수한 감각적 경험만이 실제처럼 보이고, 단순한 사실의 꾸밈없는 진술만이 진실처럼 들린다. "나도 춥다."(3막 2장) "핀으로 찌르는 것은 느끼겠다."(4막 7장) "이 애가 영원히 떠났다."(5막 3장)

『리어 왕』의 비극은 마치 불길한 후렴처럼 모든 장에 출몰하는 코딜리어의 "할 말이 없습니다(nothing)"로 시작해 리어의 "결코(never)"로 끝난다. 그가 반복해서 쏟아내는 "결코"라는 단어는 이 작품의 마지막 대사가 사라지고 난 후에도 오랫동안 마음속에서 메아리친다. 『리어 왕』을 공허의 영역으로 끌어당기는 허무주의의 물살을 무시하는 것은 잘못된 생각일 것이다. 하지만 그것을 이 비극이 제시하는 최종적인 전망으로 혼동하는 것은 또 다른 실수가 될 것이다. 다시 말해, 인간 존재의 부질없음에 대한 절망감을 표출하는 인간혐오주의로 이 비극을 요약할 수는 없다. 리어 및 글로스터 가문이 겪는 사회적 비극을 우주의 수수께끼라는 더 넓은 자연적 맥락에 위치시킴으로써, 셰익스피어는 인간이 생명에 관해 품고 있는 생각이 얼마나 빈약한지를 들추어내지만, 그렇다고 그것을 무가치한 것으로 치부해 버리지는 않는다. 그 결과, 관객들은 등장인물의 곤경으로부터 자유로워지고, 그럼으로써 감정을 이입하기도 하고 거리를 두기도 하면서 그 상황을 판단할 수 있게 된다.

6

하지만 셰익스피어가 관객으로 하여금 거리를 두게 하려는 것은 단지 등장인물의 곤경만이 아니다. 그에 못지않게 셰익스피어가 관심을 두는 것은, 관객으로 하여금 '한 편의 극작품'으로서 극 전체로부터 거리를 두게 하여, 언어적이고 연극적인 예술품으로서 『리어 왕』에 의문을 던지게 하는 것이다. 작품이 묘사하는 고통과 죽음의 근원을 인간의 역사에서 찾든 자연의 역사에서 찾든, 아니면 자연과 문화가 접합하는 지점에서 찾든, 『리어 왕』을 이런 식으로 창조하고 우리로 하여금 그와 같은 문제들을 고민하게 만든 것은 극작가의 연극적·수사적 기술이다. 그리고 셰익스피어는 결코 우리가 이러한 사실을 망각하게 하지 않는다. 이 작품의 시적 감흥이 얼마나 매혹적이든, 이 작품이 극화하는 비극적 운명의 참상이 얼마나 압도적이든, 인간의 삶에 대한 『리어 왕』의 이야기를 완전하다거나 확정적인 것으로 받아들여서는 안 된다. 그것은 자신의 시대와 장소라는 제약 속에서 작업을 하는 극작가에 의해, 비극 형식이라는 틀을 통해 언어로써 직조된, 세상에 대한 한 가지 해석일 뿐이다. 이 극작품의 구조와 언어 속에는 이러한 제한점이 들어 있기 때문에, 작품이 제시하는 전망을 다룰 때에는 세심하고 신중한 태도가 요구된다.

1막 2장은 『리어 왕』 텍스트가 연극성을 얼마나 의식적으로 드러내고 언어적 기교를 얼마나 적극적으로 보여 주는지에 대한 놀랄 만한 예들을 제공한다. 점성술적인 미신에 대해 신랄한 비판을 펼치는 에드먼드의 독백을 중단시키며 에드거가 등장했을 때, 에드먼드는 잠시 두 사람의 대화에서 벗어나 관객들을 향해 혼잣말을 함으로써 관객들이 그의 확신을 받아들이도록 만든다. "때마침 그가 오는군, 마치 구식 희극의 대단원처럼. 나의 역할은 악한답게 우울한 표정을 짓고 미친 거지 톰처럼 한숨을 내쉬는 것이다."(1막 2장) 무대 위의 악당이 낮은 목소리로 내뱉는 이 방백은 연극의 세계에서 이미 한 걸음쯤 벗어나 관객을 향해 직접 던지는 대사이기에, 무대 위의 세상이란 연극적 관습과 전통에 빚지고 있다는 사실을 관객들이 다시 한 번 상기하게 만든다. 그러나 그것이 다가 아니다. 에드먼드가 미친 거지 톰을 상기시키는 것은, 2막 3장에서 에드거가 만들어내는 가공의 인물(불쌍한 톰)을 위한 잠재의식적인 단서 역할을 한다. 단지 그 이름을 언급했다는 사실만으로, 마치 그 거지가 어딘가로부터 불쑥 튀어나오는 것만 같다. 그처럼 섬뜩한 암시는 그뿐만이 아니다. 쉽게 속아 넘어가는 에드거를 더욱 확실히 속이기 위해 에드먼드는 다음과 같이 말한다. "제가 듣고 본 것만을 이야기했을 뿐인데, 아주 어렴풋하게만 말해서 그 끔찍한 실상(the image and horror of it)은 채 보여 드리지도 못했습니다."(1막 2장) 이 대사는 마지막 5막에 이르러 에드거에 의해 격렬하게 그리고 뒤틀린 형태로 되풀이된다. 코딜리어의 시체를 안고 등장하는 리어의 모습에 아연해진 켄트가 "이것이 약속된 결말인가?"라며 탄식하자, 에드거는 "아니면 그 참상의 이미지(image of that horror)인가?"라고 되묻는다. 에드먼드의 표현을 뒤집어 배열함으로써 에드거는 실제(reality)가 아니라 재현(representation)에 방점을 찍고 있는 것이다.

  1막 2장에는 그와 같은 언어적 예견의 예가 하나 더 나온다. 앞으로의 행위를 예견하고 초래하는 대사는 글로스터와 에드먼드의 대화에서 발견된다. 그토록 서둘러 감추는 종이가 무엇인지 묻는 아버지에게, 에드먼드는 "아무것도 아닙니다, 아버님."이라고 대답하는데, 이것은 리어에게 대답하는 코딜리어가 했던 말과 똑같다. 그에 대한 글로스터의 반응에는 오직 나중에 되돌아볼 때만 반향을 일으키는 암울한 아이러니가 있다. "아무것도 아니라면, 내가 안경을 낄 필요도 없겠지."(1막 2장) 사실 그 편지는 아무것도 아니고 근거 없는 조작물일 뿐이며, 머지않아 글로스터는 아무것도 보지 못하는 신세가 될 것이기 때문이다. 글로스터가 장님이 되는 것에 대한 암시라는 차원에서 리어의 대사 역시 일조를 한다. 1막 4장에서 눈물을 애써 감추려고 안간힘을 쓰던 리어는, "늙고 어리석은 눈아, 이 문제로 또다시 울면 내너를 뽑아" 버리겠노라며 절규한다. 이 숨겨진 암시를 글로스터가 끄집어내는 것은, 막이 두 번 바뀌고 리건과 콘월이 그를 고문하려는 순간이다. 리어를 도버로 보낸 까닭이 무엇이냐고 묻는 리건에게 글로스터는 "당신이 그분의 불쌍하고 늙은 눈을 잔인한 손톱으로 파내는 꼴"(3막 7장)을 보기 싫었기 때문이라고 응답한다. 그러자 이 말에서 단서를 얻은 고문자들이 리어 대신 글로스터의 눈알을 뽑아버린 것이다. 이처럼 전조와 반향이 축적되어 만들어내는 극적 효과는, 작품을 꼼꼼히 읽어야만 완전히 파악할 수 있는 것으로, 극작가의 능란한 구성력을 보여 주는 것이다. 거미줄처럼 촘촘히 짜인 암시와 인유의 그물망을 통해, 『리어 왕』은 그 본질이 대본에 의한 인위적 예술품임을 우리에게 계속해서 일깨우는 것이다.

    그 그물망의 중심에 도버 절벽 장면이 있다. 사실 이 장면은 셰익스피어가 만들어낸 어떤 장면보다 당혹스럽다. 이 시점에서 목소리로써 농부로 가장한 에드거는 눈을 제외한 다른 감각은 여전히 살아 있는 글로스터에게, 그들이 절벽 꼭대기를 향해 비탈길을 올라가고 있으며 바닷소리도 분명히 들린다는 것을 확신시키려 한다. 그리고 마침내 에드거는 아버지가 몸을 던지기로 마음먹은 꼭대기에 당도했다고 말한다.

자, 바로 여깁니다. 가만히 서 있으세요! 저 아래를 내려다보면 얼마나 무섭고 아찔한지! 중간쯤에서 날갯짓을 하는 까마귀와 갈까마귀가 딱정벌레만 한 크기로 보여요. 절벽 절반쯤 아래로 미나리 따는 사람이 매달려 있어요.—위험한 직업이죠! 내 생각으로는 사람이 머리보다 더 작게 보여요. 해변을 걷는 어부들이 생쥐처럼 보이고요, 저 멀리 정박하고 있는 커다란 선박은 조각배만큼 작아졌어요. 조각배는 마치 부표처럼 너무 작아 눈에 띄지도 않아요. 수많은 조약돌과 맞부딪치며 생기는 파도의 중얼거리는 소리는 이렇게 높은 곳까지 들리지 않아요. 더 이상 안 볼래요. 자칫 빙빙 도는 머리와 흐릿한 시력 때문에 거꾸로 곤두박질하기는 싫어요. (4막 6장)

여전히 아버지를 속이는 에드거의 모호한 동기는 제쳐놓더라도, 이 대목에서 두드러지게 눈에 띄는 것은 환상을 그려내는 기교를 노골적으로 드러내는 셰익스피어의 태도이다. 우선, 이 대사를 전하는 것은 일련의 거짓들로 구성된 정체성을 가진 인물이다. 특히 미친 거지로 가장한 그는 리어가 "사물 그 자체"로 오해할 정도이다. 에드거를 통해서, 셰익스피어는 어떻게 창삭력이 언어로부터 단지 에드거의 환상이 꾸며낸 것이 아니라 실재한다면 그럴 것처럼 세밀하고 설득력 있는 삼차원적 광경을 만들어낼 수 있는지 보여 준다. 그리하여 글로스터가 마음속에 그리게 되는 상은 그가 "거꾸로 곤두박질하게" 만들 만큼, 뿐만 아니라 관객들이 그 상황을 어떻게 받아들여야 할지 잠시 혼란을 느끼게 만들 만큼 믿을 만하다.

도버 절벽 장면은 우리가 『리어 왕』이 재현하는 세상을 마치 실제인 것처럼 받아들이지만 사실 그것은 에드거가 아버지를 속이는 것과 마찬가지로 근거도 없고 실체도 없는 언어적 창조물이라는 점을 부각한다. 그리하여 우리를 일종의 공모 관계로 유도한다. "(방백) 아버지의 절망을 이렇게 우롱하는 것은 그것을 치유하기 위한 것이다."(4막 6장) 오로지 셰익스피어처럼 자신의 능력을 확신하는 예술가만이 그러한 기교가 어떻게 실현되는지 보여 줄 수 있다. 언어를 통한 놀라운 마술을 이렇게 탁월하게 보여 주는 것은 관객을 감탄하게 만드는 것 이상의 극적 역할을 한다. 사실은 환상에 불과함에도 현실로 받아들여지는 연극적 실재라는 맥락 속에 다시 또 하나의 환상을 배치함으로써, 이 장면은 상상적인 것과 실재적인 것의 경계가 모호한 연극적 세계를 보여 준다. 더 나아가 이 극작품에서 재현되는 세계와 그것을 읽고 감상하는 우리들의 실제 세계 사이에 존재하는 경계 역시 분명하지 않다는 사실을 보여 준다. 따라서 우리는 『리어 왕』이라는 연극적 픽션에 완전히 빠져들지도 못하고, 그것이 만들어내는 가상의 현실을 철저히 불신하지도 못한다.

달리 말하면, 『리어 왕』그 자체도 셰익스피어의 회의주의에서 전적으로 자유롭지는 못하다. 이 극작품이 제시하는 비극적 전망의 설득력은 파멸에 이르는 등장인물들의 삶만큼이나 취약하다. 하지만 셰익스피어가 『리어 왕』에 적용하고 관객과 독자에게 공유하도록 요청하는 태도를 단순히 회의주의적인 거리 두기로 설명하는 것은 이 비극이 만들어내는 숭고한 낯섦을 온당히 설명하지 못한다. 이 낯섦의 비밀을 이해하는 사람이 하나 있다면, 그는 바로 광대이다. 연극의 세계와 관객의 세계 사이를 자유로이 왕래하는 이 쾌활한 인물은 자신의 연극적 임무를 마치자마자 "그러면 나는 정오에 잠자리에 들 거야."(3막 6장)라는 수수께끼 같은 말을 남기고 흔적도 없이 사라져버린다. 광대는 이 작품이 보여 주는 냉정한 전망을 가장 잘 의인화하는 인물이다. 새뮤얼 테일러 콜리지는 셰익스피어 작품에서 광대가 차지하는 역할에 대해 이렇게 말했다. "우리는 살아가면서, 가장 격정적인 상황에서도 아무런 감정의 동요를 느끼지 않는, 말하자면 구경꾼 같은 인물들을 만나게 된다. 광대의 역할은 다른 모든 인물들이 감흥을 느끼는 공간에서 그와 같이 무관심한 사람을 위한 공간을 제공하는 것이다." 나아가 콜리지는 셰익스피어의 광대 중에서 "가장 확실하고 사실적인 광대는 바로 『리어 왕』에 나온다."라고 덧붙였다.

『리어 왕』이 지닌 숭고함의 근원에 관한 셰익스피어의 가장 비밀스러운 단서를 말로 표현하는 역할을 맡은 인물이 바로 광대이다. 비극의 전환점을 이루는 3막 2장의 끝에서, 켄트는 폭풍우 속에서 미쳐버린 자신의 군주를 은신처로 인도하고, 그때 광대는 잠시 남아 연극의 세계 밖으로 나가서 관객들을 향해 직접 말한다.

창녀의 뜨거운 욕정을 식혀 줄 만한 대단한 밤이다. 가기 전에 예언 하나 말해 주마.
　사제가 행동보다 달변에 맛 들이고,
　양조업자가 누룩에 물을 섞어 망치고,
　귀족이 양복장이를 가르치려 들고,
　이교도가 아니라 기둥서방이 화형을 당할 때—
　바로 그때 이 알비온 왕국에
　거대한 혼돈이 찾아오리라.

　모든 소송이 법적으로 정당하고,

>   빚에 찌든 기사도 종자(從者)도 없고,
>   사람들의 혀에서 비방이 사라지고,
>   소매치기가 모여들지 않고,
>   고리대금업자가 내놓고 돈을 세고,
>   뚜쟁이와 창녀가 교회를 지을 때—
>   바로 그때 살아남은 자는 보게 되리라,
>   두 다리가 걷는 데 사용되는 것을.
> 이런 예언을 멀린이 하게 될 거야! 나는 그보다 앞선 시대를 살고 있으니까. (3막 2장)

이 대사의 마지막 행을 두고 G. K. 체스터턴은 "셰익스피어가 만들어내는 가장 충격적인 장면 가운데 하나로 숨 쉬는 것마저 멈추게 만든다."라고 쓴 바 있다.(「『리어 왕』의 비극」, 1930) 이 대사가 야기하는 시간적인 혼란 때문에 현기증이 나고 숨이 멎을 지경이다. 광대의 모호한 예언은 유토피아적인 가능성과 반유토피아적인 현실을 병렬적으로 제시한다. 다시 말해 비극의 중심에서 격렬하게 벌어지고 있는 충돌, 즉 있는 그대로의 현실과 가능성으로서의 현실 사이의 충돌을 요약하고 있다. 이 예언은 당장 벌어지고 있는 상황에서 벗어나 있기에, 극작품을 하나의 수수께끼로 압축하고 그것을 조잡하고 철 지난 엉터리 시의 형태로 전함으로써 관객들과 극작품의 거리를 멀어지게 한다. 예언에 대한 교묘한 예언에 일격을 당한 관객은 『리어 왕』의 배경이 되는 과거와 그것이 공연되는 현재를 넘어서는 시간의 어떤 지점으로 도약하게 되는 것이다. 광대의 대사는 시간에 대한 우리의 습관적 인식을 흔들어놓음으로써, 비록 짧은 순간이겠지만, 우리 앞에 놓여 있을 미지의 미래 속에 우리 자신을 위치시켜 보도록 만든다.

  콜리지가 셰익스피어는 우리와 다른 만큼이나 동시대 사람들과도 달랐다고 주장할 때 그가 염두에 둔 작품은 아마도 『리어 왕』이었을 것이다. 콜리지는 셰익스피어의 상상력이 그의 시대뿐만 아니라 우리 시대의 상상력과도 많이 다른 이유를, 셰익스피어가 "지나간 시대가 아니라 자신이 사는 시대와 다가올 시대를 위해 창작하기" 때문이라고 설명한다. 셰익스피어는 "과거를 기록하면서도, 아주 놀라울 정도로 미래를 비춰준다." 그리고 이런 의미에서 그는 "시간과 공간이라는 단단한 족쇄를 벗어난다." 광대의 섬뜩한 예언이 암시하는 것처럼, 『리어 왕』의 사뭇 경이로운 특징은 아직 도래하지도 않은 시대의 관점으로 자신의 세계와 시대를 상상하게 만드는 능력, 그리고 그 시대도 한참 지나면, 언젠가 "이 위대한 세계가 닳고 닳아서 결국 아무것도 아닌 것이 되고 말"(4막 6장) 것이라는 확고한 인식이다. 셰익스피어 자신의 시대와 직접적으로 연관되지 않음으로써, 『리어 왕』은 단순히 근대 초기 사회의 토대에 대한 문제 제기만이 아니라, 고대 브리튼을 가장해 그 사회 자체의 소멸에 대한 예견까지도 자유롭게 펼친다. 21세기 세계의 운명과 관련해 이 비극의 예언이 얼마만큼 사실로 판명될지는 두고 보아야 할 일이다. 다만 한 가지 분명한 사실은, 『리어 왕』은 그것이 극화하는 미래와 과거 사이의 대화를 통해 끊임없이 현재에 대한 흥미진진하고 새로운 시각을 드러내면서 우리보다 한 걸음 앞서 가고 있으리라는 것이다.

『리어 왕』 공연의 역사

키어넌 라이언

    찰스 램은 「셰익스피어의 비극에 관하여」(1811)라는 글에서 『리어 왕』을 만족스럽게 무대에 올리는 것은 불가능하며, 작품의 우주적인 차원과 숭고한 전망이 공연에서는 진부한 수준으로 떨어져 버린다고 불평했다.

    리어의 연기를 보는 것, 즉 비가 쏟아지는 밤에 딸들에게 쫓겨나 지팡이를 들고 타박거리며 무대 위를 배회하는 늙은이를 보는 것은 고통스럽고 혐오스럽기 짝이 없다. 우리는 그를 은신처로 데려가 위안하고 싶다. 그런 감정이 바로 여태껏 리어의 연기를 보면서 내가 느낀 전부이다. 그러나 셰익스피어의 리어는 연기될 수 없다. 리어가 방황하고 고통받는 폭풍우 장면을 흉내 내기 위해 사용하는 한심한 기계 장치들이 실제 자연 현상이 불러일으키는 공포심을 재현하기에 부적절한 것 이상으로, 어떤 배우도 리어를 재현하기에는 적절하지 않다. 밀턴의 사탄이나, 아니면 미켈란젤로의 무시무시한 인물 가운데 하나를 무대 위에서 연기하는 것이 그들에게는 차라리 손쉬운 일일 것이다.

램으로부터 이처럼 심한 항의를 받은 19세기 초반의 『리어 왕』 공연들은 실제로 경멸적인 평가를 받을 만했다. 그러나 그 이후, 특히 제2차 세계 대전 이후에는, 램의 견해조차 바꾸어놓을 수 있을 만큼 강력하고 압도적인 위력을 보여 주는 공연이 가능하다는 증거를 연극 무대와 영화 스크린에서 숱하게 찾을 수 있다.

물론 그렇다고 해서, 오늘날 『리어 왕』을 무대에 올리거나 영화로 만들려는 사람들이 셰익스피어의 대본에 생명력을 불어넣는 과정에서 근본적인 문제를 직시하지 않아도 된다거나 어려운 결정을 내리지 않아도 된다는 말은 아니다. 지나친 감상주의의 진창에서 허우적거리는 공연이 되어버릴 위험은 램의 시절과 마찬가지로 여전히 존재하며, 경솔한 연출가들과 배우들을 걸려 넘어지게 만들 만한 덫들도 작품 곳곳에 널려 있다.

그렇지만 가장 기본적이고 실질적인 차원에서 보자면 『리어 왕』을 무대로 올리는 일은 놀랄 만큼 단순하다. 전원 남성으로만 구성된 셰익스피어의 왕실 극단이 1605년 후반 또는 1606년 전반에 그들의 대중 극장 글로브에서 『리어 왕』을 초연했을 때, 그리고 사절판 표지에 적힌 것처럼 1606년 성 스티븐 축일 밤에 제임스 1세를 위해 궁정에서 공연했을 때, (리어의 딸 역할을 맡은 세 명의 소년 배우를 포함해) 16명의 배우들이 일부 이중 배역을 맡음으로써 모든 배역을 충분히 소화해 냈을 것이다. 4세기가 지난 2003년 올드 빅 극장에서는 스티븐 언윈이 연출하고 티모시 웨스트가 주연한 『리어 왕』이 상연되었다. 이 공연에서는, 제임스 1세 시대의 극단이 그러했듯, 이중 배역을 통해 17명의 배우만으로 모든 배역을 처리했는데, 유일한 차이점이라면 거너릴, 리건, 코딜리어의 역할을 여배우들이 했다는 것이다. 게다가 무대 소품을 거의 사용하지 않았는데, 이는 셰익스피어의 극단이 공연한 글로브 극장의 텅 빈 무대와 같은 방식으로 『리어 왕』을 공연하려는 시도였다. 대본이 요구하는 소품이란 기껏 의자 몇 개(그중 하나는 리어의 왕좌로 사용될 수 있다.), 켄트를 묶어놓는 차꼬, 왕국을 나누기 위한 지도, 콘월과 올버니가 나누어 가질 왕관 하나, 무기, 횃불, 지갑, 편지 같은 흔한 물건들이면 충분하다.

공연에 필요한 음악과 음향 효과 역시 매우 단순하며, 게다가 최근에는 현대적 기술 덕분에 1605년보다 훨씬 수월하게 실현할 수 있다. 2막과 3막의 폭풍우 장면에서는 천둥과 번개 소리를 만들어야 한다. 5막 2장에서는 전쟁 소음이 뒷배경에서 들려와야 한다. 4막 7장에서는 리어의 마음을 치유해 주는 음악이 무대 밖에서 연주되어야 한다. 다양한 북소리와 트럼펫 소리도 필요한데, 공식적인 입장과 퇴장, 그리고 마지막 장면에서 에드먼드와 결투를 하기 위한 에드거의 도전 같은 사건을 알리기 위해 사용된다. 『리어 왕』은 길고 복잡한 연극으로서, 시선을 끌기 위한 광경과 사건으로 그득하다. 결투 및 전쟁, 고문, 죽음, 가장, 행렬, 가상 투신 등이 그 예이다. 그러나 2막 1장에서 에드먼드가 에드거에게 "내려오세요!"라고 말하는 장면을 제외하면, 2003년의 올드 빅 극장 공연이 그랬듯이 2층이나 무대 안쪽 공간을 사용하지 않고 무대 바닥 위에서 비극 전체를 공연하는 것이 가능하다. 커튼으로 가린 무대 뒤쪽의 반침과 무대 바로 위에 세워진 발코니 또는 갤러리는 글로브 극장의 구조적 특징이었다. 그러나 셰익스피어는 그 어느 것도 『리어 왕』 공연에 필수 불가결한 것으로 생각하지 않았다.

이 비극의 어느 판본을 무대 위에 올릴 것인지, 그리고 그 판본의 어느 정도를 공연에 넣을 것인지 결정하는 것은 매우 미묘한 문제이다. 공연을 한다면 1608년 사절판에 기초를 두어야 하는가, 1623년 이절판에 기초를 두어야 하는가, 아니면 이 펭귄클래식 판본이 그렇듯이 이절판과 사절판의 장점을 살리기 위해 두 판본을 결합해 사용해야 하는가? '진정한 연대기 사극'이라는 사절판 제목과 달리 이절판은 이 작품을 '비극'이라고 명명한다. 게다가 사절판에 나오는 대사 중에서 거의 300행이 빠졌으며, 그 대신 사절판에 나오지 않는 대사가 100행 정도 더 들어가 있다. 두 판본 사이에는 800개가 넘는 어휘상의 차이가 존재하며 그중 상당수는 중요한 의미가 있다. 많은 현대 학자들이 셰익스피어 자신의 개정 작업을 반영하고 있다고 생각하는 이절판에 무조건적으로 매달리는 것은, 예컨대 3막 6장에서 환각에 빠진 리어가 딸들을 재판하는 장면을 포기해야 한다는 것을 의미한다. 반면에 이절판에 생략된 대사들을 복원하기 위해 사절판으로 돌아간다면, 3막 2장의 끝에서 청중을 향해 던지는 광대의 섬뜩한 예언을 희생해야 하고, 또한 죽어가는 리어가 남기는 수수께끼 같은 대사("이것이 보이는가? 이 애를 봐! 봐, 이 애 입술을! 여기를 봐! 여기를 보라고!")를 포기해야 하는 것이다.

그러므로 현대의 공연들이 합성된 텍스트를 선호하는 경향을 보이는 것도 놀랄 일이 아니다. 무대 위에서 효과적이라면 무엇이든 선택적으로 사용할 수 있는 여지가 있기 때문이다. 니콜라스 히트너 연출의 1990년 로열 셰익스피어 극단 공연을 포함해 최근의 공연들 대부분은 이절판 텍스트를 선호하지만 그러면서도 환각에 사로잡힌 리어가 거너릴과 리건을 추국하는 가상 재판 장면을 집어넣었다. 왜냐하면 이 장면이 연극적으로 매우 효과적일 뿐만 아니라, 1막에서 자식들의 사랑을 시험하는 장면의 반향이며, 그들의 시체를 보여 주는 마지막 장면의 복선이기 때문이다. 하지만 만약 사절판이 소실되어 버리고 3막 6장 역시 없어졌다면, 누구도 결코 『리어 왕』에서 어떤 장면이 빠졌다고 생각하지 않았을 것이다. 그러므로 4막 6장에서 사법 체계를 맹렬히 비판하는 리어의 모습이 앞선 장면에서 예고된 적이 없기 때문에 더욱 효과적이라고 주장하는 것도 가능하다.

켄트와 신사의 대화로 구성된 4막 3장 역시 오직 사절판에만 등장하는데, 이 장은 흔히 삭제되거나 가차 없이 축소되는 것이 상례이다. 연극적 효과라거나 극적 일관성이라는 관점에서 굳이 유지해야 할 근거가 희박하기 때문이다. 설령 그렇다 하더라도, 이 장을 아예 없애 버리는 것은 『리어 왕』 전체를 통해 지속적으로 환기되는 코딜리어에 대한 고상한 시선을 한층 강화하는 대사를 없애 버린다는 것을 의미한다. 가장 두드러진 예는 이것이다. "햇빛과 빗줄기를 동시에 보는 것과 비슷했는데, 그분의 미소와 눈물은 그보다 더 아름다웠습니다."(4막 3장) 이 경우보다 더 옹호하기 힘든 결정은 광대의 예언 장면을 생략하는 경우인데, 제임스 얼 존스가 주연하고 에드윈 셰린이 연출한 1974년 뉴욕 공연이 바로 그런 예이다. 이 경이로운 대사를 생략하는 근거는 그것이 현대 관객들에게 너무 난해하고 이질적이라는 것이다. 그리고 같은 이유로 광대의 수수께끼 같은 대사와 불쌍한 톰의 웅얼거리는 대사 가운데 상당수가 축소된다. 그러나 공연 대본에서 이러한 장면들을 생략함으로써 얻게 되는 명료함이라는 것도 결과적으로 손실될 수밖에 없는 이 작품의 비전과 견주어 생각해 보아야 하는 것이다. 사실 그것은 모호함을 고무하면서 그 음험한 목적이 분명히 드러나는 것을 좌절시킨다. 에이드리언 노블이 연출을 맡은 1982년 로열 셰익스피어 극단 공연에서 광대의 예언을 들려주는 앤토니 셰어를 목격한 관객이라면, 마치 연극의 세계 너머에 존재하는 어떤 장소와 시간으로부터 들려오는 듯한 셰어의 목소리가 자아내던 등골이 오싹할 정도의 충격을 결코 잊지 못할 것이다.

『리어 왕』의 배경을 어느 시대 어느 공간으로 고정할 것인지의 문제는 어느 판본을 대본으로 삼을 것인지의 문제만큼이나 복잡하다. 홀린즈헤드의 『연대기』에 따르면, 리어 왕이 영국을 통치한 시기는 로마 건립 이전인 기원전 800년경이다. 그러나 작품 속의 사건들이 벌어지는 시대에 대해 텍스트의 정보는 확실하지도 일관되지도 않다. 오히려 『리어 왕』은 아주 유연한 연극적 시공간을 창조하는데, 이 작품 속에는 선사 시대, 앵글로-색슨 시대, 로마 시대, 중세 시대가 제임스 1세 시대의 영국과, 심지어 미래에 관한 묵시록적 혹은 유토피아적 징후와 뒤섞여 있다. 따라서 복장이나 소품, 무대 장치 등을 통해 이 극작품을 특정한 시대로 고정하려는 시도는 이 작품의 묘하고 포착하기 어려운 특성의 많은 부분을 상실하게 만들 수 있다. 그 특성이라는 것이 역사적으로 고정되거나 제한되는 것에 대한 거부감에 뿌리를 두고 있기 때문이다.

이런 문제점은 스톤헨지의 고대 시대를 『리어 왕』의 배경으로 삼는 오랜 전통에도 분명히 적용된다. 이런 무대 전통은 멀게는 『리어 왕』 공연의 새로운 역사를 쓴 윌리엄 매크리디의 1838년 작품까지 거슬러 올라갈 수 있으며, 마이클 엘리엇과 로렌스 올리비에가 주연을 맡은 1983년 그라나다 텔레비전 방영 작품에서도 볼 수 있을 만큼 여전히 인기가 많다. 작품을 특정한 시간 속에 가두어두는 것에 대한 비판은 다른 공연에도 적용된다. 마이클 호던이 주인공을 맡고 조너선 밀러가 연출한 1982년 BBC 드라마는 이 비극이 쓰인 제임스 1세 시대를 배경으로 했고,

1972년 밀라노에서 조르조 스트렐러가 연출한 공연은 현대의 황량한 공간을 배경으로 배우들에게 검은 가죽옷을 입혔다. 그렇지만 『리어 왕』의 시공간을 추상적이고 특정한 시대에 한정되지 않도록 만든다거나 등장인물의 복장을 특정한 시대와 무관하게 제작하는 것으로 이 문제가 해결되는 것은 아니다. 예컨대 존 길거드 주연과 노구치 이사무의 무대 디자인으로 유명한, 조지 데빈 연출의 악명 높은 1955년 공연은 그 좋은 증거이다. 사실 『리어 왕』 공연에 적절한 시대적·공간적 배경을 미리 규정하려는 것은 바람직하지도 않을뿐더러 어리석은 일이다. 그러나 원본 텍스트에 충실하다는 것을 기준으로 삼는다면, 여러 시대를 가로지르는 형태의 공연에 대해서도 논의의 여지는 많다. 이런 접근법은 예를 들어 1997년 리처드 에어가 연출을 맡아 영국 국립 극장에서 제작한 공연에서 볼 수 있는데, 『리어 왕』 자체가 그렇듯이 다양한 시대를 용의주도하게 이동하는 공연이었다.

물론 하나의 공연이 채택하는 미장센은 그 공연이 재현하고자 하는 비극에 대한 해석과 분리될 수 없다. 예를 들어, 18세기 중반부터 19세기까지 이루어진 많은 고전적 공연에서 흔히 그랬던 것처럼, 리어가 실제로 국왕으로서 의관을 갖추고 무대에 나타난다면 상당히 중요한 차이가 생길 수 있다. 데이비드 개릭부터 에드먼드 킨, 매크리디, 에드윈 포레스트에 이르기까지, 리어 역을 맡은 배우는 왕이 입는 털가죽 장식의 붉은색 의복을 차려 입었다. 따라서 폭풍우 속에서 리어가 자신이 입고 있는 군주의 의복을 찢어발기고, 자신 역시 불쌍한 톰의 넝마 속으로 보이는 "불쌍하고, 헐벗고, 다리 둘 달린 짐승"(3막 4장)이라는 것을 보여 주었을 때, 리어의 복장은 그 장면이 암시하는 바를 강조해 주고, 나아가 3막과 4막을 통해 왕에게 벌어지는 도덕적 변화의 효과를 극대화했다. 물론 붉은색 털옷이라는 복장이 지배자와 피지배자, 그리고 부유한 자와 헐벗은 자 사이에 존재하는 지위와 권력의 간극을 암시하는 유일한 수단인 것은 아니다. 러시아 연출자 그리고리 코진체프가 1970년에 제작한 탁월한 흑백 영화가 이것을 증명해 준 바 있다. 그리고 1962년 피터 브룩의 선구적인 무대 공연(1971년에 영화화)에서는 폴 스코필드가 아주 엄격하고 사색적이며 머리에 아무것도 쓰지 않은 리어를 연기했는데, 그것은 왕으로서의 위엄은 굳이 외적인 장식 없이도 구현할 수 있다는 것을 입증했다.

아무튼 『리어 왕』에 대한 브룩의 혁신적인 해석은 이 비극의 현대적 연출을 선도했는데, 왕으로서 리어의 외적인 표지들을 희석하거나 심지어 없애 버리는 경향이 바로 그것이다. 브룩이 연출한 4막 6장에서는 미친 리어, 눈먼 글로스터, 변장한 에드거에 이르기까지 모두 낡아빠진 삼베옷을 입고 있으며, 이를 통해 인간 존재 조건의 원형적인 측면을 다루고 있다는 느낌을 강화해 준다. 반면 그와 같은 연출은 이 비극의 기원이 도전받을 수 있고 변화될 수 있는 사회적 질서에서 비롯한다는 사실을 흐릿하게 만드는 문제가 있다. 불쌍하고 헐벗은 비참한 자들과 그들을 그런 상태로 내모는 자들 사이에 존재하는 사회적 차이가 이런 식으로 감춰지게 되면, 『리어 왕』이 권위와 부정의를 향해 제기하는 문제의식은 사라지게 된다. 최근 몇십 년간의 공연에서는 왕의 위엄과 복장을 갖춘 권위 있는 군주로서가 아니라 아예 시작부터 늙고 병든 노인으로 리어를 재현하는 것이 거의 상식처럼 되었다. 1990년 데보라 워너의 연출로 영국 국립 극장에서 상연된 공연에서 늙고 병든 리어 역을 맡은 브라이언 콕스는 첫 장면에서부터 휠체어에 앉아 담요로 무릎을 덮은 채 등장했다.

같은 해 니콜라스 히트너 연출의 로열 셰익스피어 극단 공연에서 존 우드는 마치 자선 단체에서 노숙자들에게 나누어 줄 법한 그런 낡고 후줄근한 옷을 입은 불안정한 왕의 모습을 보여 주었다.

이런 방식으로 리어를 연기하는 것이 매력적이라는 것은 분명하다. 노인들이 방치되고 "머리를 누일 집도 없이 굶주린 뱃가죽"(3막 4장)의 사람들이 도시에 넘쳐 나는 것이 만성적인 문제가 되어버린 근대 서구 문화에 대한 주의를 환기하기 때문이다. 셰익스피어 비극의 중심에는 아주 분명하게 가족의 정치학과 자선의 정치학이 자리 잡고 있다. 그렇다 하더라도, 『리어 왕』이 제기하는 보다 근본적인 차원의 정치적 질문과 그에 따르는 계급 제도 및 권력의 붕괴에 대한 통찰력을 희생하면서 그러한 측면만을 부각하는 것은 관객들의 즉각적인 관심에 호소하려는 목적을 위해 지나치게 비싼 대가를 치르는 일이 되기 십상이다.

그런 방식의 공연들은 아주 빈번하게 『리어 왕』을 일종의 가정 비극으로 만들어버리는데, 이것이 바로 약 200년 찰스 램이 불평을 터트렸던 점이다. 무엇 때문에 『리어 왕』을 축소하고 싶어 하는지 이해하기란 어렵지 않다. 같은 에세이에서 램은 1681년 이래 무대를 장악해 온 공연 방식이 나홈 테이트가 관객의 입맛에 맞추어 제작한 것과 마찬가지로 비극을 감상주의적으로 희화한 것에 불과하다고 비난한다. 램은 셰익스피어의 『리어 왕』의 문제점에 대해 다음과 같이 말한다.

[테이트와 그를 따른 부류에게] 그것은 너무 완고하고 고집스럽다. [그들에게는] 연애 장면과 행복한 결말이 반드시 있어야 한

다. 코딜리어가 딸이라는 것만으로는 충분치 않다. 그녀는 또한 연인으로서도 빛나야 한다. 테이트는 이 리바이어던의 코에 코뚜레를 꿰어, 개릭과 그의 추종자들, 즉 무대의 쇼맨들이 그 강력한 괴물을 보다 수월하게 이리저리 끌고 다니게 했다.

램이 전적으로 옳다. 셰익스피어가 기록한 그대로의 『리어 왕』이 제시하는 전망에는 분명히 '완고하고 고집스러운'; 심지어 괴물 같은 무언가가 있다. 그것은 새뮤얼 존슨 이후의 비평과 테이트의 시대부터 지금까지 이어지는 무대 공연에서, 심지어 1838년 매크리디가 셰익스피어의 원작을 되살려 무대에 올린 이후에조차, 피해 온 것이다. 이 비극은 자연의 잔혹함과 유사한 방식으로 등장인물을 향한 잔혹함을 보여 주며, 관객들에게 조금의 희망조차 제공하기를 거부한다. 또한 지배 계급의 등장인물 가운데 단 세 명만을 제외한 모두를 제거하면서, 한순간도 주저하지 않고 죽음을 전체적으로 배분한다. 현대의 공연들이 이 비극의 무자비하고 오싹한 시선에 대항하기보다, 너무 늦게 딸의 사랑을 통해 구원받는 버림받은 아버지에 대한 파토스적인 이야기로 만들려는 것도 그리 놀랄 일은 아니다.

최근의 무대 공연에서 억압되는 경향이 있는 『리어 왕』의 특성이 무엇인지 이해하려면 브룩과 코진체프가 제작한 뛰어난 영화들을 보는 것만으로도 충분할 것이다. 두 연출가는 영화라는 매체가 제공하는 이점을 십분 활용했다. 특히 그들은 야외에서 벌어지는 상황의 배경으로 황량하고 메마른 풍경을 최대한으로 활용했고, 폭풍우가 몰아치고 하늘이 쪼개지는 장면을 통해 잔혹하고 적대적인 날씨가 인간에게 미치는 위협을 적나라하게 보여 주었다. 브룩의 영화는 이따금 마치 북극에서 일어난 아마겟

돈 이후의 상황을 배경으로 삼은 것처럼 보인다. 그리고 코진체프의 주인공들은 때로 마치 외계의 어느 혹성에서 바위투성이의 지표면과 끝없는 창공만을 마주한 채 고립무원인 존재들처럼 보인다. 두 영화 모두 폭풍우 장면에서는 모든 것을 휩쓸어버리는 듯한 강력한 빗줄기로 인해 등장인물들이 거의 사라져버릴 지경이다. 자연의 맹목적 횡포에 내맡겨진 "불쌍하고, 헐벗고, 다리 둘 달린 짐승"의 나약함이 시각적으로 매우 강력하게 펼쳐지는 것이다. 그것은 아무리 솜씨 좋은 무대 연출이라도 필적하기 힘들 정도이다. 또한 두 편의 영화 모두 땅과 자연이 뿜어내는 완전한 적의를 통해 셰익스피어 극작품의 가차 없는 잔혹함을 여실히 전달한다.

그러나 브룩과 달리 코진체프는 리어 및 글로스터의 가족들이 파멸에 이르는 과정을 통해 하나의 사회와 시대가 종말에 이르고 있음을 매우 성공적으로 극화하고 있다. 그의 영화는 많은 장면들이 농부들, 신하들, 병사들로 채워져 있고, 이를 통해 비극의 세계를 확장하고 주인공들의 운명에 엮여 있는 수많은 사람들의 운명에 대해서도 생각하게 한다. 극장 무대에서는 흔히 관습과 비용 때문에 작품의 초점을 가족 간의 갈등으로 좁히고 부모와 자식, 형제와 형제를 대립시킨다. 그러나 코진체프의 『리어 왕』에서는 셰익스피어 비극의 보다 폭넓은 정치적·역사적 차원이 부각된다. 이 영화에서 가장 기억에 남는 장면은 "냉혹한 폭풍의 팔매질을 견뎌야 하는"(3막 4장) 부랑자들과 빈자들을 위해 리어가 기도하는 장면인데, 여기에서 리어의 기도는 상상 속에서 이루어지는 추상적인 독백이 아니라, 굴욕을 당한 왕의 눈앞에서 온기를 나누기 위해 서로 꼭 붙어 있는 살아 있는 거지들을 위한 기도이다.

하지만 브룩의 영화가 영화 제작의 기초가 된 무대 공연과 마찬가지로 극작품의 정치적 양상을 무디게 만들었다는 문제가 있다 해도, 그것은 다른 측면에서 효과적으로 보완된다. 실제로 브룩의 영화는 이후 무대와 영화화에서 채택하면 좋을 풍부한 통찰력을 제공하고 있다. 등장인물의 고통과 죽음에 무감각한 『리어 왕』의 관점에 대한 브룩의 해석은 앞서도 언급한 바 있다. 영화가 끝날 무렵 에드거의 도끼가 에드먼드에게 치명적인 일격을 가하고, 리건을 쳐 죽인 거너릴이 스스로 바위에 머리를 부딪쳐 죽으며, 코딜리어가 교수형을 당하고, 그녀의 시체를 팔에 안고 리어가 등장한다. 이 모든 사건이 아주 빠르게 연속적으로 벌어진다. 빠르게 전개되는 장면과 비약적인 편집은 관객에게 어떤 감정 이입도 허락하지 않는다. 딸의 시체를 안고 있는 리어가 황량한 해안가에서 죽어가며 남기는 말에서는 어떤 파토스도 느낄 수 없다. 대부분의 공연과 달리 브룩의 영화는 긴장을 늦춘 의례적이고 감상적인 반응을 허용하지 않는다. 그 대신 우리와 일정한 거리를 유지함으로써 우리가 곤혹스러운 무언가를, 셰익스피어의 『리어 왕』이 다른 수단을 통해 직면하게 하는 무언가를 직면하지 않을 수 없게 한다.

그것은 극장 무대나 스크린 위에서 일어나는 비극에 우리 역시 구경꾼으로서 공모 관계를 이루고 있다는 인식이다. 즉, 우리의 오락과 교화를 위해 만들어진 고통과 죽음의 광경에는 우리의 책임도 있다는 것이다. 마치 셰익스피어의 극작품이 연극적 자의식으로 넘쳐 나듯이, 브룩의 영화는 처음부터 영화적 자의식으로 가득하다. 우리는 카메라가 돌아가고 있다는 사실과 이 영화가 편집된 인공적 산물이라는 사실을 지속적으로 의식하게 된다. 그러나 브룩은 한 걸음 더 나아가 몇몇 핵심적인 장면에서 관객을 영화의 구도 속으로 끌어들인다. 글로스터가 야만적인 폭력 행위에 의해 장님이 될 때 고통에 찬 그의 비명과 더불어 화면이 까맣게 바뀐다. 그러고 나서 우리가 보게 되는 것은 그의 훼손된 눈알이다. (무대 공연에서 브룩은 결코 잊을 수 없는 극적 상황을 만들었다. 장님이 된 글로스터가 무대 바깥쪽으로 더듬거리며 기어 나가는 순간에 막간 휴식을 알리는 객석 조명을 훤하게 밝혀 버렸다.) 그리고 도버 절벽 장면에서는 추락하는 그 순간까지 아버지의 마음의 눈을 속이는 에드거의 행동과 묵계 관계를 이루도록 카메라를 사용하는데, 에드거의 언어가 글로스터의 상상력을 조작하듯이 의도적으로 관객을 속이고 관객의 시선을 조작한다.

그러나 가장 당혹스러운 것은 영화가 끝나는 순간에 죽어가던 리어가 코딜리어의 시체에 말을 걸며 카메라를 통해 관객을 직접 바라보는 방식이다. 근접 촬영에 의해 암호 같은 마지막 대사("이것이 보이는가? 이 애를 봐! 봐, 이 애 입술을! 여기를 봐! 여기를 보라고!")를 토해 내는 그의 모습이 확대되어 비춰질 때, 그는 관객을 똑바로 쳐다보고, 그럼으로써 자신의 죽음을 침묵 속에서 지켜보는 각각의 목격자를 자신의 죽어버린 딸로 바꾸어놓는다. 그러고 나서 그는 조용히 미끄러져 내려가 카메라의 시선에서 벗어나고 망각 속으로 사라진다. 그때 우리는 완벽히 하얀 스크린의 텅 빈 공간만을 응시한 채로 남게 된다. 그 효과는 매우 곤혹스러운데, 우리 역시 이 비극의 희생자라는 느낌, 즉 『리어 왕』이 우리를 죽은 자 가운데 하나로 여겼다는 느낌을 남겨놓기 때문이다.

테이트의 시대부터 우리의 시대에 이르기까지 셰익스피어의 가장 비참하고 비타협적인 비극을 무대에 올린 수많은 공연들은, 램의 멋진 표현을 빌리자면, "강력한 괴물을 보다 수월하게 이리저리 끌고 다닐" 수 있도록 "이 리바이어던의 코에" 코뚜레를 꿰려고 했다. 진정으로 위대한 『리어 왕』 공연은, 코진체프와 브룩이 포착한 것처럼, 그 강력한 괴물이 풀려났을 때 어떤 일이 벌어지는지 보여 주는 그런 공연이다.

판본에 대하여

조지 헌터

받아들일 만한 『리어 왕』 판본을 확정하는 일의 가장 커다란 어려움은 복수(複數)의 증거, 즉 신뢰성을 조사할 수는 있지만 최종적으로 검증하기는 어려운 증거물의 과잉에서 기인한다. 『리어 왕』 텍스트는 셰익스피어 극작품의 첫 이절판(1623)과 1608년 사절판이라는 두 개의 개별적인 완성본으로서 존재한다. 사절판의 제목은 다음과 같다. '미스터 윌리엄 셰익스피어, 그가 쓴 리어 왕과 그의 세 딸의 삶과 죽음에 관한 진정한 연대기 사극. 또한 글로스터 백작의 아들이자 후계자 에드거의 불행한 삶, 그리고 미친 톰으로 가장한 그의 음울한 기행.' 또한 이 사절판은 표지 내용에 따르면 '크리스마스 축제 기간 성 스티븐 축일(12월 26일) 밤에 화이트홀에서 국왕 폐하를 모시고 공연된 그대로' 인쇄된 텍스트이다. 공연된 해는 틀림없이 1606년일 텐데, 왜냐하면 그 텍스트가 동일한 제목으로 동일한 공연 계기를 제시하며 출판 등록 사업소에 등재된 일자가 1607년 11월 26일이기 때문이다.

등록은 공식적으로 이루어졌겠지만, 20세기 거의 내내 텍스트 비평가들의 합의된 견해는 1608년 사절판이 어떤 의미에서는 '저질' 사절판이라는 것이었다. 즉, 극단이 인쇄업자에게 제공한 텍스트가 아니라, 뭔가 부정한 방법에 의해 인쇄소로 유입된 텍스트라는 것이다. 이런 의미에서 1608년 사절판은 첫 이절판 편집자들이 독자들에게 경고한 것처럼, "여러 개의 도난당한 무허가 사본" 중 하나로 칠 수 있을 것이다. "이전에 여러분은 부정한 협잡꾼들의 은밀한 속임수에 의해 손상되고 왜곡된, 여러 개의 도난당한 무허가 사본에 학대당했다. 이제 교정된 완전한 형태로, 특히 셰익스피어가 표현한 그대로 운율을 완벽히 따라 여러분에게 제공하는 바이다." 물론 이 내용은 사실이라기보다는 광고용 문구이다. 그러나 (최상의 광고 문구가 그렇듯이) 그 안에는 일말의 진실이 있다. 극단들은 항상 공연 작품이 너무 일찍 출판되는 것을 피하기 위해 애를 썼는데, 작품을 극단이 독점함으로써 그 가치를 높일 수 있었다. 1600년경 이후, 셰익스피어의 극단은 그의 온전한 작품 사본이 인쇄되는 것을 매우 효과적으로 막았던 것 같다. 그러나 인쇄업자들은 셰익스피어의 작품에 대한 욕구를 포기하지 않았고, 그중 몇 작품(총 다섯 작품)은 실제로 인쇄되기도 했다. 그 경우 인쇄소까지 이르는 과정은 불법적이었던 것으로 보인다. 하지만 그것이 그렇게 인쇄된 텍스트에 아무런 권위가 없다고 판단해야 하는 이유가 될 수는 없다.

언뜻 보기에 1608년 사절판 『리어 왕』은 확실히 불법적으로 확보된 텍스트와 연관시킬 수 있는 그런 질적 저하의 징후를 보여 주는 것 같다. 예컨대 문장들이 조잡하게 엮이고, 예리한 표현은 진부한 표현으로 바뀌었다. 사절판과 이절판의 차이를 가장 극명하게 보여 주는 예는 리어의 마지막 대사이다. 이절판에는 이렇게 인쇄되어 있다.

이것이 보이는가? 이 애를 봐! 봐, 이 애 입술을! 여기를 봐! 여기를 보라고!

같은 순간이 사절판에서는 훨씬 단순하게 표현된다.

오, 오, 오, 오.

하지만 사절판의 문제는 과장되기 쉽다. 사절판을 단순히 훼손된 이절판으로 간주해 버릴 수는 없다. 거기에는 이절판에는 없는 대사가 300행 정도 포함되어 있다. (그리고 이절판에는 사절판에 없는 대사가 100행 정도 포함되어 있다.) 이것을 설명하는 데 필요한 가설은 각각의 '좋은 점'과 '나쁜 점'을 모두 해명할 수 있는 것이어야 한다. 또한 두 텍스트 모두 진정한 셰익스피어적 읽기의 자료로서 중요하다는 점, 그리고 두 텍스트가 제시하는 것을 명백하게 왜곡하는 영화가 존재한다는 점을 밝힐 수 있는 것이어야 한다. 이 문제를 엘리자베스 시대의 극장 관행과 관련시켜 해결하고자 하는 최초의 진지한 시도는 W. W. 그렉과 그 외 '신문헌학' 운동 참가자들에 의해 이루어졌다. 그들이 발견한 사실은, 배우들이 (이런저런 이유로) 프롬프트북을 입수할 수 없는 작품의 텍스트를 넘기려고 시도할 때 공연 원고에 변질이 일어났다는 것이다. 어떤 오류들은, 마치 원고를 직접 본 것이 아니라 배우들의 기억에 의존한 것처럼, 잘못 읽었기 때문이 아니라 잘못 들었기 때문에 생겨난 것으로 보인다. 이런 특징이 사절판 『리어 왕』에도 나타나기 때문에—'insight' 대신 'in sight', 'of' 대신 'have', 'dog's obeyed' 대신 'dogge so bade'—이 텍스트 역시 전달 과정에서 청각이 중요한 역할을 했다는 최초의 가정이 가능하다. 이런 방식으로 재구성된 텍스트를 인쇄업자에게 전달한 사람이 배우였다면, 그들은 허가권을 가진 주요 배우는 아니었을 것이다. 이들이야말로 판권 보유에 가장 관심 있는 사람들이었기 때문이다. 1608년 사절판 『리어왕』은 오독보다는 기억 때문에 생겨난 듯한 오류들이 단지 몇몇 장에만 집중되어 있다는 사실이 지적되어 왔다. 반면 다른 장들은 (예컨대 3막 4장, 5장, 6장) 단지 기억에만 의존한 것 치고는 너무나도 정확하다. 앨리스 워커 박사는 거너릴과 리건 역을 맡았던 두 소년 배우가 인쇄업자에게 텍스트를 팔아넘겨 훼손되도록 만든 첩자라고 주장한다. 자신들이 등장하는 장은 외우고, 나머지 장은 저자의 초안이나 초고를 훔쳐볼 수 있을 때마다 베낌으로써 그렇게 했다는 것이다. 저자의 초고를 프롬프트북이 분실되었을 경우를 대비해 예비본으로 보관했다는 증거가 있다. 그러나 이러한 견해의 문제점은 증명할 수 없는 두 개의 가설을 고안하도록 요구하고, 따라서 어려움을 배가한다는 것이다.

이런 방식이나 유사한 다른 방식에 의해 만들어진 판본은 인쇄업자에게 심각한 문제를 야기했을 것이다. 필사 원고는 읽기가 매우 어려워서 똑바로 이해하기 위해서는, 최소한 그럴듯하게라도 이해하기 위해서는 부단한 노력이 필요했을 것이다. 심지어 전체를 새로 조판해야 하는 경우도 있었을 것이다. 이것은 현대의 학자들에게 원고를 다시 읽고 수정한 단어와 인쇄업자의 상식이 반영된 단어를 구별해야 하는 숙제를 남겨 주었다. 즉, 깔끔하고 이해할 수 있는 텍스트를 만들겠다는 것 이상의 욕망을 분간해야 하는 것이다. 반면 교정자가 원고를 재확인하지 않고 단순히 어림짐작으로 단어를 수정해 생긴 오류들도 있다. 아무튼 반드시 기억해야 할 것은 당시의 관례에 의하면 셰익스피어 자신이 인쇄 과정에 관여했을 가능성은 거의 없다는 점이다.

극단의 입장에서는 1608년 사절판이 매우 저급한 것이었을지 몰라도, 극단의 후원을 받은 첫 번째 이절판의 인쇄업자들은 그들이 대중들에게 제공하려는 새로운 판본의 기초로 사절판을 사용하는 것이 매우 편리하다는 것을 알았다. (사실 이절판의 저본은 첫 번째 사절판을 다시 인쇄한 두 번째 사절판이었다는 것이 거의 확실하다. 두 번째 사절판은 1608년이라고 찍혀 있지만, 실제로는 비공인 셰익스피어 전집을 만들려는 기획의 일환으로 1619년에 인쇄되었다.) 새로운 판본의 원고는 틀림없이 인쇄소에 당도하기 전에 극장용 원본을 근거로 교정이 이루어졌을 것이다. 이렇게 극단은 공식적인 프롬프트 원고의 통제권은 잃지 않고 공연할 수 있는 특허권은 유지함으로써, '우리의 셰익스피어'에 대한 자신들의 의무를 충족시켰다.

이절판에 포함된 새로운 내용들이 작품의 이해도를 향상시켰다는 점에서는 논란의 여지가 없다. 그러나 그러한 복원으로부터 얻는 즐거움은 여러 가지 이유에서 제한적이다. 교정 사항을 제공한 텍스트는 아마도 1622년 당시 극장에서 사용되던 대본일 것이다. 그것은 1605년에 사용된 것과 같은 텍스트일 수도 있고, 극장에서의 변형에 영향을 받은 텍스트일 수도 있다. 잘 알다시피, 변화하는 공연 유행에 발맞추기 위해 작품을 개작하는 것은 흔한 일이다. 그러나 이절판과 사절판 사이의 변화를 그러한 유행의 변화와 연관시키기는 어렵다. 이절판에는 4막 3장 전체가 없다. 무대 연출을 단순화하려는 욕구의 증거는 반복적으로 나타난다. 4막 7장에서는 음악도 사라지고 의사도 등장하지 않는다. 그리고 의사는 (4막 4장에서처럼) 이용하기가 용이한 '신사'로 대체된다. 프랑스의 영국 침공은 대부분 감춰지는데,

이것은 아마도 극장의 편집 탓이라기보다 검열이 원인이었을 것이다. 검열을 의심할 만한 대목이 둘 있는데, 1막 2장(왕과 귀족에 대한 비방을 포함해 곧 실현될 예언을 말하는 부분)과 1막 4장(왕을 '바보'라 부르고, 독점권에 대한 귀족들의 탐욕을 언급하는 부분)의 일부 대사를 제거한 것이 그것이다. 대부분의 편집은 단순히 공연을 단축하기 위해 의도된 것으로 보인다. 어떤 대사들은 현대의 독자들에게는 필수적이라고 생각될지도 모르지만, 연극적인 구조물로서의 극작품은 그 내용이 없어도 앞뒤가 완벽히 맞아떨어질 것이다.

이절판에 대해 유보적인 또 하나의 이유는 인쇄소의 작업이 상대적으로 무능력한 두 명의 식자공—한 명은 도제, 또 한 명은 부주의한 기능공—에 의해 이루어졌다는 것이다. 그들이 조판을 하면서 눈과 마음을 다른 곳에 두었다는 증거는 여러 곳에서 찾을 수 있다.

마지막으로, 이절판 『리어 왕』 전반에 걸쳐 발견하게 되는 것은 가장 최근의 그리고 가장 '정확한' 영어로 표현하는 것에 대한 관심이며, 심지어 식자공 개개인이 선호하는 영어로 표현하려는 경향이다. 이절판에서 이루어진 상당수의 수정은 진정한 셰익스피어적 언어의 회복이라기보다는 이런 관심과 경향 탓으로 돌릴 수 있는 것들이다.

사절판에는 막과 장의 구분 표시가 전혀 없다. 이 점에서 사절판은 초기 극작품 출판의 일반적 형식을 따르고 있다. 반대로 이절판은 막과 장의 구분이 매우 명료하고 정확하다. 그렇다고 막과 장의 구분에 셰익스피어의 분명한 의도가 반영되어 있다고 가정할 필요는 없다. 오히려 그것은 극작품의 편집에 뒤늦게 적용되기 시작한 문학적·고전주의적 윤색 작업의 일부라고 봐야 한다. 그러나 그것이 합리적이고 편리하기 때문에, 모든 현대 편집자들과 마찬가지로 이 펭귄클래식 판본 역시 이절판의 구분을 따랐다. 다만 세 군데의 예외가 있다. 이절판에는 2막 1장과 2장의 표시만 있고, 현대 판본에 있는 3장과 4장의 표시는 없다. 켄트가 (차꼬에 묶인 채) 2막 2장에서 4장까지 계속 무대 위에 남아 있다고 주장할 수도 있기 때문에, 이절판은 이 점을 장 구분을 통해 인정한 것이다. 사절판과 달리 이절판에서는 켄트가 2막 2장의 마지막 대사 후 퇴장하지 않는다. 이렇게 하는 것이 불가능한 것은 아니지만, 엘리자베스 시대의 일반적 연출법과는 맞지 않는다. 켄트가 무대 위에 있든 없든, 2막 3장은 장소가 바뀌고 따로 구분된다. 이절판이 혼란을 야기하는 다른 경우는 4막인데, 이절판은 4막 3장을 생략하고 있다. 따라서 4막의 4장, 5장, 6장은 각각 3장, 4장, 5장으로 잘못된 장 번호가 붙어 있다. 그럼에도 불구하고 4막 7장에는 정확한 장 번호가 부여되어 있다. 이것이 시사하는 바는, 이절판 인쇄 도중에 누군가가 실수를 발견하고 그것이 계속되는 것은 막았지만, 이미 저질러진 실수들을 교정하지는 않았다는 것이다.

이 펭귄클래식 판본은 이절판을 저본으로 삼는다. 그러나 사절판과의 모든 차이점을 고려했으며, 더 나은 점이 있다고 주장할 만한 근거만 있으면 사절판의 내용을 수용했다. 사절판의 문제가 수정되지 않은 채로 이절판에 인쇄된 경우에는 수정된 내용을 일차적인 전거로 삼았다. 한 가지 주목해야 할 사항은, 이 판본을 편집하면서 무대 지시문의 경우에는 사절판이 더 우월한 권위를 가졌다고 가정했다는 것이다. 만약 사절판이 실제 공연에 대한 기억을 대변한다면, 대사보다는 무대 위에서 벌어지는 일을 기술하는 데 더 정확했을 것이기 때문이다. 사절판과 이절판은 무대 지시문에서 상당한 차이를 보인다. 이절판은 소품이나 인물의 등장 또는 퇴장과 관련된 것이 아니라면 무대 지시문에 관심을 보이지 않는다. 반면에 사절판은 동작 지시보다는 상황 설명에 더 많은 관심을 보인다. 다만 두 군데(도버 절벽에서 추락하는 장면과 에드거와 오스왈드가 결투하는 장면)에서만 이절판에서는 아예 빠져버린 구체적인 동작 지시를 내리고 있다. 중요하고 의미 있는 동작에 대해 이절판과 사절판 모두 아무런 지시가 없는 경우가 아주 많아서, 무대 지시문을 추가하기도 했다. 그리고 누구에게 대사를 하는지 분명하지 않은 경우가 종종 있어서, 무대 지시문을 통해 분명히 하려고 노력했다.

『리어 왕』의 현대 판본의 역사를 살펴보면 (몇몇 예외는 있지만) 사절판에서 이절판으로 중심이 옮겨 가고 있음을 알 수 있다. 현대 텍스트 연구의 기초를 세운 클락과 라이트가 편집한 예전의 케임브리지 대학 판본(1891)은 이 펭귄클래식 판본과 비교해 대사에서만 260군데가 넘는 차이를 보인다. 이런 차이점의 대부분은 사절판 대신에 이절판을 사용하는 것에서 비롯한다. 어휘가 더 명확하다는 사실 때문에 이절판을 따르는 것이 더 안전하고 더 믿을 만하다고 간주된다. 특히 판본 간의 관계에 대한 총체적인 이론이 부족한 상황에서는 더욱 그러하다.

보론 (1996)

『리어 왕』의 사절판과 이절판의 관계에 대한 앞선 설명은 지난 15년 사이에 많은 도전을 받았다. 새로운 이론의 대표적인 주장은 사절판과 이절판이 (앞에서 설명한 것처럼) 하나의 극작품에 대한 상보적이면서 불완전한 판본들이 아니라, 1605~1606년의 첫 번째 판본과 1610년에 수정된 판본으로서 서로 다른 별개의 셰익스피어 극작품이라는 것이다. 이러한 주장의 논거는 부분적으로는 문헌학적이고 부분적으로는 문학 비평적이다.

새로운 이론은 기존의 설명이 사절판과 이절판 사이에 존재하는 여러 가지 모순점을 분명하게 해명하지 못했다는 불만에서 비롯한다. 특히 기존의 설명은 그 결론이 잠정적이라는 사실에 대한 인식이 부적절할 정도로 결여되어 있었다. 작품의 개정은 (설령 작가 자신의 개정이 아니라 할지라도) 엘리자베스 시대의 극장 관행상 흔한 일이었다. 대개 사절판은 (완성된) 작품을 말끔하게 정리해 공연을 보다 용이하게 만들려는 시도가 반영된 것으로 생각되었다. 확실히 새로운 주장은 문헌학적으로 이미 해명이 끝났다고 여겨질 수 있는 문제들을 다시 살펴보게 했다. 하지만 단순한 텍스트적 증거가 단 하나의 설명만을 지지하는 경우는 거의 없다는 사실을 주목할 필요가 있다. 그것은 이절판이 개정판이라는 설명과, 이절판과 사절판은 모두 단일한 원본에서 나왔다는 설명 중 어느 한쪽을 따라야만 하는 증거가 되지 못한다. 확신시키려고 하는 학자는 사실을 넘어 왜 상이한 판본들이 존재하는지에 대한 추측을 시도하게 된다. 그리고 이런 추측은 어떤 표기는 인쇄가 잘못된 것이라고 생각하고 어떤 표기는 옹호할 만한 셰익스피어적 어법이라고 생각하는, 그저 개인적인 차원에 불과한 취향에 근거하는 경향이 있다. 심지어 어떤 선험적이고 입증되지 않은 입장에 근거하는 경우도 있다.

문학적인 차원에서 새로운 이론을 옹호하려는 학자들의 기본적 소여는 작품의 마지막 대사가 이절판에서는 에드거에게, 사절판에서는 올버니에게 부여된다는 사실이다. 인쇄소에서 발생하는 문제들을 생각하면 이 정도의 차이는 얼마든지 벌어질 수 있다. 혹은 극장에서의 자체적인 수정을 반영하는 것일 수도 있다. 마이클 워런은 그것이 판본에서 일어나는 변화의 유형을 암시한다고 주장하며, 새로운 이론을 주창하는 학자들 대부분이 그의 주장을 따르고 있다. 즉, 사절판에서는 올버니가 '강한' 인물처럼 보이도록 변형이 이루어지는 반면, 이절판에서는 '약한' 인물처럼 보이도록 변형이 이루어진다는 것이다. 이런 주장이 설득력을 얻기 위해서는 두 판본의 여러 개별 구절들을 작가의 의도를 전제한 시각으로 읽어야 한다. 그리고 뛰어난 문학 비평가 또는 연출가라면 그러한 시각이 낯설지 않을 것이다. 또한 메소드 연기에 능숙한 배우라면 그러한 시각을 통해 인물의 '강점'과 '약점'을 표현하기 위한 비밀을 발견하는 것이 그리 어렵지 않을 것이다. 사실 가장 기본적인 문제는 이런 종류의 해석이 매우 쉽다는 점에 있다.

현재 이 펭귄클래식 판본에 사용된 텍스트는 하나로 '합성된' 텍스트이다. 즉, 사절판과 이절판 모두를 저본으로 삼은 것으로, 말하자면 엘리자베스 시대의 극장에서는 한 번도 무대에 올려진 적이 없는 현대적 구성물인 것이다. 그리고 18세기 이전에는 이런 형태로 출판된 적도 없다. 이런 까닭으로 최근에 옥스퍼드 대학 출판부와 케임브리지 대학 출판부는 『리어 왕』의 사절판 텍스트와 이절판 텍스트를 각각 따로 출간하고 있다. 하지만 그런 식의 문제 해결을 이 책은 거부한다. 그들은 두 개의 예술 작품이 있고, 각각 문학적 고전의 지위에 올라 있고, 따라서 각각에는 더해서도 빼서도 안 된다는 입장을 취한다. 그들이 고수하는 태도의 엄격함(사실은 고루함)은 극장에서 상연되는, 인쇄되지 않은 공연 텍스트와 거의 관계가 없다. 사실 공연 텍스트란 다양한 상황에 맞춰 다양한 공연을 만들어낼 수 있도록 개방되어 있는 원자재와 같다. 둘 중 어느 텍스트도 완전한 진실을 확실하게 주장할 수 없다면, 그처럼 개방되어 있는 재료의 풍성함을 따라가는 것이 유일하게 온당한 일처럼 보인다. 게다가 이론적인 차원에서 명료하게 밝힐 수 없다면, 경험적인 차원에 무게를 두는 것이 타당해 보인다. 만일 사절판이나 이절판에서 늘어난 내용들이 전부 혹은 대부분 셰익스피어가 추가한 것이라면 (그리고 이에 대한 반론이 거의 없다면) 셰익스피어가 쓴 모든 시를 독자들이 즐길 수 있도록 허락하는 것이 옳다. (사실 그것은 텍스트 연구자가 아니라 관객을 위한 것이다.) 또한 이 비극을 통해 감동을 경험하고 영감을 받은 수많은 세대를 거쳐오는 동안 아주 가끔 조잡한 반론만을 야기한 보편적 일관성을 유지하고 있는 형태로 즐길 수 있도록 허락하는 것이 옳다.

리어 왕

The Tragedy of King Lear

등장인물

리어	브리튼(고대 영국)의 왕
거너릴	리어의 큰딸
리건	리어의 둘째 딸
코딜리어	리어의 막내딸
올버니 공작	거너릴의 남편
콘월 공작	리건의 남편
프랑스 왕	
버건디 공작	
켄트 백작	(나중에 카이어스로 변장)
글로스터 백작	
에드거	글로스터 백작의 아들 (나중에 불쌍한 톰으로 변장)
에드먼드	글로스터 백작의 서자
오스왈드	거너릴의 집사
리어의 광대	
세 명의 기사	
큐란	글로스터 집안의 신사
신사들*	
세 명의 하인	
노인	글로스터 백작의 소작인
세 명의 전령	
의사	코딜리어의 수행원
지휘관	에드먼드의 추종자
사자	
두 명의 장교	

리어를 수행하는 기사들, 하인들, 병사들, 시종들, 신사들

1막

1장[1]

(켄트, 글로스터, 에드먼드 등장)

켄트
 폐하께서 콘월 공작보다는 올버니 공작을 더 총애하셨다고 생각했습니다만.

글로스터
 우리에게는 늘 그런 것처럼 보이셨지요.[2] 그렇지만 막상 왕국의 영토를 분할하려는 지금에 와서는, 폐하께서 어느 공작을 더 높이 평가하는지 알 수 없습니다. 양쪽의 자질[3]을 무게로 달아보면 소소한 항목에서조차 우열을 가리기가 힘들거든요.

켄트
 이 친구는 경의 아들이 아닌가요?

글로스터
 이 아이를 키우는 것은 내 몫이었지요. 종종 내 자식임을 인정하는 것이 부끄러웠는데, 이제는 제법 익숙해졌습니다.

켄트

무슨 말씀이신지 도통 받아들이기가 어렵군요.

글로스터

이 녀석의 어미는 잘 받아들였을 겁니다. 너무 잘 받아들여 배가 불러오더니, 잠자리를 함께할 남편이 생기기도 전에 덜컥 아들을 낳았던 거지요. 이제 어떤 잘못인지 감이 오십니까?

켄트

이렇게 늠름한 아들을 얻으셨으니, 나라면 그 잘못을 되돌리고 싶지 않겠습니다.

글로스터

그렇지만 내게는 적출 아들이 있거든요. 이 녀석보다 한 살이 많지요. 물론 어느 한쪽을 더 소중히 여기지는 않습니다. 이 녀석은 방종의 결과로 일찍 세상에 태어났지만, 그래도 이 녀석의 어미는 참 예뻤지요. 만드는 동안 즐거웠으니, 서자라도 인정할 건 해야죠. 에드먼드, 이 귀족 어르신이 누군지 아느냐?

에드먼드[4]

모르겠습니다.

글로스터

켄트 경이시다. 내가 존경하는 친구이니까 앞으로 기억해 둬라.

에드먼드

잘 모시겠습니다.

켄트

마음에 드는군. 앞으로 자네에 대해 더 많이 알기를 바라네.

에드먼드

마음에 흡족하시도록 노력하겠습니다.

글로스터

아홉 해 동안 외국에서 지냈는데, 곧 다시 나갈 겁니다. 아, 폐하께서 오시는군요.

(나팔 소리. 왕관⁵⁾을 든 사람이 앞서고, 이어서 리어 왕, 콘월, 올버니, 거너릴, 리건, 코딜리어, 시종들 등장)

리어

글로스터, 프랑스 왕과 버건디 공작을 모셔 와라.

글로스터

네, 폐하. (글로스터와 에드먼드 퇴장)

리어

자, 이제 은밀히 품고 있던 짐의 계획을 밝히겠다. 저기 있는 지도⁶⁾를 다오. 짐이 왕국을 세 조각으로 나누어놓은 것이 보이느냐.⁷⁾ 이것은 짐의 확고한 결심인데, 모든 근심과 정사를 늙은 이 몸으로부터 털어내어 더 팔팔한 젊은이들에게 나눠 주고, 그 대신 홀가분하게 죽을 때까지 느긋한 시간을 보내려 한다. 사위인 콘월 경, 그리고 그에 못지않게 나를 사랑하는 사위 올버니 경, 짐은 딸들에게 나눠 줄 재산을 지금 공개적으로 밝힘으로써 미래의 불화를 미연에 방지하려는 확고한 의지가 있다. 프랑스 왕과 버건디 공작이 구애의 경쟁자가 되어 우리 막내딸을 아내로 삼기 위해 궁전에 머물러왔는데, 그들도 이 자리에서 대답을 듣게 될 것이다. 말해 보아라, 나의 딸들아! 이제 짐은 통치에 관한 일, 영토에 대한 관심과 국정에 대한 부담에서 벗어나고자 하니, 누가 짐을 가장 사랑한다 말하겠느냐? 그에게는 부녀간의 정이 허락하는 최대한의 보상을 베풀겠다. 거너릴, 가장 먼저 태어난 네가 먼저 말해 보아라.

거너릴

폐하, 저는 말로써 전달할 수 있는 것 이상으로 폐하를 사랑합니다. 폐하는 시력보다, 공간보다, 자유보다 더 소중하십니다. 비싸다거나 희귀하다는 식으로 가치를 매길 수 있는 것을 넘어서십니다. 은총과 건강, 아름다움과 명예로 충만한 목숨만큼 사랑하며, 지금껏 자식이 보인 혹은 아버지가 받은 어떤 사랑 못지않게 사랑합니다. 숨 쉬기가 힘들고 말문이 닫힐 만큼 사랑합니다. 어떤 수식어로도 형언할 수 없을 만큼 아버지를 사랑합니다.

코딜리어

(방백) 코딜리어는 뭐라고 말해야 하나? 사랑합니다 말하고 입을 닫을 수밖에.

리어

이 모든 영토 중에서, 여기서부터 저기까지, 울창한 숲과 비옥한 평야가 있고, 수량이 풍부한 강과 넓게 펼쳐진 초원이 있는 지역을 너에게 주겠다. 너와 올버니의 후손들에게 영원히 귀속될 것이다. 그럼, 우리 둘째 딸이자 콘월의 아내, 사랑하는 리건이 말해 보아라.

리건

저도 언니와 같은 성정(性情)으로 이루어졌고, 또한 언니만큼 자격이 있습니다. 언니가 말하는 사랑의 행위들 모두가 저의 진실한 가슴속에 있습니다. 다만 언니에게 부족한 것이 있으니, 감히 말씀드리건대 가장 예민한 감각의 소유자도 사로잡을 모든 쾌락을 거부하고 오로지 아버지의 사랑 속에서만 즐거움을 찾겠습니다.

코딜리어

(방백) 아, 이제 불쌍한 코딜리어 차례구나! 아냐, 꼭 그런 것은 아냐! 내 사랑이 나의 말보다 더 크다는 것을 나는 믿으니까!

리어

너와 너의 자손에게 이 아름다운 왕국의 풍요로운 삼등분 가운데 하나가 돌아갈 것이다. 넓이로나, 가치로나, 기쁨으로나 거너릴이 받은 것에 못지않으리라. 자, 이제 가장 어리고 작지만, 우리의 즐거움이며, 그 싱그러운 사랑을 얻고자 포도 덩굴의 프랑스 왕과 우유가 넘치는 버건디 공작이 가까이하려고 애써 마지않는 딸, 너는 어떤 말로써 언니들의 것보다 더 비옥한 삼등분을 받을 테냐? 말해 보렴!

코딜리어

할 말이 없습니다, 폐하.

리어

할 말이 없다고?

코딜리어

할 말이 없습니다.

리어

할 말이 없으면 얻을 것도 없다. 다시 말해 보아라.

코딜리어

안타깝게도, 제 마음속에 있는 것을 입까지 끌어낼 수 없습니다. 폐하를 사랑합니다만 자식의 도리에 따른 것이지, 그 이상도 이하도 아닙니다.

리어

어떻게, 이런, 코딜리어! 네 말투를 조금만 바꾸어라. 너의 부를 모두 잃을 수도 있다.

코딜리어

훌륭하신 폐하, 폐하는 저를 낳아주시고, 길러주시고, 사랑해주셨습니다. 그런 의무를 마땅히 해야 하는 만큼 갚아드리기 위해 폐하께 복종하고, 폐하를 사랑하고, 무엇보다 폐하를 공경합니다. 언니들은 아버지만을 사랑한다면서 왜 남편을 얻었을까요? 제가 만약 결혼을 한다면 제 맹세를 받는 그분의 손이 제 사랑의 절반을, 그리고 제 관심과 존경의 절반을 가져가시겠지요. 아버지만을 사랑한다면, 정말이지 저는 언니들처럼 결혼을 하지는 않을 겁니다.

리어

하지만 너의 본심이 바로 이것이냐?

코딜리어

네, 훌륭하신 폐하.

리어

그렇게 어리건만, 그토록 뻣뻣하더냐?

코딜리어

그렇게 어리지만, 폐하, 진실합니다.

리어

네 멋대로 해라. 너의 진실이 너의 지참금이다! 태양의 성스러운 광채, 헤캇[8]과 밤의 신비, 우리의 태어남과 죽음을 관장하는 천체의 모든 운행에 걸고 맹세하건대, 이 자리에서 아버지로서의 책임을 부인하겠다. 핏줄이라는 것도, 근친이라는 것도. 지금부터 영원히 내 마음은 너를 이방인으로 여기겠다. 야만스러운 스키타이인[9] 혹은 부모를 먹을거리로 만들어 제 식탐을 채우는 자를 내 마음속에서 벗하거나, 동정하거나, 용서

하는 것과 같은 정도로만 한때는 내 딸이었던 너를 대접하
겠다.

켄트

폐하.

리어

조용히 해라, 켄트! 용과 용의 분노 사이에 끼어들지 마라. 저 아이를 가장 사랑했고, 저 아이의 다정한 보살핌 아래 생을 마감하려고 생각했다. (코딜리어에게) 썩 꺼져라, 내 눈에 띄지 마라. 이렇게 아버지의 마음을 딸에게서 거두어버리는 마당에 내 무덤이 내 안식처일 게다. 프랑스 왕을 불러라! 뭣들 하느냐? 버건디 공작을 불러라! 콘월과 올버니, 내 두 딸의 지참금에다 세 번째 땅을 덧붙여 주마. 스스로 솔직함이라 부르는 그 오만함과 저 아이를 결혼시켜라. 너희 두 사람이 공동으로 누리도록 내 권력과 권위, 그리고 왕위에 따르는 모든 효력을 넘겨주겠다. 짐은 한 달마다 번갈아, 그대들이 부담해 주는 백 명의 기사를 데리고, 그대들 집에 머물겠다. 짐은 국왕이라는 이름과 명예만 누리고, 통치권, 세입, 여타 권한의 행사는 사랑하는 사위들 그대들의 것이다. 그것을 확인하기 위해 이 왕관을 너희끼리 나누어 가져라.

켄트

지금껏 나의 군주로서 존경하였고, 나의 아버지로서 사랑하였으며, 나의 주인으로서 섬긴 리어 왕이시여, 기도할 때면 나의 관대한 후원자로서 생각하였고…….

리어

활이 충분히 휘어지고 당겨졌다. 이제 과녁을 맞혀라.[10]

켄트

차라리 그냥 부러지게 하십시오, 그 화살촉이 제 심장을 관통한대도 상관없습니다. 켄트가 무례한 것은 리어가 미쳤기 때문입니다![11] 무슨 짓을 하십니까, 다 늙어서! 권력이 아첨에 굽실거리는 판에 신하가 말하기를 두려워할 것 같습니까? 군주가 어리석음에 빠질 때에는 솔직함이 명예지요! 권력을 그대로 유지하십시오. 최대한 숙고하시고 이 가증스러운 경솔함을 멈추세요. 제 목숨을 걸고 제 생각을 말씀드리자면, 막내 딸이 폐하를 가장 덜 사랑하는 것이 아닙니다. 빈 공간을 울릴 만한 요란스러움이 없는 낮은 목소리라고 가슴이 비어 있는 것은 아닙니다.

리어

켄트, 목숨이 아깝거든, 입을 다물라.

켄트

제 목숨은 오로지 폐하의 적과 싸우기 위해 내건 담보물이라 생각했습니다. 폐하의 안위가 동기이기에, 결코 두렵지 않습니다.

리어

내 눈앞에서 썩 꺼져라!

켄트

잘 보십시오, 폐하. 제가 폐하 곁에 남아 폐하의 시선의 표적이 되도록 해 주십시오.[12]

리어

아폴로에 걸고 맹세컨대…….

켄트

아폴로에 걸고 맹세컨대, 폐하, 지금 부질없는 맹세를 하고 계십니다.

리어

　이 나쁜 놈! (그를 치려고 칼에 손을 댄다.)

올버니, 콘월

　폐하, 참으십시오.

켄트

　치료하려는 사람을 죽이면, 그 대가를 추악한 질병에게 치르게 될 겁니다. 상속을 취소하십시오. 그러지 않으면, 목구멍에서 소리가 나오는 한 폐하가 사악한 짓을 한다고 말하겠습니다.

리어

　잘 들어라, 비열한 놈아, 네가 맹세하였던 충성심을 걸고 들어라! 네놈은 짐이 맹세를 깨도록 획책하지만, 짐은 아직까지 그래 본 적이 없다. 억지스러운 오만함으로 짐의 말과 짐의 행동13) 사이에 끼어들려 하니, 짐의 성격으로나 짐의 지위로 보아 결코 참을 수 없다. 짐의 권능을 발휘하여 응분의 대가를 치르게 하겠다. 세상의 재난에 대비하여 채비를 차릴 수 있도록 닷새의 말미를 주마. 엿새째에는 네놈의 혐오스러운 등을 돌려 왕국을 떠나라. 만약 지금부터 열흘째에도 네놈의 추방된 몸뚱이가 이 영토 안에서 발견될 시에는 그 순간 죽은 목숨이다. 꺼져라! 주피터에 걸고 맹세하건대 이 명령을 결코 철회하지 않겠다.

켄트

　폐하의 뜻이 그렇다면, 안녕히 계십시오, 왕이시여. 자유는 저 멀리 있고, 이곳에서는 추방이군요. (코딜리어에게) 공주님, 바르게 생각하시고 온당하게 말씀하신 당신을 신들께서 사랑

리어 왕　111

스러운 안식처로 인도하시기를 빕니다. (거너릴과 리건에게) 두 분의 거창한 말씀이 행동으로 입증되고 좋은 결과가 사랑의 언어에서 솟아나기를 빕니다. 여러 제후들에게도, 켄트는 작별을 고합니다. 새로운 나라에서도 마찬가지 마음가짐으로 살아가겠습니다. (퇴장)

(트럼펫 소리. 글로스터가 프랑스 왕과 버건디 공작을 동반하고 시종들과 함께 등장)

글로스터
프랑스 왕과 버건디 공작입니다, 폐하.

리어
친애하는 버건디 공작, 내 딸을 얻으려고 프랑스 왕과 경쟁하였던 공작에게 먼저 묻겠소. 지금 이 순간 그 애의 지참금으로 요구하는 최소한은 무엇이오? 그 정도가 아니라면 구애를 중단하시겠소?

버건디
고귀하신 폐하, 폐하께서 주시는 것 이상을 바라지 않습니다. 그 이하로 주실 리도 없고요.

리어
고매한 버건디 경, 막내딸이 짐에게 소중했을 때에는 그러려고 했소. 하지만 이제 가치가 추락했소. 저기 그 애가 서 있소. 꾸밈을 모른다는 저 물건의 무언가가 혹은 전부가 경의 호감을 사기만 한다면, 짐의 불쾌함을 얻은 것을 제외하면 아무것도 가지지 못한 저기 저 아이는 당신의 것이오.

버건디

뮈라 대답해야 할지 모르겠습니다.

리어

경은 결함으로 가득한 그 애를, 친구도 없고, 새로 짐의 미움에 입양되고, 짐의 저주를 지참금으로 가져가고 짐의 맹세로써 이방인 취급받는 그 애를 받아들이겠소, 아니면 떠나겠소?

버건디

용서하시오소서, 폐하. 그런 조건으로는 선택을 할 수 없습니다.

리어

그럼 그만두시오. 국왕의 권능을 걸고 맹세하건대 내가 말한 것이 그 애가 가진 전부요. (프랑스 왕에게) 고매한 프랑스 왕, 내가 미워하는 아이를 그대의 배필로 만들어서 그대의 후의를 배신하고 싶지 않소. 그러니 간청하건대 자연이 자신의 것으로 인정하기조차 부끄러워하는 저 몹쓸 아이[14]보다는 더 가치 있는 것에 그대의 호감을 기울이시오.

프랑스 왕

이건 정말 이상하군요. 조금 전까지도 최고로 여겨졌던 그녀가, 칭찬의 주제이자 노년의 향기였으며, 최상이자 가장 소중했던 그녀가 눈 깜짝할 사이에 끔찍한 일을 저질러 여러 겹의 은총을 파괴했다니. 그녀의 죄는 아주 사악하여 그런 끔찍한 일을 일으킨 것이 틀림없습니다. 아니라면, 앞서 맹세하신 폐하의 애정이 오염된 거겠지요. 그러니 그녀를 믿는다는 것은 기적이 아니고서야 이성이 내 안에 심어놓았을 리 없는 신앙이 분명합니다.

코딜리어

폐하께 여전히 간청드리오니—실행할 생각도 없이 매끄럽고 번지르르하게 말하는 재주가 제게 없기 때문이라면, 사실 저는 마음을 먹으면 말하기 전에 우선 행동하니까요.—이것만은 알아주세요. 사악한 오점이나, 살인 또는 부정, 정숙하지 못한 행실 또는 명예롭지 못한 수단 때문에 아버지의 은총과 애정을 잃어버린 것이 아니라, 그저 없는 것이 더 다행인 어떤 부족함 때문이라는 것을요. 언제나 애걸하는 눈과 혓바닥을 갖지 못한 게 저는 자랑스럽습니다. 비록 그것이 없어서 아버지의 마음을 잃어버리긴 했습니다만.

리어

차라리 너는 태어나지 않는 것이 좋았겠다, 이렇게 나를 불쾌하게 만드느니.

프랑스 왕

단지 이것뿐인가요? 타고난 과묵함 때문에 행하고자 하는 바를 말하지 않고 종종 그대로 마음속에 남겨 두었다고? 경애하는 버건디 공작, 이 여인을 어찌 생각하시오? 본질에서 벗어난 문제들과 사랑이 뒤섞이게 되었다면 사랑은 사랑이 아니지요. 공주를 받아들이겠소? 그녀 자체가 지참금이오.

버건디

리어 왕이시여. 폐하께서 제안하셨던 몫만이라도 주십시오. 그러면 이 자리에서 코딜리어의 손을 잡아 버건디 공작 부인으로 맞이하겠습니다.

리어

아무것도 없소! 맹세를 하였고, 그것은 확고하오!

버건디

(코딜리어에게) 그럼 유감이지만, 부친을 잃으셨으니 남편도 잃을 수밖에 없군요.

코딜리어

버건디에게 신의 가호가 있기를! 세속적 지위와 부를 사랑하는 사람이니 나는 그의 아내가 될 리가 없지요.

프랑스 왕

참으로 아름다운 코딜리어, 가난하지만 가장 부유하고, 버려졌기에 최상의 선택이며, 멸시받기에 가장 사랑받는 그대와 그대의 미덕을 이제 내가 붙잡겠소. 버려진 것을 취했으니 법적으로 문제 될 리 없겠지요! 신들이시여! 이상하게도, 저들의 냉대로부터 내 사랑의 불꽃이 피어나 존경으로 활활 탑니다. 폐하, 우연히 나에게 던져진 그대의 지참금도 없는 딸이 나의 아내이자, 나의 백성과 아름다운 프랑스의 왕비입니다. 수량이 풍부한 버건디[15]의 어떤 공작도 헐값이라도 매우 소중한 이 아가씨를 살 수는 없소. 코딜리어, 매정한 저들에게 작별을 고하시오. 이곳을 잃어버림으로써 더 나은 곳을 발견할 것이오.

리어

당신이 그 애를 얻었소, 프랑스 왕. 그 애는 이제 그대의 것이오. 내게는 그런 딸이 없으며, 다시 그 얼굴을 볼 일도 없을 것이오. 그러므로 떠나시오. 은총도, 애정도, 축복도 없소. 자, 갑시다, 버건디 공작. (트럼펫 소리. 리어, 버건디, 콘월, 올버니, 글로스터가 시종들과 함께 퇴장)

프랑스 왕

언니들에게 작별을 고하시지요.

코딜리어
아버지의 보석들인 언니들, 젖은 눈의 코딜리어는 언니들을 떠납니다. 언니들을 잘 압니다. 동생으로서 언니들의 결점을 꼬집어 말하기는 아주 싫습니다. 아버지를 잘 보살펴 주세요. 공언하신 언니들의 가슴에 아버지를 맡깁니다. 하지만 내가 아직 아버지의 사랑을 받고 있다면 아버지를 더 좋은 곳으로 모실 텐데. 언니들 모두에게 작별을 고합니다.

리건
우리의 의무를 지시하지 마.

거너릴
네 남편을 만족시킬 방법이나 고민하렴. 운명의 적선으로 여기고 너를 받아줬잖니. 너는 복종에 인색하였으니까, 네가 그토록 바라 마지않던 박탈을 겪어 마땅한 거야.

코딜리어
시간이 지나면 감춰진 계략도 드러날 테지요. 결함을 감추고 있어도 결국은 밝혀져 조롱당할 겁니다. 부디 잘되기를 바랍니다!

프랑스 왕
자, 갑시다, 나의 아름다운 코딜리어.

(프랑스 왕과 코딜리어 퇴장)

거너릴
동생, 우리 두 사람 모두에게 관련된 일로 이야기 나눌 것이 적지 않다. 아버지께서는 오늘 밤 여기를 떠나실 것 같구나.

리건
확실해요. 오늘은 언니와 함께 가고, 다음 달에는 우리와 함께 하겠지요.

거너릴

    늙은이 변덕이 얼마나 심한지 보았지. 우리가 본 것만 해도 상당히 심했잖아. 항상 막내를 가장 사랑하시더니, 이제 형편없는 판단력으로 그 아이를 내쫓는 것을 보면 아주 야비해 보여.

리건

    나이 들어 허약해진 거예요. 하긴 아버지는 언제나 자신에 대해 잘 모르는 분이셨죠.

거너릴

    가장 왕성하고 가장 건강했던 시절에조차 아버지는 늘 경솔하셨잖아. 그러니 늙은 아버지에게서 우리가 받게 될 것은, 습관처럼 오래 몸에 붙어 있는 불완전한 상태만이 아니라, 노쇠함과 노여움이 세월을 만나 생겨난 제멋대로의 외고집도 있다고.

리건

    이번에 켄트가 쫓겨난 것처럼 그런 급작스러운 행동을 우리도 겪게 될 가능성이 아주 많아요.

거너릴

    아버지와 프랑스 왕 사이에 공식적인 작별 행사가 아직 남아 있다. 바라건대, 우리 서로 협력하자. 만약 아버지께서 평소에 하던 대로 권리를 행사하려 든다면, 양도에 관한 방금 전의 유언이 우리를 괴롭히게 될 거야.

리건

    앞으로 좀 더 신중하게 생각해 봅시다.

거너릴

    우리가 뭔가 해야 해, 그것도 아직 한창일 때. (두 사람 퇴장)

2장[16]

(에드먼드 등장)

에드먼드

자연[17]이여, 그대는 나의 여신.[18] 그대의 법칙만을 나는 따르겠다. 그런데 왜 내가 관습의 병폐 안에서 내 것을 강탈하는 까다로운 국법을 참아야 한단 말인가? 그저 형보다 열두 달이나 열네 달 늦게 나왔다는 이유만으로? 왜, 서자라서? 그래서 비천해서? 신체는 매우 탄탄하고 정신은 신사처럼 관대한 내 모습은 정실 자식에 견줄 만큼 참되지 않던가?[19] 그런데 왜 우리를 천하다고 낙인찍는가? 천하다고? 서출이라고? 천하고, 천하다? 우리는 자연의 은밀한 욕정 속에서 더 많은 조합과 격렬한 자질을 얻었기에, 지루하고, 맥 빠지고, 싫증 난 침대 속에서 잠결에 잉태된 멍청한 족속들을 능가하지 않는가? 그러니 적자 에드거, 내가 네 땅을 차지하겠다. 아버지의 사랑은 서자 에드먼드에게나 적자에게나 마찬가지다. '적자'는 근사한 단어지! 나의 '적자'님, 이 편지가 효과를 보고 내 계략이

성공하면, 서자 에드먼드가 적자 위로 올라설 것이다. 나는 점점 자라 번성하리라. 자, 신이시여, 서자들을 위해 일어나소서!

(글로스터 등장)

글로스터

켄트가 그렇게 추방되었다? 프랑스 왕은 분개해서 떠났고?[20] 폐하께서는 오늘 밤에 가버리셨고? 권력 분배에 대해 지시하셨다? 본인은 명목상으로만 왕으로 남겠다? 이 모든 일이 몰아세우듯 이뤄졌다니! 에드먼드, 웬일이냐? 무슨 일 있느냐?

에드먼드

죄송합니다만, 아무것도 아닙니다.

글로스터

편지를 애써 감추는 까닭이 무어냐?

에드먼드

새로울 것이 없습니다, 아버님.

글로스터

읽고 있던 종이는 무엇이더냐?

에드먼드

아무것도 아닙니다, 아버님.

글로스터

아무것도 아니라고? 그렇다면 무엇 때문에 그토록 황급히 주머니에 그것을 숨겼더냐? 아무것도 아닌 일이란 굳이 감출 필요조차 없다는 것 아니더냐? 어디 보자! 자! 아무것도 아니라면, 내가 안경을 낄 필요도 없겠지.[21]

에드먼드

용서를 간청합니다. 형님에게서 온 편지인데 아직 다 읽지도 못했습니다. 제가 읽었던 부분까지만 해도 아버님이 보시기에 적절치 않습니다.

글로스터

그 편지를 이리 내놔라.

에드먼드

제가 건네드리든 안 건네드리든 화를 돋울 겁니다. 일부분만 이해했습니다만, 비난받을 만한 내용입니다.

글로스터

어디 보자, 보자니까.

에드먼드

형님께서 이 편지를 쓰신 까닭이 저의 덕성을 시험하거나 떠보려는 의도였으리라 짐작합니다.

글로스터

(읽는다.) 연장자를 존중하라는 방침으로 인해서 우리의 전성기는 비참하기 그지없이 흘러가고 있고, 우리의 재산은 늙어서 결국 즐겨보지도 못할 시점까지 묶여 있다. 이제 나는 억압적인 노인들의 전횡에서 나태하고 어리석은 속박을 보기 시작한다. 그들은 힘이 있어서가 아니라 우리가 참아주기 때문에 권력을 휘두르는 것이다. 나를 찾아오면 이 문제에 대해 더 많은 이야기를 나누도록 하마. 내가 깨울 때까지 우리의 아버지가 주무신다면,[22] 아버지 재산의 절반은 영원히 너의 것이 되고, 너는 형의 사랑을 받는 인생을 살 것이다. 에드거.

흐음! 음모다! "내가 깨울 때까지 아버지가 주무신다면, 아버지 재산의 절반은 너의 것이 될 것이다." 내 아들인 에드거, 그놈의 손으로 이걸 썼단 말이냐? 이런 일을 속으로 꾸밀 심장과 머리를 가지고 있었어? 이것이 언제 네게 왔느냐? 누가 가져왔어?

에드먼드

누가 배달한 것이 아닙니다, 아버님. 그 점이 참으로 교활합니다. 제 방의 여닫이창으로 누군가가 던져놓았습니다.

글로스터

네 형의 글씨체라는 것을 알아보겠느냐?

에드먼드

좋은 내용이라면, 아버님, 기꺼이 형의 필체라고 맹세하겠습니다만, 내용을 고려하면 형의 것이 아니라고 생각하고 싶습니다.

글로스터

그 녀석의 것이 맞아!

에드먼드

형의 글씨는 맞지만, 아버님, 바라건대, 형의 마음이 내용에 담겨 있지 않기를 희망합니다.

글로스터

이 문제로 너를 넌지시 떠본 적은 없었느냐?

에드먼드

없습니다, 아버님. 그렇지만 제가 가끔 들은 바는, 자식이 충분히 성숙하고 아버지가 노쇠하였을 때 아버지는 아들의 보호를 받고 아들이 아버지의 재산을 관리하는 것이 마땅하다는 것이었습니다.

글로스터

이런 악당, 악당이구나! 편지에 쓰인 것이 바로 그놈 생각이야! 아주 질색인 악당! 자연에 어긋나고, 혐오스럽고, 짐승 같은 악당! 짐승보다 나쁜 놈! 가서 네가 그놈을 찾아봐라! 그놈을 붙잡아야겠다. 가증스러운 놈! 어디에 있단 말이냐?

에드먼드

잘 모르겠습니다. 아버님께서 분노를 삭이시고 형의 의도를 확실히 보여 줄 증거를 알아내시고자 한다면, 좀 더 확실한 절차를 밟으셔야 합니다. 만약에 형의 뜻을 곡해하고 폭력적으로 형을 몰아세우다가는 아버님의 명예에 큰 오점을 남기고, 형의 복종심을 조각내고 말 것입니다. 저의 목숨을 걸고 감히 말씀드리자면, 형이 편지를 쓴 까닭은 아버님을 향한 저의 애정을 확인하려는 것이지 그와 다른 위험한 의도를 보이는 것은 아닙니다.

글로스터

그렇게 생각하느냐?

에드먼드

괜찮다고 생각하신다면, 형과 제가 이 문제에 관해 상의할 때 아버님께서 듣고 귀를 통해 확신하실 수 있도록 자리를 마련하겠습니다. 그것도 더 이상 지체할 것 없이 바로 오늘 밤에 말입니다.

글로스터

그놈이 그런 괴물일 리가 없는데…….

에드먼드

그렇지 않다고 확신합니다.

글로스터

그토록 다정하고 오롯하게 자신을 사랑하는 아버지인데. 하늘이여, 땅이여! 에드먼드, 그놈을 찾아내라. 그 녀석을 교묘하게 압박해 봐. 부탁이다. 네 판단에 따라 일을 꾸며보아라. 내 의심이 분명히 밝혀진다면 내 지위와 재산도 내놓을 수 있다.

에드먼드

신속히 찾아보겠습니다. 방법을 찾는 대로 일을 처리하고 즉각 보고를 드리겠습니다.

글로스터

최근의 일식과 월식은 우리에게 좋지 않은 징조야. 과학으로 이런저런 설명을 하겠지만, 뒤따르는 여파 때문에 자연은 황폐해지거든. 사랑은 식고, 우정은 깨지고, 형제들은 갈라선다. 도시에서는 폭동이, 시골에서는 불화가, 궁중에서는 반역이 일어난다. 아버지와 아들 사이의 인연도 끊어진다. 내 못된 자식 놈도 그 전조인 거야. 아들이 아버지를 적대하고, 왕은 자연의 본성에서 벗어났어. 아버지가 자식을 적대하다니. 좋은 시절은 이제 지났구나. 술책, 공허, 배신, 그리고 모든 파괴적인 불화가 무덤까지 우리를 따라와 기승을 부릴 거다.—이 악당 놈을 찾아라, 에드먼드. 네가 잃을 것은 아무것도 없다. 신중하게 움직여라.—고귀하고 충직한 켄트가 추방당하다니! 정직함이 그의 죄목이라! 참 이상하군. (퇴장)

에드먼드

이것이야말로 세상에서 가장 어리석은 짓이 아닌가. 우리가 나쁜 운명에 처할 때, 그것이 대개는 우리 자신의 행동이 지나친 탓이건만, 우리의 재난을 해나 달, 별의 탓으로 돌리다니.

마치 우리가 필연에 의해 악당이 되고, 하늘의 뜻에 의해 바보가 되며, 천체의 영향에 의해 악한, 도둑, 반역자가 되고, 복종할 수밖에 없는 행성의 영향력에 의해 술주정뱅이, 거짓말쟁이, 간통범이 되기라도 한다는 듯이 말이야. 더 나아가, 신의 강요에 의해 사악해지기라도 한다는 듯이 말이야. 호색한이 자신의 색정을 별의 탓으로 돌리는 것은 참 놀라운 핑계야. 내 아버지는 용의 꼬리[23] 아래에서 어머니와 한 몸이 되었고, 나는 큰곰자리[24]에서 태어났으니, 내가 난폭하고 음탕하다는 거지. 쳇! 나를 서자로 만들 때 하늘에서 빛나던 별이 가장 순결한 처녀 같았다 하더라도 나는 지금의 나와 마찬가지일 거야. 에드거…… (에드거 등장) 때마침 그가 오는군, 마치 구식 희극의 대단원처럼.[25] 나의 역할은 악한답게 우울한 표정을 짓고 미친 거지 톰처럼 한숨을 내쉬는 것이다.[26] (큰 소리로) 오, 이번 일식과 월식은 여러 분열을 예고하도다. (노래한다.) 파, 솔, 라, 미.

에드거

무슨 일이냐, 에드먼드! 무슨 심각한 생각을 하고 있는 것이냐?

에드먼드

일전에 읽었던 예언에 대해 생각 중입니다, 형님. 이번 일식과 월식 뒤에 무슨 일이 일어날지에 관한 것이지요.

에드거

그 일에 대해 그다지도 신경을 쓰고 있었느냐?

에드먼드

장담하건대, 불행하게도 그가 기록해 놓은 영향이 계속해서 이어질 것입니다. 부모와 자식 간의 패륜, 죽음, 기근, 오래된 우정의 소멸, 나라의 분열, 왕과 귀족에 대한 위협과 저주, 불필요한 망설임, 친구의 추방, 지지자의 해산, 파혼, 그리고 제가 모르는 일까지도요.

에드거
언제부터 열성적인 점성술 추종자가 되었더냐?

에드먼드
아버지를 마지막으로 만난 것이 언제입니까?

에드거
어젯밤인데.

에드먼드
대화를 나누었습니까?

에드거
그래, 두 시간가량.

에드먼드
기분 좋게 헤어지셨고요? 아버지의 말씀이나 얼굴에서 특별히 불쾌한 기미가 보이지는 않았나요?

에드거
아니, 전혀.

에드먼드
아버지의 기분을 상하게 하지 않았는지 잘 생각해 보세요. 조금 시간이 지나고 아버지의 노여움이 누그러질 때까지는, 간청하건대, 아버지 앞에 나타나지 마십시오. 지금 이 순간에는 노여움이 극에 달해서 형님에게 해를 끼치는 것으로 그치지 않으실 것입니다.

에드거
어떤 악당 놈이 중상모략을 했구나.

에드먼드

저도 염려하는 바입니다. 제발 아버지의 분노가 수그러들 때까지 계속 참고 지내십시오. 제가 말한 것처럼, 제 숙소로 물러나 계시면, 적당한 때에 아버지가 말씀하시는 것을 엿들을 수 있도록 안내해 드리겠습니다. 제발 가세요! 열쇠입니다. 밖으로 나가실 때에는 무기를 들고 다니세요.

에드거

아니, 동생, 무기까지?

에드먼드

형님, 제 충고가 최선입니다. 형님과 관련된 상황이 조금이라도 긍정적이라면 제가 아주 부정직한 놈이지요. 제가 듣고 본 것만을 이야기했을 뿐인데, 아주 어렴풋하게만 말해서 그 끔찍한 실상은 채 보여 드리지도 못했습니다. 제발, 어서 가세요!

에드거

곧장 소식을 보내줄 거지?

에드먼드

이번 일에서 형님을 돕겠습니다.

(에드거 퇴장)

잘 속는 아버지에 고결한 형님, 남에게 해를 끼치지 못하는 성격이라, 아무 의심이 없구나. 그들의 어리석은 정직함을 내 계략으로 편안하게 올라타는 거야.—할 일이 분명하다.[27] 태생으로 안 된다면, 지략으로 땅을 차지할 거다.[28] 목적에만 부합하면 무엇이든 정당화할 수 있어. (퇴장)

3장[29]

(거너릴과 집사 오스왈드[30] 등장)

거너릴
　자신의 광대를 꾸짖었다는 이유로 아버지가 내 신하들을 때렸다는 말이냐?

오스왈드
　그렇습니다, 마님.

거너릴
　밤낮으로 내 속을 썩이는구나. 매시간마다 이 일 저 일 온갖 야비한 짓을 하고 다니는 바람에 우리 모두 곤란한 지경이다. 더는 참지 않을 테다! 그의 기사들은 날로 난폭해지고, 그 자신은 사소한 일로도 우리를 꾸짖는다니까! 사냥에서 돌아오면 대꾸도 하지 않겠다. 내가 앓아누웠다고 말해라. 전에는 기꺼이 했던 일을 꾸물거리며 게을리한다면 네가 잘하고 있는 거다. 그 허물은 내가 책임지마.

오스왈드

돌아오십니다, 마님. 소리가 들립니다.

거너릴

지친 듯이 태만한 행동을 너와 네 동료들이 마음껏 취해도 좋다. 그걸 빌미로 삼겠다. 그게 못마땅하시다면 동생에게 보내지 뭐. 내 맘이나 그 애 맘이나 같다는 것을 아는데, 휘둘리지 않을 거야. 부질없는 노인네, 자기가 넘겨줘 버린 권력을 여전히 휘두르려 하다니! 맹세하건대, 늙은 바보들이란 다시 갓난아이가 된다니까. 그러니 그들이 엇나갈 때에는 아첨보다는 견제로 다뤄야 해. 내 말 잘 기억해라.

오스왈드

네, 마님.

거너릴

그리고 그의 기사들에게 더 쌀쌀맞은 눈길을 보내라. 뒤탈이 생겨도 상관없다. 네 동료들에게도 그렇게 일러라. 속내를 털어놓을 계기를 찾으면 좋겠다, 아니 그렇게 하고 말겠다. 동생에게 곧장 편지를 써서 내가 하려는 방식을 따르도록 해야겠다. 저녁을 준비해라. (두 사람 퇴장)

4장[31)]

(변장한 켄트 등장)

켄트

다른 사람의 말투도 빌려 와 말씨까지 감출 수 있다면, 나의 외관을 망가뜨려 가며 이루고자 하는 나의 좋은 의도를 끝까지 완수할 수 있을 텐데. 자, 추방당한 켄트여,[32)] 네가 저주를 받았던 곳[33)]에서 다시 섬길 수만 있다면, 언젠가 사랑하는 주인께서 네가 힘써 일했음을 알아주실 날이 올 게다.

(안에서 뿔나팔 소리. 리어와 그의 기사들 등장)

리어

지체하지 말고 저녁을 대령해라! 가서, 준비시켜라!
(첫 번째 기사 퇴장)
무슨 일이냐? 너는 누구냐?

켄트

평범한 사람입니다.

리어

무슨 일을 하는 자냐? 짐에게 어떤 볼일이 있느냐?

켄트

솔직히 보이는 그대로입니다. 저를 믿어주시는 분께 충심으로 봉사하고, 정직한 분을 사랑하며, 현명하여 말수가 적은 분과 이야기를 나누고, 심판[34]을 두려워하고, 어쩔 수 없을 때만 싸우고, 생선은 먹지 않습니다.[35]

리어

뭐 하는 놈이냐?

켄트

매우 정직한 심장을 가진 놈입니다. 왕처럼 가난하고요.

리어

신하가 왕에 비해 가난한 만큼 네가 신하에 비해 가난하다면 너는 충분히 가난한 거다. 무엇을 바라느냐?

켄트

섬기는 것입니다.

리어

누구를 섬기고 싶으냐?

켄트

당신입니다.

리어

네놈이 나를 아느냐?

켄트

모릅니다. 하지만 당신의 용모에는 제가 기꺼이 주인이라 부르고 싶은 것이 깃들어 있습니다.

리어

그게 무엇이냐?

켄트

위엄입니다.[36]

리어

나를 어떻게 섬기겠느냐?

켄트

충언을 드릴 수도 있고, 말도 타고, 뛰기도 하고, 멋들어진 이야기를 하다 망치기도 하겠지만, 단순한 전갈은 있는 그대로 전달할 수 있습니다. 평범한 사람에게 적합한 일에는 제가 딱입니다. 저의 최대 장점은 부지런하다는 것입니다.

리어

몇 살이나 먹었는가?

켄트

노래 때문에 여자를 좋아할 만큼 어리지도 않고요, 그렇다고 여자라면 무턱대고 빠져들 만큼 늙지도 않았습니다. 제 등에 마흔여덟 해를 지고 있습니다.

리어

따라오너라. 저녁 식사를 끝내고도 싫증 나지 않으면 내 시중을 들도록 허락하겠다. 아직은 너를 쫓아내지 않으마. 저녁 식사는 어떻게 된 거야? 저녁 식사! 내 광대, 이놈은 어디 있는 거야? 너는 나가서 광대를 이리 불러오너라.

(두 번째 기사 퇴장)

(오스왈드 등장)

여봐라, 너 이놈! 내 딸은 어디 있느냐?

오스왈드

    글쎄요……. (퇴장)

리어

    저놈이 뭐라고 하는 거냐? 저 얼간이[37]를 다시 불러와라.

    (세 번째 기사 퇴장)

    내 광대는 어디에 있느냐? 세상이 온통 잠든 것 같구나!

    (세 번째 기사 등장)

    자, 어찌 되었느냐? 그 잠놈은 어디에 있느냐?

기사 3

    폐하, 그자 말이 따님께서 편찮으시다고 합니다.

리어

    내가 불렀는데도 그 종놈이 오지 않은 이유는 뭐냐?

기사 3

    그자는 오지 않겠노라고 단호하게 대답했습니다.

리어

    오지 않겠다고!

기사 3

    폐하, 문제가 무엇인지 잘 모르겠습니다. 그러나 제 판단으로는, 예전과 같이 격식과 호의로 가득한 대접을 받지 못하고 계십니다. 전반적으로 하인들에게서 상냥함이 아주 크게 줄어들었는데, 공작과 따님 두 분 모두 마찬가지인 듯합니다.

리어

    하! 그렇단 말이지!

기사 3

    제가 틀렸다면, 폐하, 부디 용서하십시오. 폐하가 부당한 대접을 받았다고 판단할 때 가만히 있지 않는 것이 제 의무이기 때문입니다.

리어

너는 단지 내가 생각하고 있던 바를 일깨워 주었을 뿐이다. 요즘 들어 나를 소홀히 대접한다는 것을 어렴풋이 감지하였지만, 차라리 사소한 것을 의심하는 나 자신을 탓하려 들었지 결코 불친절한 의도나 목적이 있다고 생각하지 않았다. 좀 더 깊이 따져보아야겠다. 여하튼, 내 광대는 어디 있느냐? 이틀 동안이나 그 녀석을 보지 못했다.

기사 3

막내 공주님께서 프랑스로 떠나신 후로 광대가 많이 수척해졌습니다.

리어

그만해라! 나도 잘 알고 있다. 내 딸에게 가서 이야기를 나누고 싶다고 전해라.

(세 번째 기사 퇴장)

너는 가서 내 광대를 이리 불러오너라.

(다른 기사 퇴장)

(오스왈드 등장)

오, 너, 너 이놈! 이리 오너라. 내가 누구더냐?

오스왈드

저희 마님의 아버지이시죠.

리어

"마님의 아버지"라니, 이런 형편없는 놈! 이런 호래자식 같으니! 천한 놈! 똥개 같은 놈!

오스왈드

실례지만, 나리, 저는 그런 놈이 아닙니다.

리어

나와 눈싸움이라도 주고받겠다는 거냐![38] 날건달 같은 놈! (오스왈드를 때린다.)

오스왈드

저는 맞을 이유가 없습니다, 나리.

켄트

발에 걸려 넘어지고 싶지도 않겠지, 비열한 축구 선수 같은 놈아! (발을 걸어 그를 넘어뜨린다.)

리어

고마운 녀석. 내 시중을 잘 드는데, 앞으로 내가 아껴주마.

켄트

(오스왈드에게) 자, 일어나 썩 사라져라! 구별이 있다는 것을 가르쳐주마![39] 꺼져, 꺼지라니까! 네 둔한 몸통 길이를 누운 채로 재어볼 요량이라면 여기 있어라. 아니라면 빨리 사라져라. 머리가 있는 놈이냐?[40] (오스왈드를 밀어 내보낸다.) 그렇지!

리어

내 편이 되어준 자네, 고맙다. 너의 노고에 대한 작은 사례금이다. (켄트에게 돈을 준다.)

(광대 등장)

광대

그 사람을 나도 부려봅시다. 자, 이 광대 모자를 받아라.[41]

리어

아니 이런, 내 귀여운 광대야! 어찌 된 것이냐?

광대

내 모자를 잘 받들어 모셔라.

켄트

왜?

광대

왜냐고? 눈 밖에 나버린 사람 편을 들기 때문이지. 바람의 방향에 맞추지 못하면 웃지도 못하게 되고, 금세 감기에 걸릴 게다. 자, 그러니 내 광대 모자나 받으렷! 여기 이 양반은 자기 딸을 둘이나 추방하고, 셋째에게는 마음에도 없는 축복을 내렸거든.[42] 저 양반을 따라다니려거든 내 광대 모자를 쓰고 다녀야 해. 어때요, 아저씨![43] 나에게 광대 모자도 둘이고 딸도 둘이면 좋으련만!

리어

이유가 뭐냐, 나의 꼬마야!

광대

재산을 모두 딸들에게 주어도 광대 모자만은 내가 가질 수 있으니까! 이건 내 거니까, 당신 딸들에게 하나 달래보시지.

리어

이놈, 매 맞지 않으려면 조심해라.

광대

진실은 개와 같으니 개집으로나 가야지. 채찍을 맞은 진실은 집 밖으로 쫓겨나야 하는데, 암컷 개는 난롯가에서 냄새나 풍기거든.[44]

리어

무척 아프고 쓰라리구나![45]

광대

 자, 한마디 가르쳐드리리다.

리어

 해봐라.

광대

 아저씨, 잘 들어.
  보여 주는 것보다 많이 소유하고
  아는 것보다 조금 말하고
  가진 것보다 적게 빌려주고
  걷는 것보다 자주 말을 타고
  많이 듣더라도 다 믿지 말고
  한 번의 주사위에 모두 걸지 말고
  술과 계집은 뒤로하고
  집 안에만 머무르면
  열의 두 곱인 스물이 넘는[46]
  이득을 챙길 수 있을 거야.

켄트

 말이 안 되잖아, 광대야.

광대

 그렇다면 그것은 보수 없이 변론하는 변호사의 숨소리야.[47] 내가 하는 말에 대해 아무 대가도 주지 않았잖아? 아무것도 없는데 그것을 이용하지 않을 수도 있을까, 아저씨?

리어

 아니 없지, 꼬마야. 아무것도 없으면 아무것도 나올 수가 없다.

광대

 (켄트에게) 네가 말해 줘라, 자기 땅에서 나오는 소작료도 그

지경이라고.[48] 저이는 바보[49]가 하는 말은 믿지 않을 거야.

리어

바보의 말이 몹시 쓰구나!

광대

이봐, 쓴 말을 하는 바보와 달콤한 말을 하는 바보의 차이를 알아?

리어

모른다. 가르쳐다오.

광대

당신의 영토를 줘버리라고
조언하였던 그분[50]을
여기 내 곁에 세워봐.
그 사람 역을 당신이 해.
신랄한 바보와 달콤한 바보가
즉시 모습을 나타낼 거야.
광대 옷을 입은 한 놈은 여기에서
다른 놈은 저기에서 발각되지.[51]

리어

나를 바보라 부르는 거냐, 이 녀석아?

광대

다른 호칭들은 죄다 줘버렸지만, 그것은 가지고 태어난 거니까.[52]

켄트

이 녀석이 전적으로 바보는 아닌데요, 폐하.

광대

정말로 아니지. 고관대작들이 나 혼자 바보 노릇 하도록 내버려 두지 않을걸.[53] 내가 독점권[54]을 가졌다면, 그들도 지분을 가지려 했을 거야. 마님들도 마찬가지고.―그 사람들은 나 혼자만 바보짓 하도록 내버려 두지 않을 거야. 낚아채 갈 거라니까. 아저씨, 계란 하나만 줘요, 그럼 내가 왕관 두 개를 줄게.

리어

어떤 왕관이 둘이라는 거냐?

광대

계란을 반으로 나누고 그 속을 먹고 나면, 두 개의 계란 껍질 왕관이 남거든. 당신이 왕관을 둘로 쪼개 양쪽에 나눠 주었으니, 당나귀를 등에 지고 먼짓길을 걸어가는 거야.[55] 황금 왕관을 넘겨주었을 때 당신의 대머리 왕관 속에는 분별력이 없었다는 뜻이지. 내가 이 일에 나답게 이야기하는 것을 가장 먼저 알아채는 놈에게는 채찍질이 딱이야.[56]

    광대들이 이토록 인기 없던 적이 없으니,
    똑똑한 이들이 겉멋만 들어[57]
    머리를 어디 달고 다니는지도 모르고
    하는 짓이라곤 어리석은 흉내뿐이라.

리어

언제부터 그렇게 많은 노래를 부를 줄 알았느냐?

광대

아저씨, 당신이 딸들을 어머니로 삼았을[58] 때부터 줄곧 그랬어. 회초리를 딸들에게 내주고 바지를 내렸으니까.

(노래한다.)

    그러자 깜짝 놀란 그들이 기뻐 울었고
    나는 슬픔으로 노래하였으니,
    이런 왕이 술래잡기 놀이나 하면서

바보들과 섞여 지내야 하는 것을.

아저씨, 제발, 이 바보에게 거짓말하는 법을 가르쳐줄 선생님 한 분만 구해 줘요. 기꺼이 거짓말하는 법을 배울 테니.

리어

거짓말을 해봐라, 그럼 채찍질을 당하도록 만들 테니.

광대

당신과 당신 딸들이 놀랍도록 닮았구나. 그들은 내가 진실을 말한다고 채찍질하려 들고, 당신은 거짓말한다며 채찍질할 태세니까. 게다가 가끔은 말을 하지 않는다고 매를 때린다니까. 바보 광대가 아니라 뭔가 다른 일을 하는 게 낫겠어. 당신이 정신을 양쪽에서 깎아버려 중간에는 남은 게 없잖아. 여기 깎아낸 한쪽이 오는구먼.

(거너릴 등장)

리어

어쩐 일이냐, 딸아! 무엇 때문에 오만상을 찌푸리느냐? 요즈음 네가 인상을 쓰는 일이 아주 잦구나.

광대

딸의 찌푸린 눈살 따위를 걱정할 필요가 없었을 때에는 당신도 괜찮은 사람이었어. 지금은 앞에 아무것도 붙지 않는 숫자 영이야.[59] 이제는 내가 당신보다 나은 거야. 나는 바보지만, 당신은 아무것도 아니잖아. (거너릴에게) 그래, 잘 알았어요. 입 다물지요. 말씀은 하지 않지만, 낯빛이 그렇게 말하고 있으니까.

음, 음!

세상이 싫증 난다고, 빵 조각도 빵 부스러기도

　　　버리고 나면, 배고픈 날이 오게 될걸.[60]

　　(리어를 가리킨다.) 저것은 껍질을 깐 완두 꼬투리이죠.[61]

거너릴

　　무슨 짓이든 용인되는 광대만이 아니라 아버지를 따르는 다른 무례한 일행들까지 매시간 트집 잡고 싸우는 바람에 고약하고 참기 힘든 소동이 벌어집니다. 아버지께 잘 말씀드려 무난하게 바로잡아 볼 생각도 했습니다. 그렇지만 이제는 걱정이 더 커집니다. 아버지 자신이 말씀으로도 행동으로도 이런 난동을 비호하고 부추기시니까요. 그렇게 나오신다면, 비난을 피할 수 없으며, 교정도 신속히 이루어질 겁니다. 공공복리를 고려한 교정의 과정에서 평소라면 치욕이라 여겨질 만한 무례가 아버지께 저질러진다 해도, 그것은 불가피한 상황 때문에 취하는 신중한 조치로 평가될 겁니다.

광대

　　왜, 알잖아, 아저씨.

　　　바위종다리가 뻐꾸기 새끼를 오래 키웠더니

　　　어린 새끼에게 자기 머리통을 뜯겨 먹혔지.

　　그래서 촛불이 꺼졌고, 우리는 어둠 속에 남게 되었거든.

리어

　　네가 짐의 딸이더냐?

거너릴

　　제발 제가 잘 알고 있는, 넘치도록 충만한 아버지의 지혜를 발휘하여 주세요. 그리고 요즈음 아버지를 마땅히 그래야 하는 참모습으로부터 유배하는 이런 괴팍함을 버리시면 좋겠어요.

광대

어떤 얼간이라도 마차가 말을 끌고 갈 때에는 알아보겠지?
　와우, 조안, 너를 사랑해!⁶²⁾

리어

여기 나를 아는 자가 있느냐? 이것은 리어가 아니다. 리어가 이렇게 걷고 말하더냐? 그의 눈은 어디로 갔나? 이해력이 떨어졌거나, 분별력이 마비된 건가, 정말? 잠에서 깨고 있나? 그렇지 않아! 내가 누구인지 말해 줄 자 아무도 없느냐?

광대

리어의 그림자.

리어

나는 그것을 알고 싶어. 권위와 지식과 이성을 들먹거리는 것을 들으니, 마치 나에게도 딸들이 있었다는 것처럼 거짓된 설득을 받는구나.

광대

딸들이 고분고분한 아버지로 만들어놓을 거야.

리어

이름이 무엇이신가, 아름다운 부인?

거너릴

이런 식으로 경어를 쓰는 것도 요즈음 아버지가 재미 붙인 짓궂은 장난들과 같은 겁니다. 간청하겠는데, 제 의도를 올바로 이해해 주세요. 나이 들고 존경받는 분답게 현명해지셔야죠. 백 명의 기사들과 시종을 거느리는데 죄다 무질서하고, 방탕하고, 거만스러워서 이 궁궐마저 그들의 태도에 오염되어 마치 왁자지껄한 여인숙 같습니다. 향락과 욕정으로 궁궐이 우아한 왕궁이 아니라 차라리 선술집이나 창녀촌에 가깝습니다. 창피하기 짝이 없으니 즉시 시정되어야 합니다. 다른 경우라면 간청하여 일을 성사하겠지만, 이번에는 제가 요구하는 대로 따르세요. 수행원들의 숫자를 줄이시고, 계속해서 아버지에게 의존하여 남아 있을 자들은 아버지 연륜에도 어울리고 자신들과 아버지에 대해 잘 아는 자들이어야 합니다.

리어

어둠과 악마들아! 내 말에 안장을 얹어라! 내 시종들을 불러라! 아비 없는 타락한 년 같으니, 널 귀찮게 하지 않으마. 내게는 아직 딸이 하나 남아 있다.

거너릴

아버지는 내 식솔에게 손찌검하고, 아버지의 난잡한 무리들은 자신보다 신분 높은 이들을 아랫사람 취급합니다.

(올버니 등장)

리어

때늦게 후회하는 자들에게 고통 있으라! 오, 경이 나타났군. 이게 경의 뜻인가? 말하게.—내 말을 준비하라. 배은망덕, 너는 돌 심장을 가진 악마다. 네놈의 모습이 자식에게서 나타나니 바다 괴물[63]보다 더 흉측하구나!

올버니

폐하, 참으십시오.

리어

(거너릴에게) 혐오스러운 솔개[64]야, 너는 거짓말을 하고 있다. 내 시종들은 엄선된 자들로 자질이 높아 자신들의 임무를 세세히 잘 알고 있다. 자신들의 이름에 걸맞은 명예를 지키기 위

해서 아주 작은 일까지도 세심하게 따지는 자들이다. 오, 가장 사소한 잘못이여, 코딜리어에게서 너는 얼마나 추해 보였던가! 마치 기계처럼, 내 본성의 틀을 고정된 장소에서 비틀어 떼어내고, 사랑을 내 심장에서 끌어내어, 증오심에 덧붙였구나. 오, 리어, 리어, 리어! 어리석음을 들여보낸 이 문을 내리쳐라. (자신의 머리를 때린다.) 그래서 소중한 판단력을 내쫓아 버렸다니! 가라, 가, 내 시종들아!

(켄트와 기사들 퇴장)

올버니

폐하, 저는 죄가 없습니다. 무엇이 폐하를 그토록 진노케 하였는지 모르겠습니다.

리어

경은 그럴 수도 있겠지. (무릎을 꿇는다.) 들어라, 자연이여, 들어라! 경애하는 자연의 여신이여, 들어라! 이 미물에게 혹시라도 다산을 용인할 의도가 있었거든 당신의 계획을 중지하여라. 그녀의 자궁을 불임으로 인도하고, 그녀의 생식 기관을 죄다 말라비틀어지게 하여, 어미를 영예롭게 해 줄 아기가 그녀의 타락한 몸에서 태어나는 일 없게 하여라.[65] 행여 자식이 많다면, 아이를 앙심 가득하게 만들어 비뚤어지고 부도덕한 골칫거리가 되게 하여라. 하여, 그녀의 젊은 이마에 주름살이 박히게 하고, 흐르는 눈물이 그녀의 뺨 위에 고랑을 만들게 하여라. 어머니로서의 모든 노고와 보람을 웃음거리와 경멸거리로 만들어 은혜 모르는 자식을 두는 것이 뱀의 이빨보다 더 고통스럽다는 것을 그년이 느끼게 하여라. 꺼져라, 꺼져라!

(퇴장)

올버니

　경외하는 신들이여, 도대체 어떻게 된 일입니까?

거너릴

　골치 아프게 굳이 더 알려고 하지 마세요. 노망이 나서 그러는 것이니 성깔 부리고 싶은 만큼 부리도록 그냥 두세요.

(리어 등장)

리어

　뭐야, 내 시종들을 단번에 오십 명으로 줄여? 단 이 주일 만에?[66]

올버니

　무슨 일이십니까, 폐하?

리어

　자네에게 말해 주지, (거너릴에게) 생사의 문제를! 너에게 내 남자다움을 이토록 흔들어놓을 힘이 있다는 것이, 부득이 흘러나오는 이 뜨거운 눈물이 너에게 그만한 가치를 부여한다는 것이 참으로 수치스럽다. 광풍과 안개[67]가 너를 뒤덮을지어다! 아버지의 저주라는 불치의 상처들이 너의 모든 감각을 찌를 것이다!—늙고 어리석은 눈아, 이 문제로 또다시 울면 내 너를 뽑아 네가 흘린 눈물과 함께 진흙에다 던져버릴 테다. 그래, 이 지경까지 왔다는 말이지? 할 수 없지. 나에게는 딸이 하나 더 있어. 그 애는 틀림없이 친절하고 편안하게 맞아줄 거야. 네가 이런 행동을 했다는 것을 그 애가 알면, 늑대를 닮은 네년의 얼굴을 손톱으로 후벼놓을 게다. 내가 영원히 벗어던져 버렸다고 네가 믿고 있는 왕의 위엄을 내가 되찾게 되는 것

을 발견하게 되리라. (퇴장)

거너릴

저 말을 잘 들어보세요.[68]

올버니

내가 일방적으로 당신 편만 들 수는 없소, 거너릴, 당신을 무척이나 사랑하지만…….

거너릴

제발, 가만히 있어요.—자, 오스왈드, 여기! (광대에게) 바보라기보다는 악당인 네놈도 어서 네 주인을 따라가거라!

광대

리어 아저씨, 리어 아저씨, 기다려요! 광대도 데려가요.
　　여우는 잡았을 때
　　그리고 저런 딸도
　　확실히 도살장으로 보내야 해,
　　내 모자로 밧줄을 산다면—
　　그럼 바보도 뒤를 따라가야지! (퇴장)

거너릴

좋은 조언을 참 잘 받으신 게로군! 백 명의 기사라니! 잘 준비된 백 명의 기사를 보유하는 것은 교활하고 안전한 방책이겠지! 그래, 꿈을 꿀 때마다, 소문, 변덕, 불평, 불만이 있을 때마다, 그들의 힘으로 자신의 노망기를 보호하고 우리 목숨을 좌우할 셈인 거지.—오스왈드, 내 말 안 들려!

올버니

글쎄, 당신 근심이 지나친 것일 수도 있소.

거너릴

너무 믿는 것보다는 안전하죠. 당할까 봐 내내 걱정하기보다는 걱정스러운 해악을 끊임없이 제거해야죠. 아버지의 속셈을 알아요. 아버지가 했던 말을 동생에게 편지로 전했어요. 내가 부적절함을 지적했는데도 동생이 아버지와 백 명의 기사를 받아들이면…….

(오스왈드 등장)

어찌 되었느냐, 오스왈드! 내 동생에게 편지를 보냈느냐?

오스왈드

네, 마님.

거너릴

몇 명을 데리고 말을 타고 떠나라. 내가 특히 염려하는 바를 동생에게 상세히 전해라. 거기에 네 나름의 이유도 덧붙여 이야기를 그럴듯하게 만들어도 좋다. 어서 갔다가, 서둘러 돌아오너라.

(오스왈드 퇴장)

아니, 아니, 공작님, 이렇게 부드럽고 점잖은 당신의 태도를 비난하지는 않습니다. 그러나 죄송한 말씀이지만, 당신은 위험천만의 온화함으로 칭찬받기보다는 분별력이 모자란다고 힐난받기 십상입니다.

올버니

당신의 눈이 얼마나 멀리 꿰뚫어 보는지는 모르지만, 잘해 보려다 좋은 것을 망치는 수도 있소!

거너릴

글쎄요, 그러면…….

올버니

자, 자……, 상황을 봅시다! (모두 퇴장)

5장[69]

(리어, 켄트, 기사, 광대 등장)

리어

(켄트에게) 네가 먼저 이 편지들을 가지고 글로스터에게 가거라. 내 딸에게 네가 아는 것 이상으로 말하지 말고, 편지를 보고 질문하는 내용만 이야기해 주어라. 부지런히 속도를 내지 않으면, 내가 너보다 먼저 거기에 당도할 거다.

켄트

편지를 전달할 때까지는, 폐하, 잠도 자지 않겠습니다. (퇴장)

광대

사람의 뇌가 발뒤꿈치에 있었다면, 동상에 걸릴 위험이 있을 것 아닌가?

리어

그래, 이 녀석아.

광대

그럼 기뻐해. 네 머리는 덧신이 필요 없을 테니.[70]

리어

  하, 하, 하!

광대

  다른 딸이 너를 친절하게 써먹는 것을 보게 될 거야. 돌능금이 사과를 닮았듯이 그 애는 여기 딸과 닮았으니까.[71] 그렇지만 내가 무얼 말할 수 있는지 말할 수 있어.

리어

  무엇을 말할 수 있는데, 이놈아?

광대

  그 애는 여기 딸과 마찬가지 맛이 날 거야, 능금은 능금 맛이 나는 것처럼. 코가 왜 사람의 얼굴 한가운데 자리 잡고 있는지 알아?

리어

  아니.

광대

  왜냐면, 코의 양쪽에 눈을 두려는 거지. 냄새를 못 맡는 것을 눈으로 볼 수가 있거든.

리어

  그 애에게 내가 잘못했다.[72]

광대

  굴이 자기 껍질을 어떻게 만드는지 알아?

리어

  아니.

광대

  나도 몰라. 하지만 달팽이가 집을 갖는 이유는 알지.

리어

  왜?

광대

  왜냐면, 자기 머리를 넣어두려고. 딸들에게 넘겨주어서 자기 뿔을 덮어줄 것이 없으면 안 되니까.

리어

  내 본성을 잊어야겠다. 그토록 다정한 아버지이건만!—말은 준비되었느냐?

광대

  너를 따르는 얼간이들이 준비하러 갔어. 북두칠성이 일곱 개인 이유는 참으로 그럴듯해.

리어

  여덟 개가 아니라서?

광대

  그래, 맞아. 너도 괜찮은 광대가 되겠는걸.

리어

  그걸 강제로라도 되찾아야 해! 괴물 같은 배은망덕!

광대

  네가 나의 광대였다면, 아저씨, 때가 되기도 전에 늙어버린 죄로 너를 막 패주었을 텐데.

리어

  그건 왜?

광대

  현명해지기 전에 늙으면 안 되는 거였어.

리어

  오, 미치지 않도록 해 다오, 친절한 하늘이여, 내가 미치지 않도록. 분노를 참게 해 다오. 나는 미치지 않으련다! 어떻게 되었느냐? 말은 준비되었느냐?

기사

준비되었습니다, 폐하.

리어

가자, 이놈아. (광대만 제외하고 모두 퇴장)

광대

지금 처녀이면서 내가 떠난다고 웃는 계집은 머지않아 처녀가 아닐 거야, 물건이 잘려 나가지만 않는다면.[73] (퇴장)

2막

1장[1]

(에드먼드와 큐란이 각각 반대편 문으로 등장[2])

에드먼드

신의 가호가 있기를, 큐란.[3]

큐란

나리에게도. 나리 아버님을 만나고 왔는데, 콘월 공작과 리건 부인께서 오늘 밤 이곳으로 오실 거라고 말씀드렸습니다.

에드먼드

무슨 일이라오?

큐란

잘 모르겠습니다. 떠도는 소문은 들어보셨습니까? 쑥덕거리는 이야기들 말입니다. 아직은 귓가에 스치는 이야기일 뿐입니다만.

에드먼드

아니, 못 들어봤소. 그게 뭔지 말해 주겠소?

큐란

콘월 공작과 올버니 공작 사이에서 싸움이 벌어질 듯하다는 이야기 못 들어보셨습니까?[4]

에드먼드

한마디도.

큐란

그럼 곧 듣게 될 겁니다. 안녕히 계십시오. (퇴장)

에드먼드

오늘 밤 공작이 여기로 온단 말이지! 잘됐어! 최고야! 이거야 말로 내가 벌이려는 일에 필시 딱 맞아떨어지겠군. 아버지는 형을 잡으려고 보초를 세워두었고, 나에게는 실행에 옮겨야 하는 까다로운 문제가 하나 있지. 신속한 일 처리와 행운이 나를 도와줄 거야! 형님, 할 말이 있습니다! 내려오세요! 형님, 어서요!

(에드거 등장)

아버지가 감시하고 계십니다. 오, 형님, 여기를 뜨세요. 숨어 계신 곳에 대한 정보가 이미 들어갔어요. 지금은 밤이라 형님에게 이점이 있습니다. 콘월 공작에 대해 비판적으로 말한 적이 있나요? 그가 이 밤중에 이곳으로 다급히 오고 있답니다. 리건도 함께 온다는군요. 그 양반 편에 서서 올버니 공작에 관한 험담을 한 적은 없나요? 잘 생각해 보세요.

에드거

그런 말 한 적 없어, 확실해.

에드먼드

아버지가 오는 소리가 들려요. 죄송하지만, 형님을 겨냥해 칼을 뽑는 척 잔꾀를 부리겠습니다. 뽑으세요! 방어하는 척하시고! 자, 이제 방어해 보세요. (큰 소리로) 항복해라! 아버지에게 가자! 불을 비춰라, 여기다! (방백) 형님, 도망쳐요! (큰 소리로) 횃불, 횃불을 밝혀라! (방백) 잘 가요!

(에드거 퇴장)

내가 피를 좀 흘리면 더 격렬하게 싸웠다고 생각하겠지. 술 취한 자들이 장난삼아 이보다 더한 짓을 하는 것을 본 적이 있어. (자신의 팔에 상처를 입힌다.) (큰 소리로) 아버지, 아버지! ―멈춰라, 멈춰!―도와주세요!

(글로스터와 하인들, 횃불을 들고 등장)

글로스터

에드먼드, 그 악당 놈은 어디 있느냐?

에드먼드

여기 어둠 속에 서 있다가 날 선 칼을 휘둘렀습니다. 사악한 주문을 웅얼거리며 달에게 간청하기를 자신의 수호신이 되어 달라고 했습니다.

글로스터

그놈은 어디 있느냐?

에드먼드

보세요, 피가 흐릅니다.

글로스터

그 나쁜 놈은 대체 어디에 있느냐, 에드먼드?

에드먼드

이쪽으로 도망쳤습니다. 아무래도 안 되겠으니까…….

리어 왕

글로스터

여봐라, 뒤쫓아라! 추격해라!

(일부 하인들 퇴장)

아무래도 안 되다니, 무슨 말이냐?

에드먼드

아버님을 살해하자고 저를 설득하는 것 말입니다. 하지만 제가 말해 주었습니다. 신들이 모든 천둥을 내리쳐 부친 살해범에게 복수를 하였다고요. 또 자식과 부모는 얼마나 깊고 강한 유대로 묶여 있는지에 대해서도 이야기하였습니다. 결국에는 자신의 사악한 목적을 제가 얼마나 혐오하는지 알아차리고, 준비한 칼로 무방비 상태의 제 몸에 잔인한 일격을 가해 제 팔에 상처를 입혔습니다. 그러나 싸움의 정당성에 대한 확신으로 담대해져서 과감하게 맞서는 저의 기백 있는 모습을 보더니, 아니면 제가 지르는 소리에 겁을 먹은 건지, 삽시간에 달아났습니다.

글로스터

멀리 달아나라고 해라. 이 땅 안에서는 반드시 잡히고 말 테니까. 발견되면…… 죽음이다.[5] 나의 주군이시자 최상의 후원자이신 공작께서 오늘 밤에 오신다. 그분의 권한으로 포고령을 내려서 그놈을 발견하는 자에게 상을 내리고, 그 흉악한 겁쟁이를 형장으로 끌고 갈 것이다. 그놈을 숨겨 주는 자에게는 죽음뿐이다.

에드먼드

형의 계획을 중지시키려고 설득했지만, 결심이 확고한 것을 보고, 험한 말을 해가며 폭로하겠노라 협박했습니다. 그랬더니 형이 대답하기를, "상속도 못 받을 서자 놈아,[6] 내가 너를 반박한다면, 너에게 무슨 신뢰나 미덕, 혹은 가치가 있다고 네가 하는 말을 믿어줄 거라 여기는 것이냐? 이번 일도 그렇겠지만, 내가 부인을 하면 그럴 리가 없다. 설령 네가 내 필적을 증거로 제시하더라도 말이다. 나는 이 모든 일을 네가 사주하고, 꾸미고, 음흉하게 실행하려 한 것으로 돌려놓을 거다. 그러니 나의 죽음에서 생기는 이득이 네가 나를 해칠 잠재적 동기라는 것을 세상 사람들이 생각하지 못할 거라 기대한다면, 너는 세상 사람들을 멍청이 취급하는 거다."라고 했습니다.

글로스터

유별나고 확신에 찬 악당이구나! 그놈이 자신의 편지를 부인하겠다고 했다고? 그놈은 내가 낳은 자식이 아니다.

(안에서 트럼펫 소리)

공작의 나팔 소리구나! 오시는 이유는 모르겠다만······. 모든 항구를 막아버릴 테다. 놈이 결코 탈출하지 못하게 만들겠다. 공작도 허락해 주실 게다. 그리고 그놈 얼굴 그림을 사방으로 보내서 왕국의 모든 사람들이 그놈을 주목하도록 할 것이다. 내 땅에 관해서는 충직하고 순리를 따르는 네가[7] 물려받을 수 있도록 방도를 강구해 보겠다.

(콘월과 리건이 시종들과 함께 등장)

콘월

어쩐 일이오, 고귀한 동지! 이곳에 도착한 후, 그게 방금 전이오만, 이상한 소식을 들었소.

리건

그것이 사실이라면 그 죄인의 뒤를 따라다닐 어떤 복수로도 부족할 거요. 어떠시오, 백작?

글로스터

오, 부인, 늙은이의 가슴이 갈라졌습니다, 갈라졌어요.[8]

리건

아니, 내 아버지의 대자(代子)가 당신의 목숨을 노렸다는 것이오?[9] 내 아버지가 이름을 지어준 그자가? 당신의 에드거가?

글로스터

오, 부인, 부인, 수치스러워 차라리 감추고 싶습니다.

리건

그자가 나의 아버지를 모시던 그 방종한 기사들과 패거리를 이루지 않았소?

글로스터

모르겠습니다, 부인. 이건 너무나 잘못됐습니다, 너무나 잘못됐어요!

에드먼드

예, 부인, 그들과 어울려 다녔습니다.

리건

그렇다면 그자가 악에 물든 것도 놀랄 일이 아니오. 늙은 아비의 목숨을 빼앗도록 부추겨서 재산을 가로채 탕진하려는 자들이 바로 그놈들이오. 오늘 저녁 언니가 보내온 편지에서 그자들에 대해 자세히 알게 되었소. 그리고 만약 그들이 우리 집에 머물기 위해 온다면 자리를 비우라는 경고도 함께 받았소.

콘월

나도 자리를 비우겠소, 리건. 에드먼드, 자네가 자식으로서의 도리를[10] 아버지에게 보여 주었다고 들었네.

에드먼드

자식으로서 마땅한 일이었습니다.

글로스터

그놈의 음모를 폭로하였고, 그놈을 붙잡으려다가 보시다시피 이렇게 부상을 입었습니다.

콘월

추적은 하고 있소?

글로스터

예, 공작님.

콘월

잡히는 날에는, 그자가 끼칠 해악을 더는 염려할 필요가 없도록 하겠다. 그대의 목적을 달성하기 위해 필요한 만큼 내 권한을 이용하시오. 에드먼드, 자네의 돋보이는 미덕과 복종심을 높이 평가하여 자네를 내 사람으로 삼겠네. 신뢰할 수 있는 본성을 가진 자들이 우리에게 무척 필요할 거야.[11] 우선 자네를 붙들겠네.

에드먼드

부족하지만, 진심으로 공작님을 섬기겠습니다.

글로스터

자식을 대신해 감사드립니다.

콘월

우리가 그대를 방문한 까닭을 그대는 모르겠지만…….

리건

계절도 적당치 않은데, 깜깜한 밤을 헤치고 왔소.—글로스터 백작, 그대의 충고를 필요로 하는 상당히 중요한 일들 때문이라오. 아버지께서 편지를 보내셨소, 언니도 보냈고. 둘 사이에 분쟁이 있다는 내용이오. 집을 떠나서 답장하는 것이 최선이라고 생각했소. 양쪽의 전령들이 신속한 회신을 기다리고 있소. 오랜 친구인 백작, 마음을 진정하고, 그대의 충고가 화급히 필요하니 부디 마다하지 말고 말씀해 주시오.

글로스터
분부대로 모시겠습니다, 부인. 두 분의 방문을 기꺼이 환영합니다. (모두 퇴장. 트럼펫 소리)

2장[12]

(켄트와 오스왈드가 각각 반대편 문으로 등장)

오스왈드
여보게, 좋은 새벽이군. 이 집안사람이신가?
켄트
그래.
오스왈드
말을 어디에 매어두어야 하는가?
켄트
진창 속에.
오스왈드
제발, 나를 사랑하는 마음으로 대답해 주게.
켄트
난 너를 사랑하지 않거든.
오스왈드
뭐야, 그렇다면 나도 너를 좋아하지 않겠다.

켄트

너를 립스베리 외양간에 감금한다면, 아마 나를 좋아하게 될 걸.[13]

오스왈드

나를 왜 이런 식으로 취급하는 거야? 나는 너를 몰라.

켄트

여봐, 난 너를 알거든.[14]

오스왈드

나에 대해 뭘 아는데?

켄트

나쁜 놈, 날건달, 찌꺼기 고기[15]를 먹는 놈. 천하고, 방자하고, 얄팍하고, 일 년에 옷이 세 벌[16]뿐이고, 연 수입 백 파운드[17]고, 더러운 모직 양말을 신은[18] 악당. 겁쟁이에 법이나 찾고, 사생아에 거울이나 보며, 아무 일이나 거들면서 사소한 일에도 요란을 떠는 사기꾼. 물려받은 게 가방 하나로 족한 하인. 잘 섬긴다는 명목으로 뚜쟁이도 마다하지 않는 놈. 악당, 거지, 겁쟁이, 뚜쟁이, 잡종 암캐의 새끼와 상속자, 이 모두를 합친 것에 불과한 놈. 만일 네놈이 이렇게 붙여 준 호칭 중에 하나라도 부인한다면, 두들겨 패서 시끄러운 비명을 지르도록 만들어주겠다.

오스왈드

아니, 이런 터무니없는 작자가 있나! 내가 너를 아는 것도 아니고 너도 나를 모르는데 이렇게 욕을 하다니!

켄트

이런 뻔뻔한 낯짝을 한 종놈을 봤나, 나를 모른다고 잡아떼다니! 겨우 이틀 전에 네놈의 다리를 걸어 넘어뜨리고 폐하 앞에서 두들겨 패주었거늘! 칼을 뽑아라, 이 불한당아! 비록 밤이지만 그래도 달빛이 있다. 네놈을 짓이겨 달빛에 젖은 피투성이로 만들겠다, 이 비열한 호래자식아, 이발소에서 죽치고 앉아 멋이나 부리는 놈아! 뽑아라! (칼을 뽑아 휘두른다.)

오스왈드

저리 가. 나는 너와 아무 상관이 없다.

켄트

뽑아라, 이 악당아! 네놈은 폐하께 위해를 가하는 편지를 가지고 와서, 아버지 국왕에게 반하는 허영의 꼭두각시 편을 들고 있다. 칼을 뽑아라, 악당아! 안 그러면 네 정강이 살을 고기 산적으로 만들어놓을 테다. 뽑아라, 이놈아! 어서 덤벼라!

오스왈드

사람 살려! 살인이다! 사람 살려!

켄트

덤벼라, 이 노예 놈아!

(오스왈드가 도망치려 한다.)

서라, 악당 놈아! 서라, 이 겉멋만 든 놈아! 덤비라니까!

(켄트가 오스왈드를 때린다.)

오스왈드

도와주세요! 살인이다! 살인!

(에드먼드, 콘월, 리건, 글로스터, 하인들 등장)

에드먼드

뭐냐! 무슨 일이냐? 떨어져라!

켄트

젊은이, 자네가 싸울 텐가? 어서 덤비게! 자, 피 맛을 보게 해 주지. 자, 덤벼봐, 젊은 양반.

글로스터

무기와 칼이라니! 도대체 무슨 일이냐?

콘월

진정해라, 목숨이 아깝거든! 다시 칼을 휘두르면 죽일 테다. 무슨 일이냐?

리건

언니와 폐하께서 보낸 전령들이…….

콘월

무엇 때문에 싸우느냐? 말해 봐라.

오스왈드

숨이 넘어갈 것 같습니다, 공작님.

켄트

놀랄 일도 아니지, 있지도 않은 용맹을 불러내야 했으니. 이 겁쟁이 악당 놈, 자연도 널 포기했다,[19] 양복장이가 네놈을 만든 거다.

콘월

이상한 놈이로구나. 양복장이가 사람을 만들었다고?

켄트

예, 양복장이요. 석공이나 화가라면 두 해만 일을 배워도 이토록 엉망인 자를 만들지는 않았을 테니까요.

콘월

(오스왈드에게) 말해 봐라, 어쩌다 싸움이 붙었느냐?

오스왈드

이 늙은 깡패가, 공작님, 허연 수염 때문에 살려 주었건만…….

켄트

이 호래자식, 쓸모도 없는 Z 같은 자식![20] 공작님, 허락만 해주신다면, 이놈을 밟아 가루로 만든 다음 화장실 벽에 칠해 버리겠습니다. 내 수염 때문에 살려 주었다고, 이 할미새 같은 놈아![21]

콘월

입을 다물어라! 짐승 같은 놈, 공경의 법도를 모르느냐?

켄트

압니다, 하지만 분노가 먼저입니다.

콘월

화가 난 까닭이 무엇이냐?

켄트

이놈처럼 정직도 모르는 노예 놈이 칼을 차고 있다니요. 저렇게 히죽거리며 웃는 놈들은, 매우 본질적이어서 감히 끊을 수 없는 신성한 인연의 끈을 쥐새끼처럼 갉아먹어 두 동강 냅니다. 이런 놈들은 주인의 본성 안에서 반란을 일으키는 모든 정념을, 불에 끼얹는 기름이나 추위에 퍼붓는 눈처럼 부정과 긍정을 반복하며 매끄럽게 만듭니다. 그리고 주인의 기분에 따라 부는 강풍에 맞춰 물총새 아가리를 돌리고, 마치 개처럼, 그저 따라만 다닙니다.[22] 간질병 걸린 네놈 얼굴에 염병이나 옮아라! 내가 바보라는 듯이 웃고 있구나, 이놈! 거위 같은 놈,[23] 새럼 들판[24]에서 만났다면 꽥꽥거리며 캐멀롯[25]까지 도망가게 만들었을 거다.

리어 왕 165

콘월

아니, 이 늙은 놈이 아주 미쳤구나.

글로스터

어쩌다 싸우게 되었느냐? 그걸 말해라.

켄트

어떤 반목보다도 더 깊은 혐오감이 저와 저놈 사이에 있습니다.

콘월

어째서 저자를 자꾸 놈이라고 부르느냐? 무슨 잘못을 했기에?

켄트

저놈 낯짝이 보기 싫습니다.

콘월

내 얼굴이나 그의 얼굴, 또는 내 아내의 얼굴에 대해서도 어쩌면 그렇게 말할 수 있겠지.

켄트

공작님, 솔직한 것이 제 직업입니다. 지금 이 순간 제 눈앞에 보이는 어깨 위 면상들보다 더 잘생긴 얼굴을 살아오는 동안 많이 보았습니다.

콘월

이런 놈을 봤나! 솔직함을 칭찬해 줬더니 그새 건방지고 거친 척을 하고 본성과 다른 외양을 억지로 보이는구나. 아첨을 못한다고, 허! 정직하고 솔직한 사람이라 진실만을 이야기한다는 거지! 받아들이면 좋은 거고, 아니래도 자신만은 솔직하다는 거야. 이런 놈들은 내가 잘 아는데, 솔직함 속에 많은 술수와 타락한 의도를 감추고 있어서, 고분고분하고 알랑거리며 제대로 의무를 다하는 스무 명의 하인들보다 더한 놈들이

거든.

켄트

진실하게 그리고 거짓 없는 진실로, 위대한 용모의 공작님께서 허락하신다면, 공작님의 영향력은 빛나는 불꽃 화관과 같아서 피버스[26]의 이마에서 반짝거리기에…….

콘월

뭐하자는 수작이냐?

켄트

공작님께서 제 솔직한 말투를 싫어하시니 바꿔보려는 것입지요. 저 자신이 잘 아는데, 저는 아첨꾼이 아닙니다. 솔직한 말투로 공작님을 속인 자가 있었다면 그자는 확실히 나쁜 놈입니다. 저는 그런 놈이 되지는 않을 겁니다. 설령 공작님을 불쾌하게 만든다 할지라도요.

콘월

(오스왈드에게) 저자에게 무슨 잘못을 했느냐?

오스왈드

아무 잘못도 하지 않았습니다. 얼마 전에 저자의 주인이신 폐하께서 오해를 하시고 저를 때리셨는데 그때 저자도 합세하여 폐하의 불쾌감에 영합을 하더니 뒤에서 제 다리를 걸었습니다. 서는 넘어지고, 모욕당하고, 욕먹는데, 지자는 마치 큰 일을 이룬 사나이라도 되는 듯 우쭐거렸죠. 스스로 넘어진 저를 공격한 공으로 폐하의 칭찬까지 받았고요. 이런 터무니없는 위업에 고무되었는지 여기에서 다시 저에게 칼을 뽑았습니다.

켄트

이런 악당들과 겁쟁이들의 말에 따르면 영웅 아이아스도 바보라니까.
콘월

차꼬를 가져오너라! 이 고집불통 영감탱이, 나이 든 허풍쟁이, 우리가 네놈을 가르쳐야겠다…….

켄트

배우기에는 너무 늦었습니다. 차꼬를 채우지는 마십시오. 폐하를 모시는 사람으로 저는 그분의 심부름으로 공작님께 왔습니다. 그분의 전령에게 차꼬를 채우는 것은 저의 주인이신 폐하의 기품과 인격에 상당히 불경스러운 일이며, 너무 노골적인 악의를 보여 주는 것입니다.

콘월

차꼬를 가져오라 하지 않느냐! 내 목숨과 명예를 걸고, 저자에게 정오까지 차꼬를 차게 하라.

리건

정오까지요? 밤까지, 여보, 밤새 차게 해야지요.

켄트

아니, 부인, 제가 아버님의 개에 불과할지라도 이렇게 취급해서는 안 됩니다.

리건

아버지의 종놈이니 더욱 그래야지.

콘월

우리의 처형이 이야기한 부류 중의 하나가 바로 이놈이오. 자, 차꼬를 들여와라.

(차꼬가 나온다.)

글로스터

공작님께 간청하건대 그렇게 하지 마십시오. 그자의 잘못이

크지만, 그자의 주인이신 폐하께서 꾸중하실 겁니다. 공작께서 내리려는 흉한 형벌은 좀도둑질이나 가장 천한 잘못들을 저지른 천박하고 경멸받아 마땅한 상것들을 벌줄 때나 쓰이는 겁니다. 당신의 전령이 이토록 가벼이 취급받고 이렇게 억류되어 있는 것에 대해 폐하께서는 무척 불쾌하게 여기실 겁니다.

콘월

내가 책임지겠소.

리건

내 언니는 훨씬 더 기분 나쁠 겁니다. 자신의 시종이 자신의 일을 수행하다가 모욕당하고 공격당한 것을 알면요.—다리를 집어넣어라.

(켄트에게 차꼬가 채워진다.)

자, 공작님, 갑시다. (글로스터와 켄트를 제외하고 모두 퇴장)

글로스터

미안하네, 친구. 이것이 공작의 뜻이라서, 그분의 성정은 온 세상이 다 아는 일이지만, 맞설 수도 멈출 수도 없네. 간청을 해보겠네.

켄트

그러지 마십시오. 뜬눈으로 달려온 힘든 여정이었습니다. 잠깐 눈도 붙이고, 남은 시간에는 휘파람이나 불겠습니다. 착한 사람의 운은 발뒤꿈치에서 자라날 수도 있지요. 좋은 아침 맞으십시오.

글로스터

이것은 공작이 잘못하는 거야. 악의적인 것으로 받아들여질 텐데. (퇴장)

켄트

폐하께서 속담을 증명하시는구나. 당신께서는 하늘의 축복을 벗어버리고 뜨거운 태양으로 나선 겁니다. 어서 오라, 이 지상의 등대가 되는 그대[27]여, 그대의 아늑한 빛에 비추어 이 편지를 읽어볼 수 있게. 기적은 비참한 지경에 이르러야만 보게 되는구나. 이것은 코딜리어 공주님이 보내신 거다. 다행스럽게도 은밀한 나의 행적을 알고 계신 거야. (편지를 읽는다.) "이 엄청난 상황에 처하여, 상실을 치유할 방법을 모색하기 위해 시간을 내겠다." 너무나도 지쳤고 뜬눈으로 지새웠으니, 나의 무거운 눈아, 덕분에 이 수치스러운 잠자리를 보지 않아도 되겠구나. 운명이여, 잘 자라. 다시 한 번 웃고, 운명의 바퀴를 돌려라. (잠든다.)[28]

3장[29]

(에드거 등장)

에드거

나에 관한 포고령을 들었다. 다행히도 나무에 난 구멍 덕분에 추적은 피했어. 항구는 봉쇄되었고 매우 삼엄한 경계와 감시 때문에 내 행동이 주목을 받는다. 도망칠 수 있는 한은 자신을 지켜야겠어. 생각해 봤는데, 가장 천하고 헐벗은 꼴을 해야겠다. 경멸받는 인간[30]이 빈곤으로 인해 짐승의 수준까지 떨어질 정도로. 얼굴에는 오물을 바르고 허벅지는 담요로 가리고 머리는 산발을 할 테다. 헐벗은 모습을 드러내어 바람과 하늘의 가혹함에 맞서 볼 테다. 이 나라에는 미치광이 거지들[31]의 선례와 증거가 있다. 소란스럽게 떠드는 그자들은 마비되어 무감각한 자신들의 맨팔뚝을 핀과 나무 꼬챙이, 못과 로즈메리 가시로 찔러대지. 이런 흉측한 몰골로 초라한 농가에서 그리고 가난하고 보잘것없는 마을과 양의 우리와 물방앗간에서 때로는 광인의 저주를 퍼붓고 때로는 기도를 하면서 어쩔 수 없이 베푸는 자선을 받을 거다. "불쌍한 털리갓! 불쌍한 톰!"[32]
이것이 그럴듯해. 따라서 에드거는 없는 거지. (퇴장)

4장[33]

(켄트가 아직 차꼬를 차고 있다. 리어, 광대, 신사 등장)

리어
　이상하군. 그들이 이렇게 집을 떠나야만 했고 내 전령들은 돌려보내지도 않는다는 게.

신사
　제가 들은 바로는 어젯밤만 해도 그분들이 이렇게 거처를 옮겨야 하는 이유가 없었답니다.

켄트
　안녕하세요, 저의 귀하신 주인어른!

리어
　하! 이런 치욕을 오락거리로 삼은 거냐?

켄트
　아닙니다, 폐하.

광대
　하, 하! 잔인한 양말대님을 하고 있네. 말은 머리를 묶고, 개와

곰은 목을 묶고, 원숭이는 허벅지를 묶고, 사람은 다리를 묶어야 하는 거야. 다리에 정력이 넘칠 때, 사람은 목재로 만든 아랫도리 스타킹을 신는 거지.

리어

너의 신분을 이토록 심히 착각하고, 너를 이곳에 묶어놓은 놈이 누구냐?

켄트

놈과 년입니다. 폐하의 사위와 딸입니다.

리어

아니야.

켄트

맞습니다.

리어

아니라고 했다.

켄트

맞다니까요.

리어

아니야, 아니야, 그럴 리가 없어.

켄트

아니요, 그들이 그랬습니다.

리어

주피터에 걸고 맹세하건대, 아니다.

켄트

주노에 걸고 맹세하건대, 맞습니다.

리어

그들은 감히 그렇게 하지 않아, 할 수도 없고, 하지도 않을 거야. 그것은 살인보다 더 나빠. 존중받아야 하는 사람에게 이런 폭력을 가하다니. 서둘러 차근차근 나에게 말해 보아라. 내가 보낸 전령임에도 네가 이런 대접을 받을 만한 까닭이, 아니 그들이 이런 대접을 강제할 만한 이유가 무엇이냐.

켄트

폐하, 그들의 집에서 폐하의 편지를 전달하려 할 때, 임무를 보여 주기 위해 꿇었던 저의 무릎을 들기도 전에, 김이 솟아나도록 서두르며 땀에 젖은 전령이 도착하더니, 자신의 여주인 거너릴의 인사말을 숨 가쁘게 쏟아냈습니다. 그렇게 배달된 편지를, 그자의 헐떡거림에도 불구하고, 그들은 즉시 읽었습니다. 그리고 그 내용을 읽자마자 가솔들을 불러 모으더니 곧장 말에 올랐고, 제게는 따라와 기다리면 한가할 때 대답을 주겠다면서 냉담한 표정을 보였습니다. 그리고 이곳에서 다른 전령을 만났는데, 제가 환영받지 못한 것도 그놈 탓으로 판단합니다만, 최근에 폐하 앞에서 시건방을 떨었던 바로 그놈인지라 신중함보다는 용기가 많은 제가 칼을 뽑았습니다. 그러자 그 겁쟁이가 큰 소리로 집안을 깨웠습니다. 폐하의 사위와 따님은 제가 한 일에 대해 이런 수치를 받아 마땅한 것으로 보았습니다.

광대

야생 거위가 그쪽으로 날아가면 아직 겨울이 끝난 게 아니야.[34]

    넝마 걸친 아버지들은
    자식들을 외면하게 만들고,
    돈 자루 많은 아버지들은
    친절한 자식을 만나네.
    운명은 악명 높은 창녀라서

가난뱅이에게는 문을 닫지.

하지만 이 모든 것에도 불구하고 당신은 딸 때문에 한 해 동안 떠들 수 있을 만큼의 슬픔을 겪게 될 거야.

리어

오, 격렬한 히스테리가 아랫배에서 치고 올라오는구나![35] 흥분한 감각아, 차분해져라, 너 차오르는 슬픔아! 네가 있을 자리는 바닥이다. 이 딸은 어디에 있느냐?

켄트

백작과 함께 저 안에 계십니다.

리어

따라오지 말고 여기 있어라. (퇴장)

신사

지금 말한 것 외에는 잘못한 것이 없소?

켄트

없소. 어찌하여 폐하께서 이다지도 적은 숫자만 데리고 오신 거요?

광대

그 질문 때문에 네가 차꼬를 찼다면, 그것은 마땅한 벌이야.

켄트

왜, 광대야?

광대

너를 개미에게 보내 교육을 해야겠다. 겨울에는 일하지 않는다는 것을 배우도록.[36] 코를 따라가는 것들은, 장님만 빼고 모두 눈의 인도를 받는 것이지. 썩은 내가 진동하는데 냄새를 맡지 못하는 코는 스무 개 중에 단 한 개도 없어.[37] 커다란 수레바퀴가 언덕을 굴러 내려갈 때에는 손을 놓아야지, 그러지 않다가는 따라가다 목이 부러지는 일을 당하게 될걸. 하지만 위로 올라가는 큰사람이라면, 그가 너를 이끌도록 하는 거야. 나보다 더 나은 충고를 해주는 현자가 있다면, 내가 주었던 것은 다시 돌려줘. 이건 바보가 주는 충고니까, 악당들이 따라주었으면 좋겠다.

    이득만을 찾아 섬기며,
    형식만을 좇는 자는,[38]
    비가 오기 시작하면 짐을 싸고,
    폭풍 속에 너를 버려둘 거야.
    그러나 나는 바보라서 기다릴 테야.
    똑똑한 놈은 달아나라지.
    도망치는 나쁜 놈은 바보가 되지만
    바보는 나쁜 놈이 될 리 없어.

켄트
어디에서 이런 걸 배웠느냐, 광대야?

광대
차꼬 차며 배운 것은 아니다, 이 바보야.

(리어와 글로스터 등장)

리어
나와 대화를 하지 않겠다고? 아프고, 지쳤다고? 밤새 여행을 했다고? 뻔한 술책이야, 아비를 거역하고 벗어나려는 수작이다. 더 좋은 대답을 받아 오너라.

글로스터
폐하, 공작의 불같은 성미를 아시지 않습니까. 자기 방식을 고집하는지라 요지부동입니다.

리어

복수다! 역병, 죽음, 혼란이로다! 불같다고? 성질이 어떻다고? 이런, 글로스터, 글로스터, 콘월 공작과 그의 아내에게 말을 하고 싶다는 거야.

글로스터

그런데, 폐하, 제가 이미 그렇게 말씀드렸습니다.

리어

말씀드렸다고! 내 말을 알아들은 건가, 자네?

글로스터

네, 폐하.

리어

국왕이 콘월과 이야기하고 싶고, 사랑하는 아버지가 딸과 이야기하고 싶다. 명령이다, 와서 모시라고 해라. 그들에게 이 사실을 전했느냐? 숨이 차고 피가 끓는구나! 불같다고? 불같은 성미의 공작이라고? 불같은 공작에게 전해라.—아니, 아직은 아니다! 몸이 안 좋을 수도 있는 거지. 신체가 허약해지면 건강할 때에는 당연하던 의무들도 응당 소홀해지는 법이니까. 마음도 몸과 더불어 고통을 겪어야 한다는 자연의 명령이 무겁게 덮쳐 오는 상황에서는 우리도 우리 자신이 아닌 거야. 내가 참겠다. 아프고 병들어 생긴 격분을 건강한 사람의 태도로 받아들였던 나 자신의 분별없는 마음과 결별한다. 내 왕국은 죽었다! 그런데 왜 이자가 여기 앉아 있는가? 이걸 보면, 공작과 딸이 나타나지 않는 것은 단지 책략인 것이 분명해. 내 하인을 차꼬에서 풀어놔라. 공작과 그의 아내에게 짐이 이야기를 하잔다고 전해라. 지금 당장! 나와서 내 말을 경청하라고 일러라. 그러지 않으면 침실 문 앞에서 북을 울리고 그 소리로 잠을 죽이겠노라.

글로스터

두 분 사이가 좋아지시길 바랍니다. (퇴장)

리어

오, 내 심장아, 부글대는 내 심장아! 그러나 진정하자!

광대

심장에게 소리쳐, 아저씨, 런던 여인이 살아 있는 뱀장어를 밀가루 반죽에 집어넣으며 소리 지르는 것처럼.[39] 그녀는 막대기로 장어의 머리를 때리며 "내려가, 이 장난꾸러기들아, 내려가!"라며 소리를 친다니까. 그녀의 오빠는 순수한 친절을 보여 주려고 건초를 버터 범벅으로 만들었다지.

(콘월, 리건, 글로스터, 하인들 등장)

리어

두 사람은 밤새 잘 잤는가?

콘월

폐하를 환영합니다.

(켄트가 자유로운 몸이 된다.)

리건

폐하를 뵙게 되어 기쁩니다.

리어

리건, 그럴 거라고 생각한다. 그리 생각해야 하는 이유가 무엇인지 잘 안다. 네가 기쁘지 않다면 무덤 속의 네 어머니가 간통을 했다고 여기고 이미 죽었지만 이혼하겠다. (켄트에게) 오, 풀려났느냐? 그 일은 다음 기회로 하고.—사랑하는 리건, 네 언니는 못 돼먹었다. 오, 리건, 네 언니는 불친절이라는 날카로운 이빨로, 마치 독수리처럼 여기를 괴롭혔다.[40] (자신의 가슴 위에 손을 얹는다.) 말하기도 힘들 지경이다.—얼마나 추악했는지 너는 믿지 않을 게다.—오, 리건.

리건

제발 진정하세요. 제가 판단하는 바로는 언니의 장점을 제대로 평가하지 않는 아버지가 의무에 소홀한 언니보다 더 문제입니다.

리어

뭐? 어째서 그러하냐?

리건

자신의 마땅한 의무를 언니가 조금이라도 게을리했다고 생각하지 않습니다. 만일, 혹시라도, 언니가 아버지를 따르는 자들이 행패 부리는 것을 막았다면 언니를 비난할 수 없는 어떤 건전한 이유와 근거가 있을 것입니다.

리어

그년을 저주한다.

리건

오, 아버지는 늙으셨어요. 자연의 이치로 이제는 끝이 날 시점에 다다른 거라고요. 아버지보다도 아버지의 상태를 더 잘 이해하는 사람에 의해 다스려지고 이끌려야만 합니다. 그러니 제발 말씀드리건대 언니에게로 돌아가십시오. 그리고 잘못했다고 말씀하세요.

리어

그 애한테 용서를 구하라고? 잘 봐라, 이게 우리 집안과 얼마나 어울리는 일인지. (무릎을 꿇는다.) "사랑하는 딸아, 내가 늙었다는 것을 고백하마. 늙으면 쓸모가 없는 거다. 무릎을 꿇고 빈다, 내게 옷과 침대와 먹을 것을 다오."

리건

제발, 그만하세요. 이건 보기 흉한 희롱입니다. 언니에게로 돌아가세요.

리어

(일어서며) 절대로 안 가겠다, 리건. 그년은 내 시종을 절반으로 줄여 버렸고, 흉악한 눈으로 나를 노려보고, 독설로 나를 공격해, 마치 독사처럼 내 심장을 물어뜯었다. 하늘에 저장되어 있던 모든 복수심이 그년의 배은망덕한 머리 위로 쏟아져라. 대기의 오염된 공기여, 그년에게서 태어날 아기를 불구로 만들어버려라.

콘월

아니, 저런, 집어치우십시오!

리어

민첩한 번개여, 눈을 멀게 만드는 그대의 불꽃을 그년의 조롱하는 눈에다 쏘아라! 강력한 태양의 힘이 늪에서 빨아올린 안개가 그년 얼굴에 물집을 만들어 외모를 엉망으로 만들어라.

리건

오, 하느님 맙소사! 감정이 격해지면 제게도 그런 저주를 퍼부으시겠군요.

리어

아니다, 리건, 너에게 저주를 퍼부을 일은 없을 거다. 착한 너의 성정이라면 결코 그런 가혹한 상황으로 몰아가는 일이 없을 거다. 그년의 눈은 사납지만, 너의 눈은 위안을 주고, 이글거리지도 않잖니. 내가 좋아하는 일을 불평하고, 내 수행원을 자르고, 경솔한 말대꾸를 일삼고, 내 용돈을 줄이고, 게다가 내가 들어오지 못하도록 빗장을 걸어버리는 그런 짓을 너라면 하지 않을 거다. 인간 본연의 의무에 대해, 부모 자식의 인연에 대해, 예의범절의 중요성과 감사하는 마음에 대해, 너는 언니보다 더 잘 알고 있잖니. 네 몫으로 주었던 왕국의 절반을 잊지는 않았겠지.[41]

리건
폐하, 요점이 뭡니까.

리어
내가 보낸 전령에게 누가 차꼬를 채웠느냐?

(안에서 트럼펫 소리)

콘월
저 트럼펫 소리는 뭐지?

리건
알겠다, 언니가 왔네. 언니 편지에 적혀 있기를 곧 이곳으로 오겠다고 했거든요.
(오스왈드 등장)
마님이 오셨느냐?

리어
아니, 이자는 자기 여주인의 변덕스러움에 편승하여 거들먹거리던 천한 놈이 아니더냐. 내 눈앞에서 썩 꺼져라, 이 종놈아!

콘월

무슨 말씀이십니까?

리어

내 하인에게 차꼬를 채운 게 누구냐? 리건, 너는 이 일에 대해 모를 것으로 믿는다만.

(거너릴 등장)

누가 오는 거냐? 오, 맙소사! 신들이시여, 늙은이를 아끼신다면, 다정한 권력으로 복종심을 얻고자 하신다면, 당신들도 늙으셨다면, 그런 명분을 걸고 강림하시어 제 편을 들어주소서! (거너릴에게) 네년은 이 수염을 보는 것이 부끄럽지도 않으냐? 오, 리건, 저년 손을 잡을 생각이냐?

거너릴

왜 손을 잡으면 안 되죠? 제가 뭘 잘못했나요? 분별없이 구실을 찾고 노망이 나서 그렇게 부른다고 모든 것이 다 죄는 아니지요.

리어

오, 내 심장은 무척 단단하구나.[42] 아직까지는 터지지 않았구나! 왜 내 전령이 차꼬를 차고 있었느냐?

콘월

제가 채웠습니다. 하지만 그자가 부린 행패를 고려하면 가벼운 벌을 받은 겁니다.

리어

자네가? 자네가 했다고?

리건

제발, 아버지, 연로하신 만큼 연약하게 보여도 괜찮아요. 달을

마저 채우실 때까지 언니네 집으로 돌아가 그곳에 머무르세요. 그리고 수행원을 절반으로 줄여서 제게 오세요. 저는 지금 집을 떠나온 처지라서 아버지를 모시는 데 필요한 재물이 부족합니다.

리어

큰애에게 돌아가고, 오십 명을 내쫓으라니! 안 돼! 차라리 모든 지붕을 포기하고 적대적인 바깥 공기와 싸우면서 늑대랑 올빼미랑 친구가 되는 것이 낫겠다.―빈곤의 고통은 따끔하겠지! 언니에게 돌아가라고? 아니, 지참금도 없는 내 막내딸을 데려갔던 열정적인 프랑스 왕을 찾아가서 그의 왕좌 앞에 무릎 꿇을 수도 있고, 그의 종자라도 되는 것처럼 연금을 구걸해서 비천한 삶이나마 유지할 수도 있다. 돌아가라고? 차라리 이 혐오스러운 종놈의 노예가 되어 마부 노릇을 하라고 설득해라. (오스왈드를 가리킨다.)

거너릴

알아서 하세요.

리어

부탁이다, 딸아, 나를 미치게 하지 말아 다오. 너를 귀찮게 하지 않겠다, 나의 자식아, 잘 있어라. 우린 다시 만나거나 얼굴을 볼 일이 없을 거다. 하지만 너는 나의 살, 나의 피, 나의 딸이다.―아니 너는 차라리 내 몸속에 들어 있는 질병이라서 내 것이라 불러야만 한다. 너는 종기이고 역병으로 생긴 부스럼이며, 오염된 나의 피로 인해 부풀어 오른 염증이다. 하지만 너를 꾸짖지 않겠다. 내가 굳이 부르지 않아도 수치심이 너를 찾을 때가 있을 테니.[43] 너에게 벼락이 내려치길 바란다거나 하늘의 재판관 조브[44]에게 일러바치지도 않겠다. 할 수 있을 때 마음을 고치고, 여유가 생기면 더 나은 사람이 되어라. 나는 참을 수 있다. 리건의 집에서 지낼 수도 있다, 나를 수행하는 백 명과 함께.

리건

꼭 그렇지는 않습니다. 아직 아버지가 오는 것을 바라지 않고, 또 아버지를 맞이할 준비도 되어 있지 않습니다. 언니 말을 들으세요. 아버지의 격정을 이성적으로 바라보는 사람들은 아버지가 늙었구나 하고 생각할 겁니다. 언니는 자신의 일을 잘 이해하는 사람입니다.

리어

진심이냐?

리건

그렇고말고요. 아니, 오십 명의 수행원이라고요? 그 정도면 족하지, 뭐가 더 필요하세요? 비용이나 위험을 생각하면 그렇게 많은 숫자를 둘 까닭이 없지요. 한 지붕 아래 살아가는 그 많은 사람들이 두 가지 명령을 받으며 어떻게 화목을 유지하겠어요? 어렵죠, 거의 불가능합니다.

거너릴

폐하, 동생이나 저의 하인들이 폐하의 시중을 들면 안 될 이유가 있습니까?

리건

왜 안 됩니까, 폐하? 만약 그자들이 소홀히 하면 저희들이 다스리겠습니다. 만약 저희 집에 오시면 지금도 위험천만하오니, 스물다섯 명만 데리고 오시길 부탁드립니다. 그 이상에게는 자리도 내주지 않고 인정도 하지 않겠습니다.

리어 왕 185

리어

    내 모든 것을 주었다…….

리건

    때맞춰 주신 겁니다.

리어

    너희를 나의 보호자로 삼고 의탁했다. 그 정도 숫자를 유지한다는 단서를 달았다. 그런데 너에게 올 때에는 스물다섯만 데려오라고—리건, 네가 그렇게 말했느냐?

리건

    다시 말씀드리지만, 폐하, 그 이상은 안 됩니다.

리어

    사악한 짐승들이 차라리 사랑스럽게 보이는구나, 다른 것들이 더욱 사악하니까. 최악이 아닌 것은 그래도 칭찬받을 만하구나. (거너릴에게) 너에게 가겠다. 오십 명이면 그래도 스물다섯의 곱절이고 네 애정도 두 배이겠지.

거너릴

    제 말을 들어보세요, 폐하. 스물다섯은 왜 필요합니까? 열, 아니 다섯이라도 필요합니까? 시키기만 하면 아버지를 시중들 사람이 집 안에 두 배가 넘게 있습니다.

리건

    한 명도 필요 없지요.

리어

    필요를 운운하지 마라! 가장 비천한 거지들의 형편없는 처지에도 남아도는 게 있다. 본성이 요구하는 것 이상이 허용되지 않으면 인간의 삶이 짐승과 다를 게 뭐냐. 너는 귀부인이다. 만일 추위를 막아주는 것이 화려함의 기준이라면 네가 입은 그 화려한 옷들은 따뜻하게 해 주지도 못하니 쓸모가 없는 것 아니겠느냐. 그러나 정말로 필요한 것은—하늘이여, 제게 인내심을 주소서, 참아야 한다! 신들이여, 여기 이 불쌍한 늙은이를 보십시오. 나이와 슬픔이 가득하고, 그 둘 때문에 비참합니다.[45] 딸들이 아버지를 배신하도록 부추긴 것이 바로 그대들이라면, 내가 무기력하게 참는 바보가 되도록 내버려 두지 마소서.[46] 숭고한 분노를 느끼게 하고, 여자들의 무기인 눈물이 흘러내려 남자의 뺨을 적시지 않도록 해 주소서. 아냐, 이 사악한 마녀들아, 너희 둘 모두에게 복수해서, 온 세상이 알게 될—나는 그런 짓을 하겠다.—그게 어떤 일이 될지는 아직 모른다만, 지상을 공포로 떨게 만들 것이다. 내가 눈물 흘릴 거라 생각하느냐. 아니다, 나는 울지 않겠다. 울어야 하는 이유는 넘쳐 난다.

(폭풍우 소리)

하지만 이 심장은 내가 눈물 흘리기 전에 수만 갈래로 찢어질 거다. 오, 광대야, 나는 미쳐버릴 거다!

(리어, 글로스터, 켄트, 광대, 신사 퇴장)

콘월

안으로 들어갑시다, 곧 폭풍이 몰려올 모양이오.

리건

이 집은 비좁아요. 그 노인네랑 시종들을 모두 머무르게 할 수는 없어요.

거너릴

자업자득이다. 편안한 길을 스스로 외면하였으니 자신의 어리석음을 맛봐야 하는 거야.

리건
  아버지 혼자라면 기꺼이 받아주겠지만 추종자는 단 한 명도 안 돼.
거너릴
  나도 그렇게 마음먹었다. 글로스터 경은 어디에 있느냐?
콘월
  노인네를 따라 나갔소. 저기 돌아오는군.

(글로스터 등장)

글로스터
  폐하께서 크게 노하셨습니다.
콘월
  어디로 가고 있소?
글로스터
  말을 찾으셨습니다. 하지만 어디로 가시는지는 모르겠습니다.
콘월
  가게 내버려 두는 것이 최선이오. 고집대로 하시는 분이니까.
거너릴
  백작, 행여라도 아버지한테 머물러달라고 간청하지 마시오.
글로스터
  이제 곧 밤이 오는 데다가 사나운 바람이 거칠게 불어댑니다. 수 마일을 가도 인근에는 수풀조차 없습니다.
리건
  백작, 고집불통들에게는 자기 스스로 초래한 상처들이 엄한 선생님과 다름없어야만 합니다.[47] 문을 닫으세요. 거칠고 막가는 일당이 아버지를 따르고 있어서, 그들이 무슨 말로 아버지를 욕보일지 모르겠어요.[48] 아버지의 귀를 워낙 잘 속이는지라 두려움을 갖는 것이 현명한 태도입니다.

콘월

문을 닫으시오, 백작. 날씨가 사나운 밤입니다. 리건의 충고를 따라, 폭풍우를 피합시다. (모두 퇴장)

3막

1장[1]

(계속되는 폭풍우. 켄트와 신사가 각각 반대편 문으로 등장)

켄트
날씨가 아주 험악한데, 거기 누구요?

신사
날씨와 똑같이 아주 불안정한 마음 상태에 있는 사람입니다.[2]

켄트
누구인지 알겠다. 폐하는 어디 계시오?

신사
분노한 자연과 싸우고 계십니다. 거센 바람이 불어 대지를 바닷속으로 날려 버리라, 파도가 솟아올라 육지를 덮어버리라 명령하십니다. 만물이 변하거나 사라지도록! 그분이 백발을 쥐어뜯자 맹렬한 돌풍이 맹목적인 분노로 그 머리칼을 잡아채더니 아무렇게나 마구 대합니다. 인간이라는 작은 세계[3] 안이 폭풍우로 가득한 그분은 앞과 뒤에서 맹렬히 불어오는 바람과 비를 압도할 정도입니다.[4] 이런 밤에는, 새끼에게 젖을

빨려 허기진 어미 곰도, 사자와 굶주린 늑대도 털을 말릴 텐데, 그분께서는 모자도 쓰지 않은 채 뛰어다니며 닥치는 대로 명령을 하고 계십니다.

켄트

누가 함께 있소?

신사

오로지 광대만이 그분의 가슴 아픈 고통을 익살로 달래주고 있습니다.

켄트

여보시오, 나는 당신을 잘 압니다. 내가 관찰한 바를 믿고 그대에게 감히 중요한 일 하나를 맡기겠소. 지금 내분이 있소. 비록 아직까지는 서로의 간교함 덕분에 드러나지 않았지만, 올버니와 콘월 사이의 분열이오. 운명의 배려로 권좌에 오르고 출세한 자들은 그렇지 않을 테지만, 그들에게는 겉으로만 충성스러운 하인들이 있소. 그자들이 프랑스 왕을 위한 정탐꾼과 첩자가 되어 이 나라가 돌아가는 형국을 알려 준다오. 눈에 띄는 것들, 두 공작의 불화와 음모, 또는 그들이 늙고 선한 왕을 심하게 박대하고 구속한 일, 아니면 더 심각한 문제, 즉 그에 비하면 다른 것은 장식에 불과한 그런 일에 관해서 말이오. 아무튼, 프랑스의 군사들이 이 분열된 왕국으로 상륙할 것이오. 이미 우리의 태만함을 틈타 은밀하게 최상의 항구 몇 곳에 발을 들여놓았으며 공개적으로 깃발을 올릴 준비가 되었다고 하오. 자, 이제 본론을 말하자면, 그대가 내 말을 믿고 서둘러 도버로 간다면 그대에게 감사할 사람을 만날 거요. 폐하께서 하소연하시는 근거가 되는 무자비하고 미칠 듯한 슬픔에 대해 자세하게 전해 주시오. 나는 혈통과 교양을 갖춘 신사요. 그대에 대한 상당한 지식과 확신을 가지고 이 일을 맡기는 바요.

신사

당신과 더 많은 이야기를 나누겠습니다.

켄트

아니, 아니오. 내가 겉으로 보이는 것보다[5] 월등한 사람이라는 증거로 이 지갑을 열어보시고 그 안에 있는 것을 가지시오.[6] 코딜리어를 만나면—그분을 못 만날 일은 결코 없을 거요.—이 반지를 보여 주시오. 지금은 당신이 못 알아보는 이 사람이 누군지 말해 줄 것이오. 폭풍우가 정말 심하군! 나는 가서 폐하를 찾아보겠소.

신사

악수합시다. 더 할 말은 없습니까?

켄트

몇 마디만 합시다. 하지만 가장 중요한 거요. 폐하를 발견하거든—그대는 저쪽을, 나는 이쪽을 애써 찾아봅시다.—먼저 보는 사람이 큰 소리를 지르는 거요. (각자 반대편 문으로 퇴장)

2장[7]

(계속되는 폭풍우. 리어와 광대 등장)

리어

불어라, 바람아, 너의 뺨이 터지게 불어라![8] 분노로 불어라! 하늘의 폭포수와 바다의 태풍이여, 첨탑들이 물에 잠기고 풍향계가 침수되도록 뿜어내라![9] 유황으로 가득하고 생각처럼 빠른 불이여, 떡갈나무를 쪼개는 벼락의 선구자여, 나의 백발을 불태워라! 그리고 만물을 뒤흔드는 천둥이여, 둥글고 가득한 세상을 내리쳐 평평하게 만들어라! 자연의 형상을 금 가게 하고,[10] 배은망덕한 인간을 만드는 모든 정액을 한꺼번에 쏟아부어 없애 버려라!

광대

오, 아저씨, 이렇게 빗물 쏟아지는 밖에 머무는 것보다는 마른 집 안에서 온갖 아첨의 세례를 받는 게 더 낫거든. 착한 아저씨, 들어가자. 당신의 딸들에게 축복을 간청해 봐! 이런 밤에는 똑똑한 사람이나 멍청한 사람이나 동정받지 못하는 건 마찬가지야.

리어

속이 꽉 찬 배를 우르르 울려라! 불을 뿜어라! 비를 뿌려라! 비도 바람도 천둥도 불도 내 딸은 아니다! 그러니 너희 자연을 불친절하다고 비난하지 않으마. 너희에게 왕국을 물려준 적도, 너희를 자식이라 부른 적도 없다. 너희는 나에게 복종할 의무가 없다. 그러니 우리를 두렵게 만드는 너희의 쾌락을 멋대로 쏟아도 좋다. 너희의 노예가 되어 나는 여기 서 있다. 헐벗고, 허약하고, 경멸받는 노인이다. 하지만 너희를 비굴한 앞잡이라 부르겠다. 사악한 두 딸년과 한패가 되어 백발로 변한 내 늙은 머리를 향하여 천상의 군대를 몰고 진격해 오는구나. 오, 호, 비열하다!

광대

머리를 집어넣을 집이 있는 자는 좋은 머리를 가진 자다.[11]

　　머리를 보호할 집도 없이
　　거시기를 넣을 집만 가진 자는,
　　머리에도 몸에도 이가 득실거리지.[12]
　　거지도 그렇게 결혼을 많이 하지.[13]
　　심장으로 삼아야 하는 것을
　　발가락으로 만드는 자는,[14]
　　티눈 때문에 고통스레 우느라,
　　밤새 뜬눈으로 지새울 거야.

왜냐하면 예쁜 여자치고 거울 앞에서 입을 삐쭉거려 보지 않은 여자는 없었으니까.[15]

(켄트 등장)

리어 왕 197

리어

아니다, 나는 모든 인내의 표본이 되겠다. 아무 말도 하지 않겠다.

켄트

거기 누구냐?

광대

이런, 은총과 거시기, 똑똑한 사람 하나와 바보 하나요.[16]

켄트

폐하, 여기에 계셨군요? 밤을 좋아하는 것들조차 이런 밤은 질색일 겁니다. 분노로 충만한 하늘이 어둠 속을 배회하는 동물들조차 겁에 떨게 만들어 동굴 속에 머물게 합니다. 사방을 뒤덮은 번갯불, 무시무시한 천둥소리, 격렬한 비바람의 포효가 이토록 대단한 것을 태어나서 한 번도 들어본 적이 없습니다. 인간의 본성은 이런 고통과 두려움을 견딜 수 없습니다.

리어[17]

아무것도 쓰지 않은 맨머리 위로 이처럼 무시무시한 소동을 일으키는 위대한 신들에게 지금 당장 자신의 적을 찾게 하여라. 벌벌 떨어라, 드러나지 않은 범죄를 마음속에 담고 있어 정의의 단죄를 받지 않은 비열한이여. 어서 숨어라, 피 묻은 손아, 위증을 한 너, 근친상간을 저지르고도 짐짓 미덕을 가장한 너도 숨어라. 은밀하고 편리한 외양을 하고서 인간의 목숨을 농락한 비천한 자는 두려움에 떨다 조각조각 박살이 날 거다. 감춰진 범죄를 끝장내라, 그들의 은밀한 은신처를 발기발기 찢어라. 그리고 이 무시무시한 자연의 소환리(召喚吏)에게 자비를 구하여라.[18] 나는 죄를 짓기보다는 죄의 피해자가 된 적이 훨씬 더 많도다.

켄트

아, 맨머리 상태이시구나! 자비로운 폐하, 가까이에 오두막이 하나 있습니다. 거기라면 폭풍우 속에서 약간의 편의는 얻을 수 있을 겁니다. 거기에서 휴식을 취하세요. 그사이 저는 그 냉혹한 집—그 집을 지탱하는 돌보다 더 가혹한 집에 가보겠습니다. 폐하를 찾아 헤매던 제가 집 안으로 들어가는 것을 방금 전까지도 거부당했던 그 집입니다. 돌아가서 빈약한 예우나마 쥐어짜 보겠습니다.

리어

내 머리가 돌기 시작한다. 아이야, 이리 오너라. 너는 어떠냐, 아이야? 추우냐? 나도 춥다. 여보게, 지푸라기는 어디에 있나? 우리의 궁핍함이란 참 기묘한 기술이 있어서 비루한 것조차 소중하게 만드는구나. 가자, 너[19]의 오두막으로. 불쌍한 바보 녀석,[20] 내 마음 한구석에는 아직 너에 대한 미안한 마음이 있다.

광대

(노래한다.)

조금의 머리라도 있는 자라면,
어야디야, 바람 불고 비 오는 데
어울리는 제 팔자에 만족해야지,
매일매일 비가 내린다 해도.[21]

리어

맞다, 아이야. 자, 그 오두막으로 인도해라. (리어와 켄트 퇴장)

광대

창녀의 뜨거운 욕정을 식혀 줄 만한 대단한 밤이다. 가기 전에 예언 하나 말해 주마.

리어 왕 199

사제가 행동보다 달변에 맛 들이고,[22]
양조업자가 누룩에 물을 섞어 망치고,
귀족이 양복장이를 가르치려 들고,[23]
이교도가 아니라 기둥서방이 화형을 당할 때—
바로 그때 이 알비온 왕국에[24]
거대한 혼돈이 찾아오리라.

모든 소송이 법적으로 정당하고,
빚에 찌든 기사도 종자(從者)도 없고,
사람들의 혀에서 비방이 사라지고,
소매치기가 모여들지 않고,
고리대금업자가 내놓고 돈을 세고,
뚜쟁이와 창녀가 교회를 지을 때—
바로 그때 살아남은 자는 보게 되리라,
두 다리가 걷는 데 사용되는 것을.[25]
이런 예언을 멀린[26]이 하게 될 거야! 나는 그보다 앞선 시대를 살고 있으니까. (퇴장)

3장[27]

(글로스터와 에드먼드가 횃불을 들고 등장)

글로스터

아, 슬프구나, 에드먼드. 이렇게 자연의 이치에 어긋난 대접이 나는 싫다. 폐하를 불쌍히 여겨 돕고자 허락을 구했더니, 그들은 내 집을 사용할 수 있는 권한마저 박탈해 버렸다. 게다가 평생 그들의 미움을 사고 싶지 않거든, 폐하께 말을 걸지도 간청을 하지도 말 것이며, 어떤 식으로든 폐하를 보살피려 하지 말라는 명령을 하였다.

에드먼드

참으로 야만적이고 무도한 짓입니다!

글로스터

됐다! 너는 아무 말도 마라. 공작들 사이에 불화가 있다. 게다가 더 나쁜 일도 있다.[28] 오늘 밤 편지 한 통을 받았는데, 그 내용을 입에 담기에는 너무나 위험하여 벽장 속에 넣고 잠가두었다. 폐하께서 지금 당하시는 모욕에 대해서는 철저한 복수가 이루어질 거다. 이미 군대의 일부가 상륙을 하였다. 우리는 폐하의 편을 들어야 한다. 나는 은밀히 폐하를 찾아 구해 드릴 것이다. 너는 공작에게 가서 대화를 나누어, 행여라도 나의 자선 행위를 알아채지 못하게 만들어라. 그가 나를 찾거든 몸이 아파 잠자리에 들었노라고 말해라. 그 일로 설사 내가 죽는다 해도, 그에 못지않은 위협을 받고 있는 것이 사실이지만, 나의 옛 주인이신 폐하만큼은 구해야 한다. 이상한 일들이 벌어질 조짐이다, 에드먼드. 부디, 너도 조심하여라. (퇴장)

에드먼드

아버지가 이런 금지된 일을 저질렀다는 사실을 곧장 공작에게 알려 드려야겠다. 편지도 마찬가지로. 이것은 큰 상을 받을 만해. 아버지가 잃는 것을 내게로 끌어와야만 한다.—하나도 남김 없이 모조리. 젊은이가 일어서는 순간은 늙은이가 쓰러지는 때니까. (퇴장)

4장[29]

(리어, 켄트, 광대 등장)

켄트
　이곳입니다, 폐하. 폐하, 안으로 드시지요. 허허벌판에서 맞는 밤은 너무나 거칠고 포악해서 인간이 견디기 어렵습니다.

(계속되는 폭풍우)

리어
　나를 내버려 두어라.
켄트
　폐하, 이리로 들어가십시오.
리어
　내 심장을 찢어놓으려느냐?
켄트
　차라리 제 심장을 찢겠습니다. 폐하, 들어가소서.

리어

이런 짓궂은 날씨가 우리의 피부를 뚫고 엄습해 오는 것을 대단한 일로 생각하는 모양이구나. 네게는 그럴 테지. 하지만 더 심각한 병에 걸려 있으면 작은 병은 느껴지지도 않는다. 곰이 오면 피하려고 하겠지. 그러나 만약 도망칠 곳이 분노하는 바다밖에 없다면 곰의 아가리와 맞서야 할 거다. 마음이 편하면 육체가 예민해지는 거다.[30] 내 마음속의 태풍이 내 감각으로부터 다른 모든 느낌을 빼앗아 가고 오직 쿵쿵거림만 남겨 두었다. ― 배은망덕한 자식들! 그것은 마치 음식을 먹여 준 손을 입이 물어뜯는 것과 마찬가지 아니더냐? 철저하게 갚아주리라. 아니, 더 이상 울지 않겠다! 이와 같은 밤에 문밖으로 내쫓다니! 비야 퍼부어라, 그래도 나는 참겠다. 오늘처럼 이런 밤에! 오, 리건, 거너릴! 기꺼이 모든 것을 내준 너희들의 늙고 인자한 아비이거늘! 오, 이러다간 미치겠구나. 그것만은 피해야지. 더 이상 말을 말자!

켄트

폐하, 이리로 들어가십시오.

리어

부디 자네는 들어가게. 자네나 휴식을 취하도록 하게. 내게 더 많은 상처를 안겨 줄 것들에 대해 오래 고민하도록 이 태풍이 나를 내버려 두지 않을 걸세. 하지만 들어가겠네. (광대에게) 들어가라, 아이야, 네가 먼저 가라. 집도 없는 가난이라니. 아니, 들어가라. 기도를 하겠다, 그리고 잠을 청할 테다.[31]

(광대 퇴장)

이 냉혹한 폭풍의 팔매질을 견뎌야 하는 불쌍하고 헐벗은 자들아, 어디에 있든지 간에, 머리를 누일 집도 없이 굶주린 뱃

가죽으로, 그리고 구멍 뚫린 넝마를 걸친 채로, 이토록 험악한 시절로부터 어찌 너희 스스로를 보호한단 말이냐? 오, 그동안 내가 이것에 대해 너무 소홀했구나! 치료를 받아라, 화려한 자여.³²⁾ 불쌍한 자들이 느끼는 바에 스스로를 노출하여 넘쳐 나는 것들을 그들에게 나누어 주도록 하고 하늘이 공평하다는 것을 보여라.

에드거
(안에서) 한 길 반, 한 길 반!³³⁾ 불쌍한 톰!

(오두막에서 광대 등장)

광대
여기 들어오지 마, 아저씨. 귀신이야. 사람 살려, 사람 살려!

켄트
내 손을 잡아라. 거기 누구냐?

광대
유령, 유령이라니까! 자기 이름이 불쌍한 톰이래.

켄트
지푸라기 속에서 중얼거리고 있는 네놈은 누구냐? 앞으로 나와라!

(불쌍한 톰으로 변장한 에드거 등장)

에드거
꺼져라! 더러운 악마가 나를 쫓아오는구나.³⁴⁾
날카로운 가시나무 사이로 찬 바람이 불어온다.

험! 잠자리로 가서 당신 몸을 녹여라.

리어

너도 네 딸들에게 모든 것을 주었더냐? 그래서 여기까지 온 것이냐?

에드거

불쌍한 톰에게 누가 무엇을 준다는 거냐? 비열한 악마가 불과 화염 속으로, 습지와 늪지대를 넘어 여울과 소용돌이 속으로 끌고 다녔어. 그자는 베개 밑에 칼을 숨겨 두고, 의자에다 고삐를 걸어두고, 죽 그릇 옆에는 쥐약을 두었지.[35] 교만해진 그자는 갈색 전시용 말을 타고 4인치 너비의 다리를 건너서 배신자로 생각한 자신의 그림자를 사냥하였거든. 다섯 지력[36]에 축복 있으라! 톰은 추워. 오, 도, 데, 도, 데, 도, 데.[37] 회오리바람, 유성 폭발, 감염으로부터 신의 가호가 있기를! 불쌍한 톰에게 자선을 베풀어주세요. 비열한 악마가 괴롭혀요. 방금 저기서 그놈을 잡을 수 있었는데, 그리고 저기, 다시 저쪽. 아니 이쪽.

(계속되는 폭풍우)

리어

아니, 저놈의 딸들이 저놈을 이런 궁지로 몰아넣었단 말이냐? 아무것도 남겨 놓을 수가 없었느냐? 그들에게 다 주고 싶었어?

광대

아니, 담요 한 장은 남겨 뒀지. 그러지 않았으면 우리 모두 창피를 당했을 거야.

리어

　흔들리는 대기 중에 인간의 과오 위로 운명처럼 매달려 있는 온갖 역병들이 네 딸년들 머리 위로 쏟아지기를!

켄트

　저자에게는 딸이 없습니다, 폐하.

리어

　사형이다, 반역자! 불효하는 딸들이 아니라면, 인간을 짓눌러 이토록 비참하게 만들 수는 없다. 버림받은 아버지들의 육신이 이토록 무자비한 취급을 받는 것이 유행이더냐? 적절한 처벌이구나! 바로 이 육신이 그런 펠리컨 딸들을 낳았으니까.[38]

에드거

　　필리콕은 필리콕[39] 언덕에 앉아 있었네.
　얼로우, 얼로우, 루, 루.[40]

광대

　이런 추운 밤이 우리 모두를 바보와 미치광이로 만들어버릴 거야.

에드거

　비열한 악마를 조심하고, 부모에게 복종하고, 공정하게 말하고, 욕하지 말고, 결혼 맹세를 한 남자의 배우자와 정을 통하지 말고, 연인을 화려한 옷으로 치장하지 말지어다.[41] 톰은 추워!

리어

　전에 무엇을 하였느냐?

에드거

　마음과 정신이 오만해진 하인이었지. 머리는 말아 올렸고, 모자에는 장갑을 달았고,[42] 내 마님의 가슴속 욕망을 충족시켰으며, 그녀와 밤일을 했어. 말하는 족족 맹세를 했지만, 하늘의 온화한 얼굴에 대고 곧장 깨버렸지. 욕정을 채울 계략으로 잠이 들고, 깨어나면 실행에 옮겼어. 포도주를 끔찍이 좋아했고, 노름에 빠졌으며, 여자는 터키의 술탄을 능가했지.—마음은 거짓되고, 귀는 얇고, 손에서는 피비린내가 나지. 게으른 돼지, 비밀스러운 여우, 탐욕에 찬 늑대, 미친 개, 약탈하는 사자. 신발 딸깍거리는 소리나 비단옷 끌리는 소리 때문에 네 궁핍한 마음을 여인에게 들키면 안 돼. 사창가에는 발걸음 하지 말고, 치마 사이로 손 넣지 말고, 빚쟁이 장부에 이름 올리지 말고, 비열한 악마를 부인해야 하는 거야.

아직도 날카로운 가시나무 사이로 찬 바람이 불어오고,
수웅, 먼, 노니라고 소리 내지.[43]
돌핀, 이 녀석, 자, 세씨![44] 그놈이 총총 지나가게 해 줘.

(계속되는 폭풍우)

리어

너는 아무것도 걸치지 않은 몸으로 극도로 매서운 하늘에 맞서는 것보다는 무덤에 누워 있는 것이 나을 것 같구나. 인간이 이것밖에 안 되는가? 그를 잘 살펴보아라. 너는 누에가 만든 비단도, 짐승의 가죽도, 양모도, 고양이의 향수도 누린 적이 없다. 하, 여기 세 사람은 겉치레라도 하고 있는데,[45] 너는 사물 그 자체로구나. 문명의 편의에서 배제된 사람은 너처럼 그저 불쌍하고, 헐벗고, 다리 둘 달린 짐승일 뿐이다. 벗자, 벗어, 빌린 것들을![46] 자, 여기 단추를 풀어라.
(리어가 벗으려고 자신의 옷을 찢는다.)

광대

아저씨, 제발 진정해. 수영하기에는 아주 험악한 밤이야. 거친 들판의 작은 불빛이 마치 늙은 색골의 심장 같아.[47] 작은 불씨와 식어버린 나머지 몸뚱이라니까. 봐, 저기 불빛이 걸어온다.

(글로스터가 횃불을 들고 등장)

에드거

이것은 비열한 악마 플리버디지벳이다.[48] 저놈은 저녁 종이 울릴 때부터 첫닭이 울 때까지[49] 걸어 다닌다. 백내장을 옮기고, 사팔뜨기와 언청이로 만들고, 하얀 밀가루에 곰팡이를 피우고, 땅 위의 불쌍한 생명에 해를 입히거든.
　성자 위솔드께서 들판을 세 바퀴 걸으셨네.[50]
　악몽과 그녀의 아홉 자식을 만나시니,
　내려오라 명하시고 진실을 맹세케 하시네.
　그러므로 꺼져라, 마녀야, 꺼져라![51]

켄트

괜찮으십니까, 폐하?

리어

저자는 누구냐?

켄트

(글로스터에게) 거기 누구요? 무엇을 찾고 있소?

글로스터

당신들은 누구요? 이름을 대시오!

에드거

불쌍한 톰인데, 헤엄치는 개구리, 두꺼비, 올챙이, 도마뱀, 도

롱눙을 먹어. 비열한 악마는 화가 나면 분노로 심장이 가득 차서 소똥을 샐러드처럼 먹고, 늙은 쥐와 도랑에 빠진 개를 삼키고, 고여 있는 웅덩이의 녹색 더께를 마시지. 교구에서 교구로 채찍을 맞으며 쫓겨 다니다 차꼬에 묶여 벌을 받고 수감되곤 하지. 등에는 세 벌의 예복을 입고 몸에는 여섯 벌의 셔츠를 걸치지.[52]

말을 타고 무기를 차고 다녀.
하지만 생쥐와 쥐와 그렇게 작은 동물들을
톰은 칠 년 동안 먹고 살았어.
나를 쫓아다니는 것을 조심해! 조용히 해, 스멀킨! 닥쳐, 이 악마야![53]

글로스터
아니, 폐하, 동행이 겨우 이런 자입니까?

에드거
어둠의 왕자는 신사야. 모도와 마후라고 불리지.[54]

글로스터
폐하, 우리의 육신과 혈육이 너무나도 야비해져서 자신을 낳아준 부모를 미워합니다.

에드거
불쌍한 톰은 추위.

글로스터
안으로 드시지요. 폐하를 향한 충성심이 있기에 따님들의 가혹한 명령에 복종할 수는 없었습니다. 그들의 명령은 제 집의 문을 걸어 잠그고 이 사나운 밤이 폐하를 덮치도록 내버려 두라는 것이지만, 위험을 무릅쓰고 폐하를 찾았으니 불과 음식이 준비된 곳으로 모시고자 합니다.

리어

먼저 이 철학자와 이야기를 나누어야겠다. (에드거에게) 천둥의 원인이 무엇인가?

켄트

폐하, 이분의 말씀을 따라 안으로 들어가시지요.

리어

이 현명한 테베 사람[55]과 한마디 나누고 싶다. (에드거에게) 무엇을 공부하시오?

에드거

악마를 퇴치하고 해충을 죽이는 법이지.

리어

은밀히 한마디만 물어보리다.

(리어와 에드거가 한쪽에서 이야기를 나눈다.)

켄트

한 번만 더 가자고 간청해 보시지요. 정신이 불안정하십니다.

글로스터

폐하를 탓할 수는 없지요……

(계속되는 폭풍우)

딸들이 목숨을 노립니다. 아, 그 훌륭한 켄트, 이렇게 될 거라고 말했는데, 불쌍하게 추방된 사람! 폐하께서 미쳐간다고 했소? 내가 말하리다, 친구. 나 자신도 거의 미칠 지경이오. 지금은 혈연을 끊었지만 아들이 하나 있었소. 그놈이 최근에, 아주 최근에 내 목숨을 노렸다오. 그놈을 사랑했소, 친구. 어느 아비보다 더 아들을 사랑했소. 진실을 말하자면, 슬픔 때문에 내가 미칠 지경이오. 참으로 고약한 밤이오!—폐하, 간청드립니다만……

리어
  오, 죄송하오만. (에드거에게) 고귀한 철학자여, 함께 가시지요.
에드거
  톰은 추워.
글로스터
  들어가세, 여보게, 거기, 오두막으로 가세. 몸을 덥히세.
리어
  자, 모두 들어가자.
켄트
  이쪽입니다, 폐하.
리어
  그도 함께 가자. 나는 나의 철학자와 항상 함께 지낼 거야.
켄트
  폐하를 달래보십시오. 그자를 데리고 다니시게 하십시오.
글로스터
  당신이 그자를 먼저 데려가시오.
켄트
  이봐, 가자. 우리와 함께 가자.
리어
  어서 가자, 훌륭한 아테네인.
글로스터
  말은 그만, 더 이상 말은 말고. 쉬!
에드거
  　어린 롤랑이 어둠의 탑에 갔네,[56]
  　그의 암호는 언제나 "파이, 포, 펌,

영국인의 피 냄새를 맡는다."[57] (모두 퇴장)

5장[58)]

(콘월과 에드먼드 등장)

콘월

그의 집을 떠나기 전에 복수를 하겠다.

에드먼드

공작님, 자식의 도리를 버리고 충성심을 택한 것에 대해 제가 어떤 비난을 받을지 생각만 해도 두렵습니다.

콘월

이제 보니, 그를 죽이려 한 것이 자네 형의 사악한 마음 때문만은 아니었어. 아비가 지닌 비난받을 만한 불량함이 자네 형을 자극하여 행동에 옮기도록 만든 거야.

에드먼드

정의로운 일을 하고도 자책을 해야 하다니 제 운명은 얼마나 얄궂은가요? 이것이 아버지가 말한 편지인데, 이걸 보면 아버지가 프랑스의 이익을 위해 봉사하는 첩자였다는 것이 분명합니다. 오, 하늘이여! 이런 반역의 음모가 없었다면, 아니면 그것을 간파한 사람이 내가 아니었다면!

콘월

나와 함께 공작 부인에게 가세.

에드먼드

이 편지에 적힌 내용이 확실하다면, 공작님께서는 큰일에 대비하셔야 합니다.

콘월

그게 진실이건 거짓이건 상관없이, 자네가 이제부터 글로스터 백작이네. 자네 아버지를 찾아내게. 우리가 즉시 체포하겠네.

에드먼드

(방백) 그가 왕을 위로하는 장면을 발견하면 공작의 의심은 더욱 확고해질 거다. (큰 소리로) 비록 혈육과 갈등이 생겨 고통받을지라도, 충성의 길을 걸으며 참고 견디겠습니다.

콘월

자네를 믿겠네. 아버지의 사랑보다 더 큰 것을 나의 총애 안에서 느끼게 될 걸세. (모두 퇴장)

6장[59]

(켄트와 글로스터 등장)

글로스터

들판보다는 그래도 여기가 낫습니다. 감사하게 여깁시다. 더 편안하게 모시기 위해 추가로 할 수 있는 일을 찾아보겠소. 오래 걸리지 않으리다.

켄트

참을 수 없는 분노로 그분의 모든 분별력이 사라졌습니다. 이렇게 친절을 베푸시는 당신에게 신의 가호가 있을 겁니다!

(글로스터 퇴장)

(리어, 에드거, 광대 등장)

에드거

악마 프라테레토[60]가 나를 불러놓고 말하기를, 네로 황제는 암흑의 호수에서 낚시하는 사람이래. 기도해, 순진한 녀석아,[61] 비열한 악마를 조심하라고!

광대

제발, 아저씨, 미치광이가 신사인지 자유농[62]인지 말해 줘.

리어

왕이야, 왕!

광대

틀렸어! 신사를 자식으로 둔 자유농이야. 왜냐면 그자는 자기 아들을 본인보다 먼저 신사로 만들었으니 미친 자유농인 거야.

리어

붉은 불꼬챙이를 든 일천 명의 악마들아, 쉭쉭 소리 내며 그년들을 덮쳐라.[63]

에드거

비열한 악마가 내 등짝을 문다.[64]

광대

온순한 늑대,[65] 건강한 말, 사랑에 빠진 사내아이, 맹세하는 창녀를 믿는 것은 미친 짓이야.

리어

그렇게 만들겠다. 즉시 그들을 심문하겠어.[66] (에드거에게) 자, 이리 와 앉게, 가장 학식 높은 판사. (광대에게) 그대 현자도 여기 앉게, 여기. 안 돼, 너희 암여우들은.

에드거

그가 똑바로 서서 노려보고 있는 것을 봐![67] 재판을 참관하는 사람이 필요하십니까, 마님?

(노래한다.)

　개울을 건너 내게로 오라, 베시.[68]

리어 왕 **217**

광대

(노래한다.)
그녀의 배는 물이 새지
그녀는 말하면 안 되는 거야
왜 그대에게 건너가지 못하는지.

에드거

나이팅게일의 목소리[69]를 한 비열한 악마가 불쌍한 톰을 괴롭히지. 악마 호프댄스[70]가 청어 두 마리만 달라고 톰의 배 속에서 아우성이야. 꽥꽥대지 마, 검은 천사야![71] 너에게 줄 음식은 없어.

켄트

좀 어떠십니까, 폐하? 그렇게 망연자실해서 서 있지 마세요. 방석 위에 누워 휴식을 취하시겠습니까?

리어

먼저 재판을 해야겠다. 증인을 불러들이시오. (에드거에게) 법복을 입은 재판관은 자리에 앉으시오. (광대에게) 그리고 당신은 형평성을 다루는 동료 재판관이오.[72] 나란히 앉으시오. (켄트에게) 당신도 재판권을 위임받았으니, 함께 앉으시오.

에드거

공정하게 다루도록 하자.
　잠들었느냐, 깨었느냐, 명랑한 목동아?
　네 양 떼가 옥수수밭으로 들어갔구나.
　날카로운 목소리로 한 번 크게 소리 지르면
　네 양들에게 피해는 없을 거야.
그르렁, 고양이는 회색이다.[73]

리어

그녀부터 먼저 심문하라. 이건 거너릴이다! 여기 모인 존경하는 여러분들 앞에서 맹세하건대, 그녀가 불쌍한 국왕이자 아버지를 발로 찼습니다.

광대

이쪽으로 오시오, 부인. 이름이 거너릴입니까?

리어

그걸 부인하지는 못할 거다.

광대

어이쿠, 이런, 당신을 의자로 착각했습니다.

리어

그리고 여기 또 한 명이 있소. 그녀의 뒤틀린 표정만 봐도 심장이 무엇으로 만들어졌는지 알 수 있소. 저 여자를 붙잡아라! 무기, 무기를 들라, 칼을 뽑고, 불을 켜라! 이곳도 부패했다! 부정한 재판관! 왜 그녀가 도망치게 내버려 두었느냐?

에드거

당신의 다섯 지력이 회복되기를!⁷⁴⁾

켄트

아, 불쌍하구나! 폐하, 평소 그토록 자랑스러워하시던 인내심은 어디로 갔습니까?

에드거

(방백) 내 눈물의 역할이 지나치게 커지기 시작해서 내 변장을 망쳐놓는구나.

리어

저 작은 개들—트레이, 블랜치, 스위트하트—저것들도 나를 보고 짖는다.⁷⁵⁾

에드거

저것들에게 톰의 머리를 던져줄게.[76] 꺼져라, 잡견들아!

검은색이든 흰색이든 네놈의 주둥이는,

물었을 때 독이 오르는 이빨이다.[77]

마스티프, 그레이하운드, 혐오스러운 잡종 개,

사냥개 혹은 애완견, 암캐 혹은 수캐,

아니면 꼬리가 짧은 개, 아니면 꼬리가 늘어진 개,

톰이 낑낑대며 울게 해 줄 테다.

내가 이렇게 머리를 던지면,

개들은 울타리를 넘어 내뺄 거거든.

도, 데, 데, 데.[78] 세세![79] 자, 철야 축제와 장터로, 그리고 시장이 있는 마을로 가자. 불쌍한 톰, 뿔로 만든 네 동냥 그릇이 비었다.[80]

리어

그놈들에게 리건을 해부하도록 시켜서, 그년 심장 주변에 무엇이 자라고 있는지 알아보자. 무슨 까닭으로 자연은 이토록 비정한 심장을 만드는 것일까? 여봐 당신, 백 명의 수행원 중 하나로 당신을 받아들이겠다. 다만 너의 옷차림이 맘에 들지 않아. 너는 그걸 페르시아 스타일이라 하겠지만,[81] 바꿔 입는 것이 좋겠어.

켄트

폐하, 이제 여기에 누우시고 잠시 휴식을 취하십시오.

리어

떠들지 마라, 떠들지 마. 커튼을 쳐라. 자, 자. 우리는 아침에 저녁을 먹으러 갈 거다.[82]

광대

그러면 나는 정오에 잠자리에 들 거야.[83]

(글로스터 등장)

글로스터

이리로 오시오, 친구. 나의 주군이신 폐하는 어디에 계시오?

켄트

여기입니다. 하지만 성가시게 하지는 마십시오. 제정신이 아니십니다.

글로스터

좋은 친구여, 폐하를 당신 팔로 안아주시오. 폐하를 시해하려는 음모를 엿들었소. 들것이 준비되었소. 거기에 폐하를 누이고 도버 쪽으로 가시오. 그곳에 가면 환영과 보호를 받을 것이오. 주군을 부축하시오. 반 시간만 지체하여도, 폐하의 목숨과 그분을 지키려는 이들의 목숨, 그리고 당신의 목숨까지 꼼짝없이 잃게 될 거요. 들어 올리시오, 들어 올려. 자, 나를 따르시오, 필요한 물건들을 갖추도록 서둘러 안내하겠소.

켄트

심신이 억눌려서 잠드셨군. 이 휴식이 폐하의 손상된 기력을 회복시켜 줄 수 있을 거야. 상황이 여의치 않으면 치유하기가 무척이나 어려울 테지만. (광대에게) 자, 네 주인 옮기는 걸 도와라. 뒤로 처지지 마라.

글로스터

자, 자, 어서 갑시다.

(켄트, 글로스터, 광대가 리어를 들어 옮기면서 퇴장)

에드거

우리보다 높은 분들이 우리처럼 고통을 겪는 걸 보면 우리가 겪는 비참함이 대단한 것처럼 생각되지 않는다. 홀로 고통스러워하는 자는 마음속으로 크게 고통받으며 자유로운 일과 행복한 장면은 잊어버리지. 하지만 슬픔에도 벗이 있어 우정을 나눈다면 마음은 많은 고통마저 건너뛸 수 있는 거다. 나 자신의 고통은 이제 가볍고 견딜 만해 보인다. 나를 고개 숙이게 만든 것이 군왕마저 굴복하게 만들었으니—내가 아버지에게 당한 것처럼 그는 자식들에게 당했구나. 톰, 가자! 높은 사람들의 소문에 주목하자. 네 모습을 드러낼 적당한 순간이란 너의 명예를 더럽히던 잘못된 생각과 거짓된 판단이 정당한 증거에 의해 철회되고 화해가 이루어지는 때이다. 오늘 밤 무슨 일이 벌어지더라도, 폐하께서 무사히 피신하시길! 숨어 기다리자, 숨자. (퇴장)

7장[84]

(콘월, 리건, 거너릴, 에드먼드, 하인들 등장)

콘월

(거너릴에게) 당신의 남편 올버니 경에게 서둘러 사람을 보내서 이 편지를 전달하십시오. 프랑스 군대가 상륙하였습니다. —반역자 글로스터를 찾아내라.

(일부 하인들 퇴장)

리건

그자를 즉시 교수형에 처하세요!

거너릴

그자의 눈알을 뽑아버려요!

콘월

그자에 대한 처리는 내게 맡기시오. 에드먼드, 자네는 우리 처형과 동행하게. 자네의 반역자 아버지에게 갚아주려는 보복은 자네가 눈 뜨고 보기에 적절하지 않을 걸세. 올버니 공작을 만나면 준비를 서둘러달라고 권고해 주게. 우리도 마찬가지로 할 테니까. 우리 사이의 연락은 신속하고 정확해야 하네. 잘 가십시오, 처형. 잘 가게, 글로스터 백작.
(오스왈드 등장)
무슨 일이냐? 왕은 어디에 있느냐?

오스왈드

글로스터 백작께서 모시고 갔습니다. 왕을 수행하는 서른대여섯 명의 기사들이 분주히 찾아다니다 문에서 조우했습니다. 그리고 백작의 하인들 몇 명과 함께 도버를 향해 떠났습니다. 그곳에서 기다리는 잘 무장한 친구들이 있다고 자랑했습니다.

콘월

네 마님이 타고 가실 말을 준비해라.
(오스왈드 퇴장)

거너릴

안녕히 계세요, 공작님, 그리고 동생아.

콘월

에드먼드, 잘 가게.
(거너릴과 에드먼드 퇴장)
어서 가서 반역자 글로스터를 찾아라. 절도범처럼 팔을 묶어서 우리 앞으로 데려와라.
(하인들 퇴장)
사법적 절차를 따르지 않고 그자를 사형해서는 안 되겠지만, 우리의 분노한 마음을 달래기 위해 권력을 사용하겠다. 사람들이 비난은 하겠지만, 감히 어쩌지는 못할 거다.
(글로스터가 두세 명의 하인들에 의해 끌려온다.)
거기 누구냐? 반역자냐?

리건

    배은망덕한 여우, 바로 그놈이네요!

콘월

    앙상한 두 팔을 꽁꽁 묶어라.

글로스터

    왜 이러십니까, 공작님? 친구분들, 여러분은 손님이라는 것을 생각하십시오. 제게 몹쓸 짓을 하면 안 되지요.

콘월

    그자를 묶어라.

    (하인들이 글로스터의 손을 묶는다.)

리건

    더 세게, 더 세게 묶어! 더러운 반역자 같으니!

글로스터

    자비를 모르는 부인, 나는 그런 사람이 아니오.

콘월

    이 의자에 그자를 묶어라. 나쁜 놈, 너에게 알려 주마.

    (리건이 글로스터의 수염을 뽑는다.)

글로스터

    친절한 신들에 걸고 맹세컨대, 내 수염을 뽑는 것은 참으로 야비한 짓이오.

리건

    이런 하얀 수염으로, 반역이나 저지르고!

글로스터

    악랄한 부인, 당신이 강탈하듯 내 턱에서 뽑아낸 이 수염들이 되살아나 당신 죄를 추궁할 것이오. 내가 이 집 주인이오. 날 강도 같은 손길로 내가 베푸는 친절한 호의를 이토록 망쳐놓아서는 안 되는 거요. 어떡하실 참이오?

콘월

자, 근자에 프랑스로부터 어떤 편지를 받았는지 말해라.

리건

솔직히 말해라, 우리는 진실을 알고 있다.

콘월

이 왕국에 상륙한 반역자들과 어떤 공모를 하였느냐…….

리건

그 미친 왕을 누구의 손에 넘겼느냐?[85] 말해라!

글로스터

추측에 근거해서 쓰인 편지를 한 통 받았소. 하지만 그것은 중립적인 마음을 가진 자가 보낸 것이지 반대자에게서 온 것이 아니오.

콘월

교활하구나.

리건

게다가 거짓이지.

콘월

왕을 어디로 보냈느냐?

글로스터

도버로 보냈소.

리건

왜 도버로 보내? 네가 그럴 경우 목숨을 내놓아야 할 줄…….

콘월

왜 도버로 보냈느냐? 대답을 하게 하시오.

글로스터

　기둥에 묶여 있으니, 이 상황을 참아야만 한다.

리건

　왜 도버로 보냈느냐고?

글로스터

　당신이 그분의 불쌍하고 늙은 눈을 잔인한 손톱으로 파내는 꼴도, 그리고 사나운 당신 언니가 멧돼지 이빨 자국을 폐하의 성유 바른 옥체[86)]에 남기는 꼴도 보기 싫었소. 맨머리의 그분께서 지옥 같은 밤과 험한 폭풍을 견디는 모습에 바다마저 부풀어 올라 별빛을 꺼버리려 할 정도였소. 하지만 불쌍한 늙은 이 가슴 때문에 더 많은 비가 하늘에서 내렸소. 그 무서운 시간에 늑대들이 그대 문 앞에서 짖어댄다면 당신조차 말했을 거요. "착한 문지기야, 열어주어라, 모든 고통받는 생물을 받아주어라." 그러나 날개 달린 복수의 신이 자식들을 덮치는 것을 나는 기어이 보고야 말겠소.

콘월

　네놈은 그걸 보지 못할 거다. 여봐라, 의자를 단단히 붙잡아라. 네놈의 두 눈을 이 발로 밟아주마.

글로스터

　늙을 때까지 살아 있을 거라 생각하는 사람이라면 부디 나를 도와주시오!―오, 잔혹하구나! 오, 신이시여!

리건

　한쪽 눈이 다른 쪽을 비웃을 거다. 다른 쪽도 뽑아요!

콘월

　복수의 신을 만나거든…….

하인 1
그 손을 멈추세요, 공작님! 저는 어릴 적부터 공작님을 모셨습니다. 그렇지만 지금 멈추라고 말씀드리는 것보다 더 훌륭한 시중을 들어본 적이 없습니다.

리건
아니, 뭐야, 이런 개자식이!

하인 1
만약 당신 턱에 수염이 났더라면[87] 이 말다툼으로 수염을 흔들어놓았을 것입니다.
(콘월이 칼을 뽑는다.)
왜 이러십니까?

콘월
감히 내 종놈 주제에! (그에게 달려든다.)

하인 1
(칼을 뽑고) 그렇다면 할 수 없죠. 자, 어찌 되나 해봅시다.
(콘월에게 부상을 입힌다.)

리건
당신 칼을 주세요. 천한 놈이 이렇게 반항하다니!
(칼을 잡아 하인을 뒤에서 찌른다.)

하인 1
오, 죽는구나! 백작님, 아직 눈이 하나 남았으니 그에게 입힌 상처가 보이시죠. 오! (죽는다.)

콘월
더는 볼 수 없도록 만들어주마. 나와라, 혐오스러운 젤리[88]야! 네 광채가 어디로 갔느냐?

글로스터

온통 깜깜하고 고통스럽구나. 내 아들 에드먼드는 어디에 있나? 에드먼드, 자식으로서 당연한 분노의 불꽃을 피워 이 지독한 행동을 중지시켜 다오.

리건

꺼져라, 이 반역자 놈! 네가 찾는 사람은 너를 미워한다. 네가 저지른 반역을 우리에게 폭로한 것이 바로 그 사람이다. 너에게 동정을 베풀기에는 너무 훌륭한 사람이다.

글로스터

오, 내가 어리석었구나! 그렇다면 에드거가 이용당했구나. 자비로운 신들이여, 저를 용서하시고, 에드거를 번성케 하소서.

리건

저자를 문밖으로 내쫓아라. 그리고 냄새를 맡으면서 도버 가는 길을 찾게 해라.

(하인이 글로스터를 데리고 퇴장)

어떠세요, 공작님? 괜찮아요?

콘월

상처를 입었소. 따라오시오, 부인. 눈이 없는 저 악당은 쫓아내시오. 이 하인 놈은 똥 더미에 던져버리고. 리건, 출혈이 심하오. 때아닌 상처를 이렇게 입게 될 줄이야. 당신 팔을 주시오. (리건의 부축을 받으며 퇴장)

하인 2

이런 인간이 잘된다면, 내가 어떤 사악한 일을 저지르더라도 상관없을 거야.

하인 3

저 여자가 장수하면, 그리하여 결국에는 흔한 죽음을 맞이한다면,[89] 여자들은 전부 괴물로 변할 거야.

하인 2

우리도 늙은 백작님을 따라가세. 그 미친 거지가 우리를 그분에게 데려갈 걸세. 그는 미친 방랑자라서 무슨 일을 맡겨도 별 탈이 없을 거야.

하인 3

자네가 가봐. 나는 아마포와 계란 흰자를 구해 볼게. 피투성이 눈에 바르고 붙여야지. 하늘이 그분을 도와주셨으면!

(각자 반대편 문으로 퇴장)

4막

1장[1])

(에드거 등장)

에드거
    차라리 그게 낫다. 멸시와 아첨을 함께 겪는 것보다는 드러내 놓고 멸시받는 것이. 최악의 상황에서 가장 비천하고 나락에 떨어진 운명이라도 여전히 희망은 있으며, 두려움에 떨며 살아갈 일이 아니다. 최고에서 멀어지기에 변화를 애통해하는 것처럼 최악이라면 앞으로 웃는 일밖에 없다.[2]) 그러니 어서 오라, 실체도 없는 바람아, 너를 기꺼이 받아들이마! 네가 최악의 상태로 몰아넣은 이 불쌍한 인간은 너의 강풍에 빚진 바 없다.
(글로스터가 노인의 안내를 받으며 등장)
그런데 이리 오는 사람이 누구지? 얼룩덜룩한 눈의 아버지구나.[3]) 세상아, 세상아, 오 세상아! 우리가 운명의 부침으로 세상을 혐오하게 되지만 않는다면 삶이 세월에 굴종토록 놔두지 않을 것을.

노인

　오, 백작님, 소인은 어르신과 어르신의 아버지 밑에서 80년 동안 소작을 하였습니다!

글로스터

　가게! 가던 길을 가! 고마운 친구, 그냥 지나가. 자네의 위로가 나에게는 아무런 도움이 안 돼. 그자들이 자네도 해칠 거야.

노인

　길을 못 보시잖아요.

글로스터

　가야 할 길도 없는데 눈이 무슨 필요가 있겠어. 볼 수 있을 때에도 걸려 넘어졌지.[4] 흔히 볼 수 있는 것처럼, 가지고 있어서 오만해지는 것이란 완전히 잃어버리면 오히려 이득이 되는 법이지. 오, 사랑하는 에드거, 속임수에 빠진 아비에게 분노의 제물이 되었구나! 살아서 다시 너를 만져볼 수만 있다면 다시 눈을 찾았노라 말할 텐데.

노인

　그런데, 거기 누구요?

에드거

　(방백) 오, 신이여! "지금이 최악이야."라고 감히 말할 수 있을까? 나는 지금 이 순간 어느 때보다 불행하다.

노인

　불쌍한 미치광이 톰이구나.

에드거

　(방백) 그리고 더 나빠질 수도 있다. "이것이 최악이야."라고 말할 수 있다면 아직 최악은 아니다.

노인

여보게, 어디로 가나?

글로스터

거지 사내인가?

노인

미치광이에다 거지입니다.

글로스터

정신은 있는 거다, 그렇지 않다면 구걸도 못 하겠지. 지난밤 폭풍우 속에서 비슷한 녀석을 만났네. 그자 때문에 인간이란 벌레라고 생각했어.[5] 내 아들이 마음속에 떠올랐지. 그렇지만 그때 내 마음 상태로는 아들에게 다정할 수 없었어. 그 뒤에야 내막을 알게 됐거든. 개구쟁이가 파리를 다루듯, 신들도 우리에게 마찬가지다. 장난삼아 우리를 죽이잖아.

에드거

(방백) 어쩌다 이렇게 되었단 말이냐?[6] 슬픈 사람에게 광대 노릇을 하는 것은 그럴듯한 일이 못 돼. 자신과 상대를 모두 화나게 만들거든. (큰 소리로) 복 받으세요!

글로스터

벌거벗은 친구인가?

노인

맞습니다, 나리.

글로스터

그렇다면 자네는 그만 떠나게. 나를 위해 도버로 향하는 길을 몇 마일쯤 안내해 줄 거라면 옛정을 생각해서 그리해 주시게. 그리고 이 벌거벗은 영혼에게도 덮을 것을 좀 주시게. 이자에게 나를 안내해 달라고 간청해 볼 테니까.

노인
아이고, 나리, 이자는 미쳤습니다.

글로스터
미친놈이 장님을 인도하는 것이 이 시대의 질병 아니더냐. 내가 시키는 대로 해라, 아니면 자네 맘대로 하든가.[7] 아무튼, 어서 가시게나.

노인
이자를 위해 저의 가장 좋은 옷가지를 가져오겠습니다, 나중에 뭔 일이 일어나더라도. (퇴장)

글로스터
여보게, 벌거벗은 친구!

에드거
불쌍한 톰은 추워. (방백) 더 이상 속이지 못하겠다.

글로스터
이쪽으로 오게, 친구.

에드거
(방백) 하지만 계속해야 해. (큰 소리로) 눈에 피가 나요, 신이 돌봐 주셨으면!

글로스터
도버로 가는 길을 알고 있는가?

에드거
층계와 관문, 말을 타고 가는 길과 걸어가는 길을 알아요.[8] 불쌍한 톰은 겁에 질려서 정신이 나갔어요.[9] 착한 사람의 아들, 당신에게 축복이 있어, 비열한 악마에게서 벗어나기를! 한번은 다섯 놈의 악마가 톰의 몸 안에 들어왔어요. 욕정의 오비디컷, 어리석음의 왕자 호비디던스, 도둑질하는 마후, 살인하는 모도, 걸레질과 풀베기를 하다가 하녀와 시녀를 홀리는 플리버디지벳.[10] 복 많이 받으세요, 나리.

글로스터

여기 이 지갑을 받아라. 하늘이 내린 온갖 재앙을 너는 달갑게 받는구나. 이렇게 비참한 처지가 되고 보니 네 모습이 더 행복해 보인다. 하늘은 항상 이렇게 대처하시지.[11] 재물로 넘쳐 나고 욕정을 탐닉하는 인간은 하늘의 뜻을 농락하고, 자신이 못 느끼는 탓에 보려고 하지도 않으니, 하늘의 위력을 느끼게 만들어주소서! 공평한 분배로 지나친 것을 무효로 만들어 모두가 충분히 누리도록 하소서.[12] 너는 도버를 아느냐?

에드거

예, 어르신.

글로스터

절벽이 하나 있는데, 높고 구불구불한 그 꼭대기는 둘러싼 바다를 무섭게 내려다보고 있다. 바로 그 가장자리로 나를 데려다 다오. 그러면 너를 비참한 처지에서 벗어나게 해 줄 값진 보상을 해주겠다. 거기에 당도하면 더 이상의 인도는 필요 없다.

에드거

팔을 이리 주세요. 불쌍한 톰이 인도해 드릴게요. (두 사람 퇴장)

2장[13]

(거너릴과 에드먼드 등장)

거너릴

잘 오셨습니다, 백작. 얌전한 남편이 마중도 안 나오고 어째 이상하네.

(오스왈드 등장)

그래, 주인어른은 어디 계시느냐?

오스왈드

마님, 집 안에 계십니다. 그런데 사람이 아주 딴판이 되셨습니다. 적군이 상륙했다는 말씀을 드렸는데, 그냥 웃으시더라고요. 마님께서 오시는 중이라고도 말했습니다. 그랬더니 "더 나쁜 소식이군!" 하셨습니다. 글로스터의 배신행위와 그 아드님의 충직한 봉사에 대해 알려 드리자 저를 어리석은 놈이라 부르시더니 저더러 사태를 거꾸로 말한다고 하시더군요.[14] 가장 싫어해야 할 일에 대해 즐거워하시는 듯했습니다. 좋아해야 할 일에는 기분 나빠하셨고요.

거너릴

(에드먼드에게) 그러면 경은 그만 가시지요. 그의 영혼은 비겁한 공포에 사로잡혀 감히 무슨 일을 못 합니다. 자신이 갚아줘야 하는 모욕을 당해도 무감합니다. 우리가 오는 길에 말했던 희망 사항은 잘 풀릴 겁니다.[15] 에드먼드, 제부에게 돌아가세요. 그리고 병사들을 소집하고 부대 지휘를 맡으세요. 나는 옷을 바꿔 입고 무기를 들고,[16] 남편에게는 살림이나 맡겨야겠어요. 이 충직한 하인이 우리 사이를 오고 갈 겁니다. 머지않아, 만일 당신이 스스로를 위해 행동에 나설 용기만 있다면, 안주인[17]의 명령을 받게 될 겁니다. 이것을 받아요. (키스를 한다.) 말을 아끼세요. 머리를 낮추세요. 감히 말하건대, 이 키스가 당신의 정기를 하늘 높이 솟구치게 해 줄 거예요. 잘 생각하세요.[18] 그리고 안녕히 잘 가요.

에드먼드

죽더라도 저는 당신 것입니다.[19]

거너릴

나의 소중한 글로스터!

(에드먼드 퇴장)

오, 같은 사내라도 이리 서로 다를 수 있다니! 당신 같은 남자가 여자의 사랑을 받을 자격이 있어. 내 침대는 바보[20]가 차지한 거야.

오스왈드

마님, 공작께서 오십니다. (퇴장)

(올버니 등장)

거너릴

  휘파람을 불어줄 만한 가치는 있나 보군요?[21]

올버니

  오, 거너릴, 당신은 무례한 바람이 당신 얼굴을 향해 불어대는 먼지만도 못하오. 나는 당신의 기질이 두렵소. 자연이 자신의 근원을 경멸하면 스스로의 경계와 한계를 확정할 수 없는 것이오.[22] 줄기에서 자신을 잘라내고 수액을 제공하는 가지를 부러뜨리는 여자는 반드시 시들어 죽어 땔나무로 사용될 것이오.[23]

거너릴

  쓸데없는 설교 좀 그만하세요.

올버니

  사악한 자에게는 지혜와 선함이 사악하게 보이는 법. 추악한 것들은 자신들만 즐기거든. 무슨 일을 저지른 거요? 딸들이 아니라 호랑이들, 당신들이 무슨 짓을 했단 말이오? 아버지이자 자애로운 노인네라 줄에 묶여 끌려다니는 곰조차도 혀로 핥고자 할 텐데, 야만적이고 타락한 당신들이 그분을 미치게 만들었소. 착한 동서가 당신들의 행태를 어찌 참을 수 있었다는 말이오? 인간으로서, 군주로서, 그리고 많은 은혜를 받은 자로서?[24] 하늘이 눈에 보이는 정령[25]을 즉시 내려보내 이 사악한 범죄를 당장 다스리지 않는다면 큰일이 벌어질 거야.─ 인간들이 마치 깊은 바닷속 괴물처럼 필시 서로를 잡아먹게 될 테니.

거너릴

  간이 작아 젖먹이 같은 인간![26] 뺨이나 맞고 모욕이나 당하고 사는 인간 주제에! 당신 이마에 달린 눈은 명예와 치욕도 분간

못 해요. 악행을 저지르기도 전에 미리 처벌받는 자를 동정하는 것은 바보들이나 하는 짓이라는 것조차 모르면서.[27] 당신의 북은 어디 있나요? 프랑스 왕이 조용한 우리 영토에서 전쟁 깃발을 휘날리며, 깃털 달린 투구로 무장하고 당신의 국가를 위협하는데, 어리석은 도덕군자, 당신은 그냥 앉아서 "아, 그가 왜 그러는 거지?" 하고 징징거릴 뿐이군요.

올버니

자신을 보시오, 악마 같으니라고! 악마에게 어울리는 추악한 모습도 그게 여자에게 나타날 때에는 더 무시무시한 거요.

거너릴

오, 허영심 가득한 바보!

올버니

부끄러운 줄 알고, 형태를 바꾸고 본성을 감추고 있는 것이 당신을 괴물로 만들게 하지 마시오.[28] 격정에 사로잡혀 내 팔을 마구 흔드는 상황이 온다면 당신의 몸뚱이를 찢고 뼈를 부러뜨리게 될 거요. 다만 당신이 악마라고는 해도, 여자의 모습이라서 이렇게 살려 두는 것이오.

거너릴

이런, 남자다우시군요![29] 야옹!

(전령 등장)

올버니

무슨 소식이냐?

전령

오, 공작님, 콘월 공작께서 돌아가셨습니다. 글로스터의 두 번째 눈알을 뽑으려는 과정에서 하인에게 살해당하셨습니다.

올버니

글로스터의 눈알이라니?

전령

그분이 데리고 있던 하인 하나가 양심의 가책을 느껴 그 행동에 반대하고 칼끝을 돌려 자기 주인을 찔렀습니다. 이에 격노하신 그분이 그자를 덮쳤고 그 와중에 그자는 죽었습니다. 하지만 그분께서도 치명적인 일격을 당했던지라 뒤따라 사망하신 겁니다.

올버니

이걸 보니 하늘에 계시는 분들이 공평한 판관이시라, 지상에서 벌어지는 범죄들을 신속하게 응징하시는구나! 하지만, 오, 불쌍한 글로스터! 남은 눈도 잃었느냐?

전령

양쪽, 양쪽 모두입니다, 공작님. 마님, 이 편지는 신속한 답장을 요합니다. 동생분이 보내신 것입니다.

거너릴

(방백) 한편으로 차라리 잘됐다. 하지만 과부가 되어 나의 글로스터와 함께 있으니 나의 상상으로 쌓아 올린 건물[30]이 자칫하다 무너져 내 삶을 혐오스럽게 만들 수도 있어.[31] 하지만 달리 보면 그리 나쁜 소식은 아니다. (큰 소리로) 읽어보고 답을 하마. (퇴장)

올버니

글로스터의 눈알이 뽑힐 때 그의 아들은 어디에 있었느냐?

전령

마님과 함께 이곳으로 왔습니다.

올버니
  여기에는 없다.
전령
  아니요, 공작님. 되돌아가는 그분을 다시 만났습니다.
올버니
  이 사악한 사건을 그가 아느냐?
전령
  그럼요, 공작님. 고발을 한 사람이 바로 그였습니다. 그리고 자신은 일부러 집을 비우고 그들이 더 편안하게 징벌을 가하도록 했습니다.
올버니
  글로스터, 왕께 보여 준 그대의 충정에 감사한다. 그대 눈을 위해 복수하는 것이 내가 살아 있는 이유이다. 여보게, 따라오게. 아는 것이 있으면 더 상세하게 말해 주게. (모두 퇴장)

3장[32)

(켄트와 신사 등장)

켄트
프랑스 왕이 무엇 때문에 그리 서둘러 본국으로 돌아갔는지 그 이유를 아시오?

신사
본국에 마무리 짓지 못하고 남겨 두고 온 일이 있는데, 이곳으로 오신 후에 생각이 나셨고, 상당한 위험과 해악을 야기할 수도 있는 일이라 국왕 본인이 반드시 있어야 한다는 요청이 있어 몸소 돌아가시기로 결정하셨습니다.

켄트
군대를 통솔하도록 남아 있는 장수는 누구요?

신사
프랑스의 대장군, 라 파르 원수입니다.

켄트
당신의 편지를 보고 왕비께서 슬퍼하는 표정을 보이십디까?

신사

예, 편지를 받아서 제 앞에서 읽으셨습니다. 이따금 하염없는 눈물이 그 고운 뺨 위로 흘러내렸습니다. 마치 반역도처럼 그분을 지배하는 왕이 되고자 시도하는 슬픔을 여왕의 위엄으로 억누르시는 듯했습니다.

켄트

오, 마음이 움직였군요?

신사

분노는 아니었습니다. 인내와 슬픔이 그분의 참됨을 대변하기 위해 경쟁하였습니다.[33] 햇빛과 빗줄기를 동시에 보는 것과 비슷했는데, 그분의 미소와 눈물은 그보다 더 아름다웠습니다. 도톰한 입술 위를 차지한 행복한 미소는 어떤 손님이 눈을 방문하는지 모르는 듯했고, 눈물은 마치 다이아몬드에서 진주가 떨어지듯 흘러내렸습니다. 간단히 말해, 만약 슬픔이 모든 사람에게 그토록 잘 어울린다면, 슬픔은 가장 사랑받는 보석이 될 겁니다.

켄트

묻는 말은 없으셨소?

신사

사실, 아버지라는 단어를 한두 차례 헐떡이며 내뱉으셨고, 마치 그 단어가 가슴을 누르기라도 하는 듯 흐느끼셨습니다. "언니들! 언니들! 여성의 수치! 언니들! 켄트! 아버지! 언니들! —뭐, 폭풍우 속으로? 한밤중에? 동정심의 존재를 믿을 수 없게 하는구나!" 그러더니 그분은 천상의 두 눈에서 성스러운 물을 떨어뜨리셨고, 울음소리를 적시셨습니다. 그리고 혼자서 슬픔을 달래기 위해 뛰쳐나가셨습니다.

켄트

다름 아닌 저 별들, 하늘 위의 저 별들이 우리의 본성을 결정하지요. 그러지 않고서야 같은 부부가 그토록 다른 자식을 낳았을 리가 없지요. 그 후로 이야기를 나누셨습니까?

신사

아닙니다.

켄트

프랑스 왕이 귀국하기 전에 일어난 일입니까?

신사

아니, 그 이후입니다.

켄트

자, 지금 불쌍하고 고통에 찬 리어 왕께서 이 마을에 계십니다. 이따금 상태가 좋으실 때면 우리가 왜 왔는지 기억하시고, 한사코 따님을 만나지 않겠노라 우기십니다.

신사

왜 그러시는 겁니까?

켄트

군주의 수치심이 옆구리를 찌르는 거죠. 자신의 매정함이 따님에게 제공할 축복을 박탈하여 그녀를 외국에 살게 만들었고, 그녀의 권리는 들개의 심장을 가진 딸들에게 주어버렸으니—이런 일들이 마치 맹독처럼 마음을 괴롭혀 왕을 수치심에 불타게 만들고, 코딜리어와 만나는 것을 꺼리게 만드는 겁니다.

신사

아아, 불쌍하신 분!

켄트

올버니와 콘월의 군대에 대해서는 무슨 소식이 없소?

신사

있습니다. 그들이 출정하였습니다.

켄트

자, 그대를 우리의 주인이신 리어 왕께 데려갈 테니 그분을 돌봐 주시오. 중대한 사유가 있어서 한동안 나의 신분을 감추어야 합니다. 후일 내가 누군지 밝혀지면, 나와 알게 된 것을 후회하지 않을 겁니다. 자, 그러니 나와 함께 갑시다.

(두 사람 퇴장)

4장[34]

(북과 깃발을 앞세우고 코딜리어, 의사, 병사들 등장)

코딜리어

아, 그분이시다! 방금 전에 만난 사람의 말로는 혼돈에 빠진 바다처럼 미쳐 악을 쓰며 노래하고, 왕관을 대신해서 썩은 현호색과 도랑 잡초, 하독스, 헴록, 쐐기풀, 황새냉이, 독보리,[35] 그리고 곡식 사이에서 자라는 모든 쓸모없는 잡초들을 머리에 쓰고 계셨다 한다. (병사들에게) 백 명을 풀어라.[36] 잡초 무성한 들판의 구석구석을 뒤져서 그분을 내 눈앞으로 모셔 와라.

(병사들 퇴장)

(의사에게) 인간의 지혜로 그분의 손상된 감각을 치료할 수 있을까? 그분을 도와주는 자에게 내 재산을 다 주겠다.

의사

방법이 있습니다, 왕비마마. 우리를 키워주고 돌봐 주는 것은 휴식입니다. 그분은 그게 부족합니다. 그분을 자극하여 효과를 볼 수 있는 약초가 많습니다. 그 약효가 불안한 눈을 잠재 울 겁니다.

코딜리어

온갖 비밀스러운 축복들아, 아직 알려지지 않은 대지의 미덕 들아, 나의 눈물을 받아먹고 솟아라! 선한 사람의 고통을 도와 주고 치유해 다오. 찾아라, 가서 그분을 찾아라. 걷잡을 수 없 는 분노로 인해 지탱할 수단조차 없는 자신의 목숨을 행여 끊 는 일이 없도록 해라.

(전령 등장)

전령

소식이 있습니다, 왕비마마. 영국 군대가 이쪽으로 진격해 오 고 있습니다.

코딜리어

이미 알고 있다. 우리 병사들이 진을 치고 그들을 기다리고 있 다. 오, 사랑하는 아버지, 제가 하려는 일은 아버지의 일입니 다.[37] 그렇기에 위대한 프랑스 왕께서 비탄에 빠져 간청하는 내 눈물을 측은히 여기셨습니다. 야심에 부풀어 우리의 군대 를 일으킨 것이 아닙니다. 사랑, 소중한 사랑과 연로하신 아버 지의 권리 때문입니다. 한시바삐 그분을 만나 목소리를 들을 수 있으면! (모두 퇴장)

5장[38]

(리건과 오스왈드 등장)[39]

리건
형부의 군대가 출정을 하였느냐?
오스왈드
예, 마님.
리건
본인이 직접 나섰느냐?
오스왈드
소동이 있었습니다.[40] 언니분이 공작보다 더 나은 군인입니다.
리건
에드먼드 경이 그 집에서 네 주인과 말을 나누지 않았느냐?
오스왈드
아닙니다, 마님.

리건

언니가 그에게 보내는 편지에 무슨 내용이 들었을까?

오스왈드

저는 잘 모릅니다, 마님.

리건

사실 그분은 중요한 문제로 급히 떠나셨다. 눈알을 뽑아놓고도 글로스터를 살려 두었던 것은 큰 실수였어. 그가 가는 곳마다 사람들의 마음을 움직여 우리와 맞서게 만들고 있다. 내 생각에, 에드먼드가 간 목적은 그의 비참함을 동정하여 깜깜한 그의 생을 끝내주려는 것이다.―더불어 상대편의 군세도 파악할 겸.[41]

오스왈드

편지를 들고 그를 뒤따라가겠습니다, 마님.

리건

우리 군대가 내일 출발한다. 우리와 함께 있어라. 가는 길이 위험하다.

오스왈드

그럴 수는 없습니다, 마님. 제 주인마님께서 이 일에 대해 엄명을 내리셨습니다.

리건

언니가 왜 에드먼드에게 편지를 써? 그녀의 뜻을 네가 말로 전할 수는 없었나? 추측하건대―뭔가 있어.―뭔지는 모르겠지만.―너를 총애하겠다.―그 편지를 열어보자.

오스왈드

마님, 그렇게는……

리건

네 주인마님이 남편을 사랑하지 않는다는 것을 내가 잘 알지. 확신해. 얼마 전 이곳에 들렀을 때에도 에드먼드 경에게 아주 이상야릇한 눈길을 보내면서 의미심장한 표정을 지었지. 네가 언니의 심복인 거 잘 안다.

오스왈드

제가요, 마님?

리건

알고서 하는 말이다. 네가 그렇다는 걸 알고 있어. 그러니 내가 하는 충고를 잘 새겨들어라. 내 남편은 죽었다. 에드먼드와 이미 이야기를 해뒀어. 그러니 그분의 손을 잡는 것은 네 주인마님이 아니라 내가 될 거다.[42] 그다음은 알아서 생각할 수 있겠지. 그를 찾아내거든 이것[43]도 전해 드려라. 네 주인마님이 이 내용을 전해 듣게 되었을 때 제발 정신을 차렸으면 좋겠다. 자, 잘 가거라. 우연히 그 눈먼 반역자 소식을 들으면 그자의 목을 자르고 높은 자리로 올라갈 생각을 해라.

오스왈드

만나기만 한다면, 마님! 제가 추종하는 사람이 누구인지 확실히 보여 드리겠습니다.

리건

조심히 가거라. (모두 퇴장)

6장[44]

(글로스터와 농부의 옷[45]을 입은 에드거 등장)

글로스터
 언제쯤 그 언덕의 정상에 이를 수 있겠니?
에드거
 지금 올라가고 있습니다. 이렇게 힘들게 가고 있잖아요.
글로스터
 내 생각으로는 평지 같은데.
에드거
 엄청 가파릅니다. 들어보세요, 바닷소리가 들리세요?
글로스터
 아니, 솔직히 안 들린다.
에드거
 아마 눈에 통증이 심하다 보니 다른 감각 기관에도 결함이 생 겼나 봅니다.

글로스터

정말로 그런가 봐. 내 생각으로는 네 목소리가 변한 것 같다. 예전보다 조리 있고 그럴듯한 말을 하고 있거든.

에드거

잘못 아셨어요. 옷차림 말고는 변한 것이 아무것도 없어요.

글로스터

내 생각으로는 네 말이 더 멋있게 들리는데.

에드거[46]

자, 바로 여깁니다. 가만히 서 있으세요! 저 아래를 내려다보면 얼마나 무섭고 아찔한지! 중간쯤에서 날갯짓을 하는 까마귀와 갈까마귀가 딱정벌레만 한 크기로 보여요. 절벽 절반쯤 아래로 미나리 따는 사람이 매달려 있어요.—위험한 직업이죠! 내 생각으로는 사람이 머리보다 더 작게 보여요. 해변을 걷는 어부들이 생쥐처럼 보이고요, 저 멀리 정박하고 있는 커다란 선박은 조각배만큼 작아졌어요. 조각배는 마치 부표처럼 너무 작아 눈에 띄지도 않아요. 수많은 조약돌과 맞부딪치며 생기는 파도의 중얼거리는 소리는 이렇게 높은 곳까지 들리지 않아요. 더 이상 안 볼래요. 자칫 빙빙 도는 머리와 흐릿한 시력 때문에 거꾸로 곤두박질하기는 싫어요.

글로스터

네가 선 곳에 나를 세워다오.

에드거

손을 제게 주세요. 이제 제일 끝 가장자리까지 한 걸음입니다. 달 아래 존재하는 모든 것을 준대도 나는 뛰어내리지 않을 겁니다.

글로스터

내 손을 놓아다오. 친구, 여기 지갑이 하나 더 있다. 그 안에 보석이 들었는데, 가난한 사람에게는 한몫을 할 거야. 그걸로 번창하도록 요정들과 신들이 도울 거다! 저쪽으로 가거라. 작별 인사를 해라. 멀어져 가는 기척을 들어야겠다.

에드거

자, 그럼, 안녕히 계세요, 나리.

글로스터

진심으로 고맙다.

에드거

(방백) 아버지의 절망을 이렇게 우롱하는 것은 그것을 치유하기 위한 것이다.

글로스터

(무릎을 꿇고) 오, 그대 위대한 신들이여! 이 세상을 저는 포기합니다. 그대들이 보는 앞에서 커다란 나의 고통을 조용히 떨쳐 버리고자 합니다. 비록 더 오래 참고 견디고, 거역할 수 없는 당신들의 위대한 의지에 순응한다 하더라도, 그을린 양초 심지처럼 혐오스러운 내 존재가 스스로를 태울 겁니다. 에드거가 살아 있다면, 그에게 복을 주소서! 자, 잘 가게, 친구.

에드거

갑니다, 나리. 안녕히 계세요.

(글로스터가 몸을 앞으로 던진다.)

하지만 삶이 스스로 강탈되기를 원한다면 상상만으로도 소중한 목숨을 잃어버릴 수 있지 않을까 걱정스럽다. 아버지가 당신이 생각하던 바로 그곳에 계셨다면,[47] 생각하는 것조차 이제 과거가 되었을 것이다.—죽었소, 살았소? 호, 여보쇼! 친구! 내 말 들려요? 말 좀 해봐요!—정말로 돌아가셨을지도 몰라. 아니, 다시 살아나셨다.—도대체 어떤 분이오?

글로스터

꺼져라, 죽게 내버려 둬라.

에드거

당신이 거미줄, 깃털, 공기라 해도 천 길 낭떠러지에서 거꾸로 떨어졌으니 계란처럼 산산조각이 나야 할 텐데. 숨도 쉬고, 피도 안 나고, 말도 할 정도로 말짱하군요. 당신이 방금 수직으로 추락하였던 곳은 돛대 열 개를 합한 것보다 높아요. 당신 목숨은 기적이에요. 다시 말해 봐요.

글로스터

아니, 내가 떨어진 것이오, 아니오?

에드거

회백색 절벽의 무시무시한 꼭대기에서 떨어지셨소. 저 위를 올려다봐요. 날카로운 목소리의 종달새가 저 멀리서 울어도 들리지도 보이지도 않아요. 올려다봐요.

글로스터

안타깝게도, 나는 눈이 없소. 비참한 인간은 스스로 목숨을 끊을 혜택도 못 받는단 말이오? 비참한 처지에 빠졌어도 폭군의 분노를 농락하고 그의 오만한 뜻을 좌절시키는 것이[48] 그나마 위로가 되었는데.

에드거

당신 팔을 줘요. 자, 일어서시고. 어때요? 다리는 괜찮아요? 섰군요.

글로스터

너무 쉽구나, 너무 쉬워.

에드거

이렇게 신기한 일이 있나. 절벽 꼭대기에서 당신과 헤어진 것은 도대체 무엇이었나요?

글로스터

불쌍하고 가여운 거지였소.

에드거

여기 아래에서 보았는데, 내 생각에 그자의 두 눈은 두 개의 보름달 같았어요. 천 개의 코가 달렸고, 일렁이는 바다처럼 비틀리고 굽이치는 뿔들이 달렸어요. 대단한 악마였어요. 그러니, 행복한 어르신, 불가능한 것을 이루어서 인간의 존경을 받아온 무결점의 신들께서 당신을 구했다고 생각하세요.

글로스터

이제 기억이 난다. 앞으로는 고통을 참아보겠소. 그것이 "그만, 그만."이라고 소리치다가 사라질 때까지. 당신이 이야기한 그 녀석을 나는 사람으로 착각했소. 그자가 가끔 "악마, 악마."라고 말했고, 나를 그 장소로 인도하였소.

에드거

자유롭고 편안하게 생각하세요.

(야생화로 장식한 리어가 미치광이가 되어 등장)

그런데 저기 누가 오는 거지? 정신이 제대로라면 자신의 몸뚱이를 저렇게 치장하지는 않을 텐데.

리어

아니, 내가 동전을 찍었다고 날 건드릴 수는 없지. 내가 바로 왕이니까.

에드거

오, 가슴이 찢어질 것 같은 광경이다!

리어

그 점에서 자연이 기술을 능가한다.[49] 자, 징집을 피할 수 있는 돈이다.—저자는 활을 다루는 게 마치 허수아비 같아.[50]—활을 끝까지 당겨봐.—봐, 잘 봐, 생쥐야!—쉬, 쉿, 구운 치즈 조각 하나면 충분해.—내 장갑을 받아라. 거인과 결투하더라도 나는 이걸 증명하겠다.[51]—갈색 긴 창을 가지고 와라.—오, 잘 나는구나, 독수리야![52] 명중이야, 명중! 휴우!—암호를 대라.

에드거

향기로운 마저럼![53]

리어

통과.

글로스터

아는 목소리구나. (무릎을 꿇는다.)

리어

하! 흰 수염이 달린 거너릴![54] 그들은 나에게 개처럼 아첨을 떨었어.[55] 그러고는 내 턱에 검은 수염이 나기도 전에 흰 수염이 났다고 말했지. 내가 무슨 말을 하든지 그저 "예"와 "아니요"만 말하며 내 뜻에 동의하다니! "예"와 "아니요"도 좋은 신학은 못 돼. 비가 내려 나를 적셨을 때, 바람이 불어 내가 덜덜 떨었을 때, 내 명령에도 천둥이 멈추지 않았을 때, 내가 그들을 파악했지. 거기에서 내가 그들의 냄새를 맡아버린 거야. 그러니 그자들의 말은 믿을 수 없어. 그들은 내가 모든 것이라고 말했지만, 거짓말이야. 나는 오한조차 못 견디는걸.

글로스터

특징 있는 저 목소리를 너무나도 잘 기억해. 폐하가 아니신가요?

리어

그래, 어디를 봐도 왕이다. 내가 노려보면 백성이 떠는 것이 보이지. 그자의 목숨을 살려 준다. 죄목이 뭐냐? 간음이냐? 살려 주마. 간음 때문에 죽는다고? 안 되지. 굴뚝새도 그 짓을 하고, 작은 똥파리도 내 눈앞에서 음탕한 짓을 한다. 맘껏 성교하게 하라. 글로스터의 서자가 적법한 결혼으로 태어난 내 딸들보다 아버지에게 더 다정하였다. 계속해, 음탕하고 난잡하게. 나는 병사가 부족하니까. 억지로 웃는 저 여인을 봐라. 다리 사이로 보이는 그녀 얼굴이 눈 내릴 것을 예고하잖아. 점잔 빼며 미덕을 말하고, 쾌락의 이름을 들으면 머리를 흔들어대거든. 족제비[56]도 살 오른 말[57]도 더 격렬한 욕정으로 그 짓을 하지는 않는다. 그들은 허리 아래로는 켄타우로스고[58] 위로는 여자의 몸을 하고 있어. 허리까지만 신들이 다스리고 그 밑으로는 악마의 소유물이다.—거기에 지옥이 있고, 암흑이 있고, 유황 불구덩이가 있다.—불타고, 화상을 입히고, 악취가 나고, 소진되는 거다! 제기랄, 퉤, 퉤, 쳇, 쳇! 나에게 사향을 조금만 다오. 착한 약제사여, 내 상상력을 향긋하게 해 다오. 너에게 돈을 주마. (꽃을 건넨다.)

글로스터

오, 그 손에 키스하게 해 주소서!

리어

먼저 손을 닦아야 하오. 죽음의 냄새가 나거든.

글로스터

오, 파멸된 자연의 걸작이여! 이 위대한 세계[59]가 닳고 닳아서 결국 아무것도 아닌 것이 되고 말 거다. 저를 아시겠습니까?

리어

    네 눈동자를 잘 기억하고 있다. 나를 흘겨보느냐? 아니, 무슨 짓이라도 해라, 눈먼 큐피드여. 그래도 나는 사랑하지 않을 거다. 내 도전장을 잘 읽어봐.[60] 글씨체를 잘 보라고.

글로스터

    당신의 글자가 태양처럼 빛나도 저는 볼 수가 없습니다.

에드거

    (방백) 이것을 전해 들었다면 믿지 않았겠지. 하지만 사실이다. 이 광경이 내 가슴을 찢어놓는구나.

리어

    읽어라.

글로스터

    아니, 구멍만 남은 눈으로 말입니까?

리어

    오, 호, 그런 뜻이었어? 머리에는 눈이 없고, 지갑에는 돈이 없다고? 네 눈은 심각한 처지, 네 지갑은 가벼운 처지로구나. 하지만 너는 이 세상이 돌아가는 형국을 잘 알지.

글로스터

    저는 느낌으로 봅니다.[61]

리어

    아니, 미쳤구나![62] 이 세상이 어떻게 돌아가는지는 눈이 없어도 볼 수 있다. 네 눈으로 보아라. 저기 저 재판관이 저 좀도둑에게 호통치는 것을 보아라. 네 귀로 잘 들어라.—자리를 얼렁뚱땅 바꾸는 거다. 그러면 누가 재판관이고 누가 도둑이더냐?[63] 농부의 개가 거지에게 짖어대는 것을 본 적이 있느냐?

글로스터

예, 폐하.

리어

그 버러지 같은 인간[64]이 개한테 쫓겨 달아나는 것도? 거기에서 너는 권위의 위대한 이미지를 볼 수 있었을 거야. 관직이 있는 개한테는 복종하는 거지.[65] 악독한 포졸 놈아, 피 묻은 손[66]을 멈추어라. 그 창녀를 왜 매질하느냐? 네놈 등을 쳐야지. 그녀가 매질당하는 것과 같은 본성으로 네놈 역시 그녀를 향해 욕정을 불태우지 않았더냐? 사채업자가 사기꾼의 목을 매단다.[67] 넝마 옷 사이로 보이는 악행은 크게 보이는 법이지만, 법복과 털외투는 그 모든 것을 감춰주지. 죄에 황금 칠을 하면 강력한 정의의 창도 상처 하나 못 입히고 부러지는 것이다. 누더기로 무장하면, 난쟁이의 지푸라기도 꿰뚫을 수 있다.[68] 아무도 죄짓지 않았다. 아무도 없다, 없어. 내가 윤허한다. 이것을 받아라, 친구, (꽃을 주며) 네게는 고소인들의 입을 막을 힘이 있도다.[69] 너도 안경을 구해 보아라. 야비한 정치가들이 그러듯, 보지도 못하는 것들을 보는 것처럼 행동해야지. 자, 지금, 자, 자! 내 장화를 벗겨 다오. 더 세게, 더 세게—그렇지.[70]

에드거

오호, 이치에 맞는 것과 그렇지 않은 것이 뒤죽박죽 섞여 있구나. 광기 속에 이성이 있어!

리어

나의 불행을 위해 울어준다면, 내 눈을 가져라. 너를 잘 안다. 네 이름은 글로스터다. 참아야만 한다. 우리는 울면서 여기까지 왔다. 처음 세상의 공기를 마시면서 우리가 앙앙 울어대며 온 것을 너도 알지 않더냐. 내가 설교를 하마, 잘 봐라.

(머리 위의 화관을 벗는다.)

글로스터

슬프구나, 슬픈 날이다!

리어

우리가 태어나면 이 거대한 바보들의 무대로 나왔다고 울어대는 거다. 이거 괜찮은 모자구나.[71] 고급 안감으로 기병 부대의 편자를 만들어준다면 기가 막힌 작전이 될 텐데. 시험을 해봐야겠어. 그래서 내 사위 놈들을 몰래 습격하고, 그리고 죽이는 거다, 죽여, 죽여, 죽여, 죽여, 죽여!
(손에 든 화관을 집어 던지고 발로 짓밟는다.)

(신사와 두 명의 시종 등장. 글로스터와 에드거는 뒤로 물러선다.)

신사

아, 여기 계시는군요. 꼭 붙잡아라.—폐하, 폐하의 귀하신 따님이…….

리어

구조는 없고? 뭐, 포로라고? 심지어 나는 운명의 노리개로 태어났다. 잘 봐다오. 몸값을 받을 테니까. 의사를 불러다오. 머릿속까지 갈라졌다.[72]

신사

뭐든 다 해드리겠습니다.

리어

보조하는 사람은 없나? 나 혼자란 말이냐? 아니, 사람을 소금 인간[73]으로 만들려는 거구나. 내 눈을 정원에 뿌릴 물그릇으로 사용해서, 가을 먼지를 잠재우려는 거야. 말쑥한 새신랑처럼 용감하게 죽을 테다. 그렇다! 나는 쾌활하게 굴겠다. 자, 자, 나는 왕이다. 제군들, 그걸 아는가?

신사

당신은 군주이시며, 저희는 당신께 복종합니다.

리어

그렇다면 아직 희망은 있구나.[74] 자, 잡을 테면 잡아봐라, 나는 뛰어갈 테니까. 자, 자, 자.

(뛰어서 퇴장. 시종들이 그를 쫓아 나간다.)

신사

아주 비천한 인간이라도 동정심을 일으키는 모습일 텐데, 국왕의 처지가 이 지경이니 말문마저 막히는구나.—그래도 딸 하나가 두 사람[75]이 일으킨 온 세상의 저주를 자연으로부터 거두어줄 겁니다.

에드거

(앞으로 나서며) 여보시오, 신사 양반.

신사

당신에게 복이 있기를! 그런데 용건이 뭐요?

에드거

앞으로 벌어질 전투에 대해 아는 바가 있습니까?

신사

다들 아는 뻔한 내용이오. 소리만 분간할 수 있어도 누구든 이해하는 것이오.

에드거

미안하지만, 저쪽 군대가 얼마나 가까이 있습니까?

신사

가까이 있고, 신속히 이동 중이오. 주력 부대가 눈에 들어오는 것은 거의 시간문제요.

에드거

고맙습니다. 그게 다입니다.

신사

특별한 까닭으로 왕비가 이곳에 머물렀지만, 그녀의 군대는 이미 이동하였소.

에드거

고맙습니다.

(신사 퇴장)

글로스터

(앞으로 나서며) 언제나 자비로운 신들이여, 제 숨을 거두어주소서. 나쁜 생각을 품어서, 당신들이 허락하기도 전에 자살의 유혹에 빠지지 않게 하소서.

에드거

기도를 잘하셨습니다, 어르신.

글로스터

여보시오, 당신은 누구요?

에드거

운명의 풍파에 길들여진 아주 불쌍한 사람으로, 이미 알려진 슬픔과 나 자신이 겪은 슬픔에서 얻은 기술 덕분에 동정심을 쉽게 느끼는 사람입니다. 제게 손을 주세요. 어디 쉴 만한 곳으로 안내하겠습니다.

글로스터

진심으로 감사하오. 하늘의 보상과 축복이 듬뿍 내리시길, 듬뿍!

(오스왈드 등장)

오스왈드

상금이 붙은 수배자다! 정말 운수 대통이다! 네놈의 눈알 빠진 머리는 처음부터 나에게 행운을 주기 위해 예정된 것이었다. 이 늙고 불행한 역적, 기도를 짧게 해라. 네놈을 끝장낼 칼은 이미 뽑혔다.

글로스터

당신의 친절한 손에 그 일을 수행할 힘이 충분히 있으면 좋겠소.

(에드거가 끼어든다.)

오스왈드

이런, 겁 없는 촌놈이,[76] 반역자로 공표된 놈을 감히 감싸고도 느냐? 썩 꺼져라, 저자의 운명이 너에게 옮겨 붙어 너 역시 저 꼴이 나고 싶지 않다면! 그자의 팔을 놔라!

에드거

내는 못 놓겠구먼, 다른 특별한 이유도 없으니께.[77]

오스왈드

놔라, 이 노예 놈아, 안 그러면 죽여 버리겠다!

에드거

신사 양반, 가던 길이나 가고, 불쌍한 사람들은 그냥 지나가게 해 주슈. 그렇게 겁준다고 졸았을 거였음, 보름도 못 살았을 거유. 아니, 이 노친네 근처엔 오지도 마슈. 경고하는디, 떨어지슈. 아니면 당신 대갈통이 센지 내 작대기가 센지 보게 될 테니께. 분명히 말했시유.

리어 왕 265

오스왈드

꺼져라, 이 더러운 놈아!

에드거

이빨을 뽑아놓을텨. 붙으서, 찔러볼라믄 찔러봐.

(둘이 싸운다.)

오스왈드

상놈아, 네가 날 죽이는구나. 나쁜 놈, 내 지갑이다. 앞으로 잘 살고 싶거든, 나를 묻어다오. 그리고 내 몸에서 발견되는 편지들[78]을 글로스터 백작 에드먼드에게 전해 다오. 영국 군대 쪽에서 그분을 찾아라. 오, 이렇게 때아닌 죽음을 맞다니!—죽음을……. (죽는다.)

에드거

네놈을 잘 안다. 시키는 것은 뭐든 하는 악당이다. 네 안주인의 악덕에 매우 순종적이라서 사악한 짓은 뭐든지 하였지.

글로스터

아니, 그자가 죽었는가?

에드거

앉으세요, 어르신. 편히 쉬세요.—주머니를 뒤져보자. 이자가 말한 편지들이 내게 큰 도움이 될 수도 있다. 죽었구나. 죽음을 지켜봐 줄 사람이 나밖에 없으니 유감이구나. 어디 보자. 미안하지만, 봉인을 뜯자. 예의를 차릴 때가 아니다. 적의 마음을 알기 위해서는 그들의 심장도 찢어놓을 수 있다. 편지 정도야 합법적이다.

(편지를 읽는다.)

우리가 주고받은 맹세를 기억합시다. 그를 해치울 기회는 아주 많습니다. 만일 당신의 의지만 확고하다면, 시간과 장소는 충분히 있을 겁니다. 그가 전쟁에서 승리해 돌아오면 만사 헛수고입니다. 그러면 나는 그자의 포로이고, 그와 함께하는 잠자리는 나의 감옥입니다. 그 역겨운 온기로부터 나를 구해 주세요. 그 대가로 그자의 자리를 차지하세요.

    당신의—아내, 그렇게 부르고 싶어요.—사랑스러운 종,
                                            거너릴

여자의 욕심이란 끝도 없구나! 덕망 있는 남편의 목숨을 노리고, 그 대신 내 동생을 바라다니! 여기 이 모래밭을 파서 살인을 일삼는 호색가들의 부정한 전령인 너를 묻어주마. 때가 무르익으면 이 치욕스러운 편지를 이용해 목숨이 위태로운 공작의 눈을 뜨게 하겠다. 네놈의 죽음과 이 음모를 전해 드릴 수 있는 것이 공작께는 다행이다.

글로스터

왕께서는 미치셨다. 내 천한 감각은 얼마나 무디기에, 이렇게 서서 내 거대한 슬픔을 솔직하게 느낄 수 있단 말인가! 나도 혼이 나갔으면 좋겠다. 그래서 내 생각이 나의 슬픔과 분리되고, 미쳐버린 상상력 덕분에 비탄조차 길을 잃어, 자신을 못 알아보면 좋겠다.

(멀리서 북소리)

에드거

제게 손을 주세요. 멀리서 북소리가 들리는 것 같습니다. 자, 어르신, 제 친구와 머물도록 해 드리겠습니다. (모두 퇴장)

7장[79]

(코딜리어, 켄트, 의사 등장)

코딜리어

오, 선한 켄트 백작, 그대가 보여 준 선의에 버금가려면 어떻게 살고 행동해야 할까요? 한평생으로도 모자라고, 아무리 노력해도 못 미칠 겁니다.

켄트

마마, 알아주시는 것만으로도 넘치도록 보상받았습니다. 제가 말씀드린 것은 모두 꾸밈없는 사실인지라, 과장하거나 줄인 바 없는 그대로입니다.

코딜리어

옷을 바꿔 입으세요.[80] 입고 계신 넝마들은 힘들었던 지난날을 상기시킵니다. 제발 벗어버리세요.

켄트

죄송합니다, 마마, 신분이 알려지면 저의 계획에 차질이 생깁니다. 부탁드리옵니다만, 제 생각에 적절한 시기가 될 때까지 마마는 모르시는 걸로 해주십시오.

코딜리어

그럼 그렇게 하세요, 켄트 백작. (의사에게) 폐하께서는 어떠신가요?

의사

마마, 아직 주무십니다.

코딜리어

오, 자비로운 신들이시여, 학대당하신 그분의 본성에 남겨진 상처를 치유해 주소서. 오, 아이처럼 변한 아버지, 그분의 가락을 놓치고 삐걱거리는 감각 기관을 단단히 감아 조율해 주소서.[81]

의사

마마, 원하신다면 폐하를 깨워 드릴 수 있습니다. 오래 주무셨습니다.

코딜리어

당신의 지시에 따를 테니, 원하는 바대로 진행하세요. 옷은 갖춰 입으셨나요?

의사

예, 마마. 깊이 잠드셨을 때 새 옷을 입혀 드렸습니다.

(신사가 앞장서고, 하인들이 운반하는 의자에 앉은 리어 등장. 리어를 보고 모두 무릎을 꿇는다.)

신사

마마, 저희가 폐하를 깨울 때 곁에 계십시오. 차분해지셨으리라 확신합니다.

코딜리어

  알겠다.

(무대 밖에서 들려오는 음악 소리[82])

의사

  좀 더 가까이 오십시오.—음악 소리를 더 크게 하여라.

코딜리어

  (의자 옆에 무릎을 꿇고 리어의 손에 키스를 하며) 오, 사랑하는 아버지! 회복의 약 기운이 내 입술에 실려 있어, 저의 이 키스가 두 언니들이 아버지의 위엄에 입힌 폭력적인 해악을 모두 치유하게 하소서.

켄트

  다정하고 사랑스러운 공주님!

코딜리어

  자기들의 아버지가 아니었다 해도, 휘날리는 백발이 그들의 동정심을 일으켰을 텐데. 이 얼굴로 사나운 비바람을 마주하셨다는 말입니까? 두려움을 일으키는 암울한 천둥소리에 맞서면서? 가장 무시무시하고 빠르게 교차하는 번개가 내리치는 속에서? 이렇게 몇 올 남지 않은 맨머리로 불쌍한 척후병처럼 경계를 섰나요? 그런 험한 밤에는 나를 물었던 적의 개라 할지라도 따뜻한 난롯가에 두었을 겁니다. 불쌍한 아버지, 당신께서는 돼지들과 부랑자들과 일행이 되어 썩은 지푸라기를 덮고 오두막에서 쓸쓸히 지내셨군요. 아, 슬프다, 슬퍼! 당신의 목숨과 정신이 끝장나 버리지 않은 것이 오히려 기적입니다.—깨어나신다! 말을 걸어보아라.[83]

의사

　마마, 직접 해보십시오. 그게 가장 적절합니다.

코딜리어

　국왕 폐하, 어떠십니까? 괜찮으십니까, 폐하?

리어

　나를 무덤에서 끌어내 욕보이려 하는구려.[84] 당신은 축복받은 영혼이오. 나는 불타는 수레에 묶여 있고 내 눈물은 뜨거운 납처럼 내 살을 태운다오.

코딜리어

　저를 아십니까?

리어

　당신은 유령이오, 내가 알아. 어디에서 죽은 거요?

코딜리어

　아직도, 아직까지도 한참 멀었구나.

의사

　아직 비몽사몽이십니다. 잠시 혼자 계시게 하시지요.

리어

　내가 어디에 있었지? 여기는 어딘가? 벌건 대낮이네? 나는 아주 몹쓸 짓을 당했어. 그런 일을 또 당하면 나는 불쌍하게 죽을 거야. 무슨 말을 해야 하지. 이것이 내 손이라 확신할 수도 없구나. 자, 보자. 핀으로 찌르는 것은 느끼겠다. 내 상태에 대해 알고 싶구나.

코딜리어

　오, 저를 바라보세요. 손을 들어 제 머리 위에 축복을 내려주세요.

　(리어가 무릎을 꿇는다.)

아니, 무릎을 꿇으시면 안 됩니다.

리어

제발, 나를 비웃지 마시오. 나는 아주 어리석고 실없는 늙은이라오. 더도 말고 덜도 말고 여든 살을 먹었소. 그리고 솔직히 말하자면, 내가 온전한 정신이 아닌 게 두렵소. 내 생각에는 당신과 이 사람을 알아봐야 하는데, 그게 의심스럽소. 무엇보다 여기가 어딘지 모르겠으니까. 아무리 머리를 굴려도 이 옷들을 기억할 수가 없소. 게다가 어젯밤에 어디에 머물렀는지 모르겠소. 비웃지 마시오. 내가 사람이라면, 이 여인은 내 아이 코딜리어인 것만 같소.

코딜리어

(울면서) 예, 접니다, 바로 저예요.

리어

눈물에 젖었느냐?[85] 진짜구나! 제발, 울지 마라. 네가 독약을 준다면 그것을 기꺼이 마시겠다. 나를 사랑하지 않는 것을 안다. 네 언니들은, 내가 똑똑히 기억하는데, 나에게 험한 짓을 했다. 너야 그럴 까닭이 있지만, 그들에겐 없다.

코딜리어

없지요, 없지요.

리어

여기는 프랑스 땅이냐?

코딜리어

폐하의 왕국입니다.

리어

나를 속이지 마라.

의사

걱정하지 마십시오, 마마. 그 엄청난 분노는 보시다시피 사라졌습니다. 하지만 아직까지는 잃어버린 시간을 돌이키게 만드는 것은 위험합니다. 안으로 들어가시도록 청하십시오. 차분해지실 때까지 성가시게 하지 마십시오.

코딜리어

폐하, 걸어보시겠습니까?

리어

나를 붙잡아 줘야 한다.[86)] 부탁하건대, 잊어버리고 용서해 다오. 나는 늙었고 어리석어. (켄트와 신사를 제외하고 모두 퇴장)

신사

콘월 공작이 살해되었다는 것이 사실입니까?

켄트

아주 확실합니다.

신사

누가 그의 병사들을 지휘하지요?

켄트

들리는 말로는 글로스터의 서자라는군요.

신사

사람들 말로는 글로스터의 추방당한 아들인 에드거가 켄트 백작과 함께 독일에 머물고 있다던데요.

켄트

소문은 바뀔 수 있지요. 지금은 조심해야 할 시기요. 왕국의 군대가 빠르게 다가오고 있소.

신사

이 분쟁은 피를 부를 것 같군요. 안녕히 계십시오. (퇴장)

켄트
내 삶의 목적과 그 판결이 완결될 것이다. 잘되거나 망하거나, 오늘의 전투로 판가름 나겠지. (퇴장)

5막

1장[1]

(북과 깃발을 앞세우고 에드먼드, 리건, 신사들, 병사들 등장)

에드먼드

(신사에게) 공작께 가서 지난번 계획을 그대로 유지하실 것인지[2] 아니면 방침을 바꾸도록 조언을 따르셨는지 알아보아라. (리건에게) 그는 마음을 자주 바꾸고 자책도 심합니다. (신사에게) 결정된 뜻을 받아 와라.

(신사 퇴장)

리건

언니의 남편에게 무슨 일이 생긴 것이 분명합니다.

에드먼드

그게 걱정입니다, 부인.

리건

자, 백작님, 내가 당신에게 호의를 가지고 있는 것을 아시지요. 솔직히 말씀해 주세요.―그리고 진실을 말해 주세요.―내 언니를 사랑하시죠?

에드먼드

  명예로운 방식으로 그렇지요.

리건

  하지만 오직 형부에게만 허락된 금지된 지점까지 결코 간 적이 없으신가요?

에드먼드

  잘못된 생각입니다.

리건

  당신이 언니와 가슴을 맞대고,[3] 이제 그녀의 것이라 부를 정도는 아닌지 걱정스럽습니다.

에드먼드

  아닙니다, 제 명예를 걸고 말씀드립니다, 부인.

리건

  언니를 결코 가만두지 않을 거예요. 사랑하는 백작, 그녀를 가까이하지 마세요.

에드먼드

  걱정하지 마십시오. 그녀와 그녀의 남편 공작이 오는군요.

(북과 깃발을 앞세우고 올버니, 거너릴, 병사들 등장)

거너릴

  (방백) 동생이 그와 나 사이를 갈라놓게 하느니 전투에서 지는 게 나아.

올버니

  사랑하는 처제, 잘 만났소. 백작, 내가 듣기로는 왕께서 딸에게 가셨다 하오. 우리의 가혹한 통치를 원망하는 자들과 더불어 말이오. 나는 떳떳할 수 없는 곳에서 용감했던 적이 없소. 이번 일은 프랑스가 우리 영토를 침범하는 문제이지 왕과 그 일행을 부추겨 일을 감행하게 만드는 그런 상황은 아니오. 그들은 사실 정당하고 심각한 명분이 있으니까.

에드먼드
고상한 말씀이십니다.

리건
왜 그걸 따지죠?[4]

거너릴
적에 맞서 힘을 합칩시다. 이런 사소한 집안싸움은 지금 중요하지 않아요.

올버니
자, 우리의 노련한 장수들과 함께 우리의 진격 방법을 결정합시다.

에드먼드
곧장 공작님 막사로 가겠습니다.

리건
언니, 우리와 함께 가실 거죠?

거너릴
아니.

리건
그게 좋아요. 같이 가요, 언니.

거너릴
(방백) 오, 호, 꿍꿍이를 알겠다.[5] (큰 소리로) 나도 가겠소.
(양측 군대 퇴장. 올버니가 나가려는데 에드거 등장)

리어 왕 279

에드거

이렇게 천한 사람과 이야기를 나누실 의향이 있으시다면 한 마디만 들어주세요.

올버니

(장교들에게) 곧 뒤따라가겠다. (에드거에게) 말해라.

에드거

전투를 시작하기 전에 이 편지[9]를 열어보세요. 승리를 하시면, 나팔을 불어 편지를 가져온 자를 찾아주십시오. 제가 비록 초라해 보이지만 여기에 적힌 내용을 증명할 만한 용사를 내놓겠습니다. 만약 패하신다면, 공작님의 세상사도 그렇게 끝이 나는 것이라 음모도 끝나겠지요. 운명이 공작님을 사랑하길 빕니다.

올버니

편지를 읽을 때까지 기다려라.

에드거

금지된 일입니다. 적절한 때가 오면 사자를 시켜 찾으십시오. 그러면 다시 나타나겠습니다. (퇴장)

올버니

그럼, 잘 가라. 너의 편지를 읽어보마.

(에드먼드 등장)

에드먼드

적이 보입니다. 부대를 정렬하십시오. 적의 병력과 세력을 세심하게 정찰한 내용이 여기에 있습니다. 하지만 지금은 공작께서 서둘러주셔야 할 때입니다.

올버니

    기꺼이 준비하겠네. (퇴장)

에드먼드

    두 자매 모두에게 사랑을 맹세하였다. 마치 독사에 물린 자들처럼 서로를 질투하지. 어느 쪽을 택해야 할까? 둘 다? 하나만? 다 버려? 둘 다 살아남는다면 어느 쪽도 누릴 수가 없지. 과부를 택하면 언니 거너릴은 분개해서 미쳐버릴 텐데. 그렇다고 남편이 살아 있으니 내가 원하는 것을 이룰 수도 없는 노릇이야. 상황이 이러니, 전쟁을 위해서는 그자의 권위를 이용하되, 일이 끝나면 신속하게 그자를 처치해 버릴 방도를 그녀에게 고안하도록 시켜야겠다. 그자는 리어와 코딜리어에게 자비를 베풀겠다고 생각하지만, 전쟁이 끝나고 그들이 우리 손아귀에 들어오면 사면은 결코 이루어지지 않을 거다. 내 지위를 지키는 것은 내게 달렸다. 의논할 일은 아니지.[7]

2장[8]

(안에서 나팔 소리. 북과 깃발을 앞세우고 리어와 그의 팔을 잡은 코딜리어가 병사들과 함께 무대 위로 등장, 그리고 모두 퇴장)

(에드거와 글로스터 등장)

에드거
 자, 어르신, 이 나무 그늘 아래에서 편히 휴식을 취하세요. 그리고 정의로운 자들이 흥하도록 기도해 주세요. 제가 다시 어르신께 돌아올 수 있다면 그때는 위안을 가져다드리겠습니다.

글로스터
 당신에게 은총이 있기를 비오!
 (에드거 퇴장)

(나팔 소리와 퇴각하는 소리.[9] 에드거 등장)

에드거

갑시다, 노인장! 손을 줘요. 갑시다! 리어 왕께서 패하셨습니다. 그분과 따님이 포로가 되었고요. 손을 줘요. 자, 갑시다.

글로스터

그만 가겠소. 죽으면 여기서도 썩을 수 있겠어.

에드거

아니, 또 나쁜 생각을 하세요? 이 세상에 올 때만큼 세상을 하직할 때도 사람은 인내해야 합니다. 모든 것이 때가 있습니다.[10] 자, 갑시다.

글로스터

그 말도 맞네. (모두 퇴장)

3장[11]

(승리의 북소리와 깃발을 앞세우고 에드먼드 등장. 포로가 된 리어와 코딜리어 등장. 병사들, 지휘관 등장)

에드먼드

장교 몇 명이 저들을 데려가라. 그들을 징벌할 높으신 분들의 분명한 의중이 알려질 때까지 감시를 잘 하여라.

코딜리어

최선의 의도를 가졌으되 최악의 결과를 초래한 경우가 우리가 처음은 아닙니다. 학대받으신 아버지, 제가 낙담하는 것은 당신 때문입니다. 그렇지 않다면 위선적인 운명의 여신이 찡그리는 것 따위는 아무렇지도 않은 듯 비웃을 수 있습니다. (에드먼드에게) 딸들이자 언니들을 우리가 만나야 하는 것 아닌가요?

리어

아니, 아니, 아니, 아니! 자, 우리는 감옥으로 가자. 새장 속에 갇힌 새처럼 우리 둘이서만 노래하자. 나의 축복을 바란다면,

내 기꺼이 무릎 꿇고 너의 용서를 빌겠다. 그렇게 우리가 살아 기도하고, 노래하고, 옛이야기를 나누며, 그리고 금도금한 나비들을 보고 웃으며, 형편없는 작자들에게서 궁정 소식을 들을 테다. 그들과도 말을 나누자꾸나.—누가 이기고, 누가 졌는지, 누가 들어가고, 누가 쫓겨났는지—마치 신의 첩자라도 되는 것처럼 사물의 신비한 비밀을 책임질 것이다. 그리고 벽으로 막힌 감옥에서 우리는 달이 차고 기우는 것처럼 부침하는 고관들보다 더 오래 살아남을 것이다.

에드먼드

저들을 데려가라.

리어

그런 희생에 대해서는, 코딜리어야, 신들이 향을 피워줄 게다. 너를 잡고 있는 게 맞지? (그녀를 포옹한다.) 우리를 갈라놓으려는 자는 하늘에서 불 막대기를 가져와 여우를 내몰 듯이 우리를 불태워야 할 거다.[12] 눈물을 닦아라. 그들이 우리를 울게 만들기 전에, 좋은 세월이 와서 그들을 통째로 집어삼킬 것이다. 그들이 굶어 죽는 것을 먼저 볼 것이다. 가자.

(리어와 코딜리어가 호송되어 나간다.)

에드먼드

이리로 오게, 지휘관. 잘 듣게. 이 쪽지를 받게. 그리고 저들을 뒤따라 감옥으로 가게. 내가 자네를 진급시켰지. 여기에 지시된 대로 일을 처리하면 귀족의 지위로 올라가는 기회를 잡게 될 걸세. 이것을 알아두게. 사람은 시류를 잘 따라야 하는 법이라는 것을.[13] 부드러운 마음씨는 칼을 쓰는 사람과 어울리지 않네.[14] 자네에게 맡기는 이 중대한 임무는 질문이 용납되지 않네. 하겠다고 하든지, 아니면 다른 출세 방도를 찾아보게.

지휘관

하겠습니다, 백작님.

에드먼드

실행에 옮기게. 일이 끝나면 자네의 행복이 시작이야. 내가 "즉시"라고 말하는 것을 주목하게. 내가 쪽지에 적은 대로 실행해 주게.

지휘관

저는 마차를 끌거나 마른 곡물을 먹지는 못합니다. 하지만 남자가 할 일이라면, 제가 하겠습니다. (퇴장)

(나팔 소리. 올버니, 거너릴, 리건, 장교들 등장)

올버니

오늘 그대는 용맹한 가문 출신임을 충분히 보여 주었고, 운명의 여신도 그대를 이끌었소. 오늘의 싸움에서 상대편이었던 자들을 공이 포로로 잡고 있지요. 그들을 나에게 내줄 것을 요구하는 바요. 그들의 가치와 우리의 안전을 두루 고려하여 그들을 활용할 것이오.

에드먼드

공작님, 늙고 병든 왕을 적당한 장소에 구금하고 간수를 시켜 경계하는 것이 적절한 행동이라 판단했습니다. 그의 연륜에는 사람 끄는 힘이 있고, 왕의 지위는 더더욱 그러한지라, 백성들의 마음을 자기 쪽으로 끌어당기고, 우리가 징발하였던 병사들의 창끝이 그들을 지휘하는 우리를 향하게 만들 위험이 있습니다. 왕과 함께 왕비도 감옥에 보냈는데 이유는 같습니다. 내일이나 나중에라도 공작께서 심문을 하시려는 장소에 그들을 출두시킬 준비가 되어 있습니다. 이번에 우리는 피와 땀을 흘렸습니다. 친구는 친구를 잃었습니다. 그리고 최선의 싸움이라 하더라도 아직 한창일 때에는 그 쓰라림을 느끼는 자들로부터 저주를 받기 마련입니다.[15] 코딜리어와 그녀의 아버지 문제를 다룰 더 적절한 장소가 있을 겁니다.

올버니
참기 어렵겠지만, 나는 그대를 이 전쟁에 참가한 내 부하로 여기지, 동료로 생각하지 않소.

리건
우리가 그에게 자격을 드리면 되지요. 공작은 그런 식으로 말하기 전에 우리의 뜻이 뭔지 물어보셨어야 합니다. 그는 우리 부대를 통솔하였고 내 지위와 권한을 위임받았습니다. 나와도 매우 긴밀한 관계라는 점에서 충분한 자격이 있고, 또 당신의 동료라고 부를 만하지요.

거너릴
그렇게 흥분하지 마라! 네가 그분에게 아무것도 보태주지 않아도 자신의 장점만으로도 훌륭하시다.

리건
내가 부여해 준 나의 권리로 그분은 최상의 지위에 필적하게 된 거야.

올버니
그가 당신의 남편이 된다면 최상이 되겠지요.

리건
농담이 종종 현실이 되곤 하지요.

거너릴

아이코, 이런! 그렇게 보았다면 네 눈은 틀림없이 사팔뜨기다.

리건

언니, 내가 몸이 안 좋아. 안 그랬으면, 분기탱천해서 맞받아 쳤을 텐데. (에드먼드에게) 장군, 내 병사들과 포로들, 그리고 내 전 재산을 가지세요. 그것들을, 나를 마음대로 하세요. 이 성벽도 당신 소유예요.[16] 이 자리에서 당신을 나의 주인이자 남편으로 모신다는 것을 세상에 공표합니다.

거너릴

그를 가지고 놀겠다는 뜻이냐?[17]

올버니

하고 말고는 당신의 동의에 달린 것이 아니오.

에드먼드

당신에게 달린 것도 아니지요, 공작.

올버니

이 서자 놈아, 그렇다.

리건

(에드먼드에게) 북을 울려서 나의 지위가 당신의 것임을 선포하세요.

올버니

아직 멈춰라. 이유를 들려주마.[18] 에드먼드, 네놈을 반역의 중죄로 체포한다. 네 범죄의 증거로 (거너릴을 가리키며) 이 화려한 독사도 체포한다. 처제, 그대의 요구는 내 아내의 이해관계 때문에 내가 막아야겠소. 그녀는 이 백작과 이중 계약이 되어 있소.[19] 그녀의 남편인 내가 당신 결혼에 도전하는 바요. 결혼을 하려거든 나에게 구애해야 할 거요. 부인이 말해 보시오.

거너릴

이건 말도 안 되는 연극이야!

올버니

글로스터, 너는 이미 무장하고 있다. 트럼펫을 울리게 하라. 네놈이 저지른 사악하고 명백한 수많은 반역을 결투로 증명할 자가 나타나지 않는다면, 자, 내가 도전하겠다. (장갑을 내던진다.) 내가 음식을 입에 대기 전에, 네놈의 정체가 방금 내가 밝힌 바로 그대로라는 것을 네놈의 가슴팍 위에다 새겨놓겠다.

리건

어지럽다, 아, 어지러워!

거너릴

(방백) 안 그러면, 독약을 다시는 믿지 않을 거다.

에드먼드

(자신의 장갑을 내던지며) 내 대답이 여기 있다. 나를 반역자라 부르는 자가 어떤 자이든, 그건 비열한 거짓말이다. 트럼펫을 울려라. 감히 나오는 자는, 저자이든, 당신이든, 그게 누구든, 내 진실과 명예를 굳건히 지킬 것이다.

올버니

사자를 불러라!

(사자 등장)

너 혼자의 힘으로 해야 한다. 내 이름으로 징집한 너의 군대는 나의 명령에 따라 해산되었다.

리건

통증이 점점 심해지는구나.

올버니
그녀의 몸이 좋지 않구나. 내 막사로 모시고 가라.
(부축을 받은 리건 퇴장)
사자는 이쪽으로 오너라. 트럼펫을 크게 울려라. 그리고 이것을 큰 소리로 읽어라.

(트럼펫 소리)

사자
(읽는다.) 우리 부대의 병사 중에서 지위 고하를 막론하고 누구든지 에드먼드, 소위 글로스터 백작이 수많은 반역을 저질렀음을 주장하는 자는 트럼펫 소리가 세 번 울릴 때까지 모습을 드러내도록 하라. 그는 대담하게 자신을 변호할 준비가 되어 있다.
(첫 번째 트럼펫 소리)
다시 불어라!
(두 번째 트럼펫 소리)
다시!
(세 번째 트럼펫 소리)

(안에서 응답의 트럼펫 소리가 들린다. 무장한 에드거가 트럼펫 기수를 앞세우고 등장)

올버니
그의 목적을 물어보아라. 왜 이 트럼펫 소리에 모습을 드러냈는지.

사자

너는 누구냐? 이름과 신분을 밝히고, 왜 현재 이 소환에 응했는지 말해라.

에드거

이해하시오, 배신자의 이빨에 맨살로 물어뜯기고 벌레에 먹혀 버려 내 이름을 잃어버렸소. 그러나 나는 내가 맞서려는 상대만큼 귀한 사람이오.

올버니

그 상대가 누구냐?

에드거

글로스터 백작 에드먼드를 대변하는 자가 누구요?

에드먼드

본인이다. 할 말이 무엇이냐?

에드거

칼을 뽑아라. 만일 내 말이 너의 고결한 마음을 화나게 하였다면 무기로 정의를 구할 수도 있을 거다. 내 칼은 여기 있다. (칼을 뽑는다.) 봐라, 이것은 나의 명예, 나의 맹세, 나의 소명에 따른 특권이다. 나는 단언한다. 너의 힘과 지위, 젊음과 탁월함에도 불구하고, 승리자의 무용과 새롭게 얻은 행운에도 불구하고, 용맹과 배짱에도 불구하고, 너는 반역자이다. 신들에게, 형제에게, 아버지에게 거짓을 일삼고, 이 걸출한 군주에게 반하는 음모를 꾸미는 네놈은 네 머리의 가장 끝에서부터 네 발바닥과 그 아래 먼지에 이르기까지 두꺼비 반점처럼 반역의 흔적이 가득하다. 아니라고 말해 봐라. 이 칼, 이 팔, 내 기백으로 너의 가슴팍에 대고 증명하겠으니, 네놈은 거짓말쟁이다.

에드먼드

너의 이름을 묻는 것이 현명하겠으나, 외모를 보니 늠름하고 용맹해 보이고, 말하는 것도 귀한 교육을 받은 티가 나니, 기사도의 규칙에 따라 안전하고 꼼꼼하게 따져서 미루어도 괜찮은 일이지만, 그냥 무시하고 일축하겠다. 반역의 죄목을 네 머리 위로 다시 되던지고 혐오스러운 지옥 같은 너의 거짓말로 네 심장을 제압하겠다. 하지만 그것[20]은 살짝 건드리기만 할 뿐 상처조차 못 내므로, 내 칼이 그것을 위해 길을 만들어 네 심장 속에서 그것이 영원히 머물게 하겠다. 나팔수, 불어라! (나팔 소리. 결투가 벌어진다. 에드먼드가 쓰러진다.)

올버니

(에드먼드를 죽이려는 에드거에게) 아직 죽이지 마라, 살려 둬라.

거너릴

이것은 음모예요, 글로스터. 결투의 예법에 따르면, 당신은 정체를 알리지 않은 적과 싸울 의무가 없는 겁니다. 당신은 패배한 것이 아니라, 속임수에 기만당한 거예요.

올버니

입을 다무시오, 부인, 아니면 이 편지[21]로 입을 막아놓겠소.— 멈추시오![22] (거너릴에게) 어떤 이름보다 추악한 악녀, 자신의 악행을 읽어보시오. 찢지 마시오. 확실히 알아보는군.

거너릴

내가 그랬다면 어쩔 거예요. 법은 내 편이지, 당신 편이 아냐.[23] 누가 감히 나를 심문하겠느냐?

올버니

참으로 극악무도하다! (에드먼드에게) 이 편지를 알아보겠느냐?

에드먼드

내가 무얼 아는지 묻지 마시오.

(거너릴 퇴장)

올버니

그녀 뒤를 쫓아라. 지금 자포자기 상태이다. 잘 제어해라.

(첫 번째 장교 퇴장)

에드먼드

당신이 고발한 일들을 내가 저질렀소. 그리고 그보다 더 많은 일을 저질렀소. 시간이 지나면 드러날 거요. 다 지난 일이오. 나도 같은 처지요. 나에게 이런 운명을 가져다준 당신은 도대체 누구요? 당신이 귀족이면 내가 용서해 주겠소.

에드거

서로 자비심을 주고받자. 나의 혈통은 너의 것에 못지않다, 에드먼드. 만약 더 좋다면 그만큼 너의 잘못이 크다. 내 이름은 에드거이고, 네 아버지의 아들이다. 신들은 공정하시다. 우리가 탐닉하는 악덕을 이용하여 우리를 병들게 하신다. 너를 잉태한 그 어둡고 사악한 장소가 아버지의 눈을 앗아 간 거다.[24]

에드먼드

올바른 말이야. 사실이지. 운명의 수레가 한 바퀴를 돌아, 내가 이 자리에 섰구나.

올버니

자네의 걸음걸이가 왠지 왕족의 고귀함을 보여 준다고 생각하였네. 자네를 포옹해야겠네. 자네나 자네 부친을 행여 미워한 적이 있다면 슬픔으로 내 가슴이 미어질 것이네.

에드거

존경하는 공작님, 저도 압니다.

올버니

어디에 몸을 숨기고 있었는가? 자네 부친의 비참한 상황을 어찌 알았는가?

에드거

보살펴 드리다 알았습니다. 간단히 말씀드리지요. 이야기를 다 하면 제 가슴이 터져버릴지도 모릅니다. 제 뒤를 바짝 쫓아와 위협하던 그 잔혹한 포고령을 피할 목적으로—아, 인생이란 달콤하여, 우리는 단번에 죽으려 하기보다는 죽음의 고통을 매시간 맛보려 하지요.—미치광이의 넝마로 바꿔 입고, 개들마저 경멸하는 외양을 하고 다녔습니다. 그런 복장을 하고서, 소중한 눈알은 잃어버리고 피투성이가 되신 아버지를 만났습니다. 그분의 길잡이가 되어 인도하고, 간청하고, 절망에서 그분을 구출하였습니다. 약 삼십 분 전까지도 제 신분을 밝히지 않았습니다. 오, 실수였어요! 무장을 하고서, 희망적이기는 했어도 이 일의 성공에 대한 확신이 없어 그분에게 축복을 구했습니다. 그리고 처음부터 끝까지 제 역경을 모두 말씀드렸습니다. 하지만 그분의 갈라진 심장은—안타깝게도 충격을 견디기에는 너무나도 약한지라—감정의 두 극단, 기쁨과 슬픔 사이에서 미소와 함께 그만 터져버렸습니다.[25]

에드먼드

형의 이야기가 내 마음을 움직였기에, 아마도 도움이 될 것 같아. 하지만 계속 말해 줘. 무언가 할 말이 더 있는 것처럼 보이는데.

올버니

더 있다면 아마 더 슬픈 일이겠지. 그냥 속으로 감추게. 왜냐하면 이 이야기를 들으면서 나는 눈물이 넘쳐흘러 견딜 수가 없네.

에드거

슬픔을 좋아하지 않는 사람에게 이 이야기는 마침표 같을 테지요. 하지만 다른 이야기는 더 자세히 말을 하면 더 비통하여 극단을 넘어설 겁니다. 제가 크게 울고 있을 때, 누군가가 그곳으로 왔습니다. 아주 비참한 상태에 처한 나를 보더니 그 사람은 혐오스러운 나를 피하려 했습니다. 그런데 이런 몰골로 살아온[26] 사람이 누구인지 알게 되자, 그의 튼튼한 두 팔로 내 목을 단단히 잡고, 하늘이 떠나가라 고함을 지르더니 아버지 위로 몸을 던졌습니다.[27] 그리고 어떤 귀도 들어본 적 없는, 리어 왕과 자신에 관한 가장 슬픈 이야기를 들려주었습니다. 이야기를 하면서 그의 슬픔이 점점 강렬해져서 생명의 줄들이 갈라지기 시작했습니다. 그때 두 번의 트럼펫 소리가 울려, 기절한 그를 그 자리에 두고 왔습니다.

올버니

그 사람이 누구였소?

에드거

켄트, 추방당한 켄트였습니다. 신분을 감춘 채, 적대자가 된 왕[28]을 추종하였고, 노예에게조차 어울리지 않는 시중을 들었습니다.

(피 묻은 칼을 들고 신사 등장)

신사

도와주십시오, 오, 제발, 도와주십시오!

리어 왕 295

에드거

  뭘 도와달라는 겁니까?

올버니

  말을 해라.

에드거

  피 묻은 이 칼은 무엇입니까?

신사

  아직 뜨겁습니다. 김이 납니다! 그것은 심장으로부터 나온 겁니다.—오, 그녀가 죽었습니다!

올버니

  누가 죽어? 이봐, 말해라.

신사

  공작님의 부인입니다, 공작님의 부인! 부인이 동생을 독살하였습니다. 부인이 자백했습니다.

에드먼드

  나는 그 두 사람 모두와 연을 맺었소. 우리 세 사람이 이제 곧 결합하게 되겠군.[29]

에드거

  저기 켄트가 오는군요.

(켄트 등장)

올버니

  그들이 아직 살아 있건 죽었건, 두 사람을 데리고 와라.
  (신사 퇴장)
  우리를 전율하게 만드는 하늘의 심판에도 불구하고 동정심은 생기지 않는구나. (켄트에게) 오, 바로 이 사람인가? 적절한 예의범절에 따라 칭찬해 주기에는 상황이 너무 안 좋구려.

켄트

저의 주군이신 폐하께 영원한 작별 인사를 드리고자 왔습니다. 여기 안 계십니까?

올버니

아주 큰일을 잊고 있었구나. 말해라, 에드먼드, 왕은 어디 계시느냐? 코딜리어는?

(거너릴과 리건의 시체가 들려 나온다.)

이 광경[30]이 보이십니까, 켄트 백작?

켄트

아아, 어찌 이런 일이!

에드먼드

하지만 에드먼드는 사랑받았다. 나를 위하여 한쪽이 다른 쪽을 독살하였다. 그리고 스스로 목숨을 끊었어.

올버니

그렇겠지. 그들의 얼굴을 덮어줘라.

에드먼드

숨이 가빠온다. 내 본성에도 불구하고 뭔가 좋은 일을 해야겠다. 신속하게 보내시오.—지체하지 말고.—성으로 보내시오. 리어와 코딜리어의 목숨에 관해 명령을 내렸소. 어서, 늦기 전에 보내시오.

올버니

뛰어가라, 어서 뛰어!

에드거

공작님, 누구에게 갑니까? 누가 책임자입니까? 석방시킬 수 있는 증표를 보내야 합니다.

에드먼드

생각 잘했어. (두 번째 장교에게) 이 칼을 가져가서 지휘관에게 주시오.

에드거

목숨을 걸고 서둘러 가라.

(두 번째 장교 퇴장)

에드먼드

그자는 감옥에 갇힌 코딜리어를 교수형에 처하도록 당신의 아내와 나로부터 위임을 받았소. 그리고 절망에 빠져 그녀가 스스로를 파괴한 것처럼 덮어씌우도록 꾸몄소.[31]

올버니

신들이 그녀를 보호하시길. 이자를 잠시 옮겨라.

(에드먼드가 끌려 나간다.)

(리어가 팔에 코딜리어를 안고 등장. 두 번째 장교와 몇 사람이 그의 뒤를 따른다.)

리어

울부짖어라, 울부짖어, 울부짖어! 오, 돌로 만든 인간들아! 내가 너희들의 혀와 눈[32]을 가졌다면 하늘의 천장이 깨지도록 소리쳐 울 것이다. 이 애가 영원히 떠났다. 사람이 죽었는지 살았는지는 나도 안다. 이 애는 흙처럼 죽었다. 거울을 빌려다 오. 이 애의 숨결로 김이 서리거나 돌에 얼룩이 생기면 이 애는 아직 살아 있는 거다.

켄트

이것이 약속된 결말인가?[33]

에드거

아니면 그 참상의 이미지인가?

올버니

무너지고 끝장나라![34]

리어

깃털이 움직인다.—이 애가 살아 있다! 그렇게 된다면 여태까지 내가 느낀 모든 슬픔을 보상해 줄 기회가 될 텐데.

켄트

오, 나의 왕이시여!

리어

제발 저리 가라.

에드거

폐하의 친구, 고결한 켄트입니다.

리어

역병이나 걸려라, 너희 살인자들, 반역자들 모두! 이 애를 구할 수 있었는데. 이제 영원히 떠났어. 코딜리어, 코딜리어, 조금만 더 머물다오. 하! 뭐라고 한 거냐? 이 애 목소리는 항상 부드럽고 다정하고 조용했다.—여자에게는 탁월한 일이지. 너를 목매단 그 노예 놈을 내가 죽였다.

두 번째 장교

사실입니다. 폐하께서 하셨습니다.

리어

이봐, 내가 했지? 내 멋지고 날카로운 칼로 놈을 펄쩍 뛰게 만들었을 그런 시절도 있었지. 이제는 늙어서 이런 시련을 겪으며 망가지는구나.—너는 누구냐? 내 눈이 좋지 않다만, 즉시 알아보도록 하겠다.

켄트

운명이 사랑하고 미워한 두 사람이 있다면 그중의 하나를 지금 우리가 보고 있는 것이다.[35]

리어

시야가 흐릿하구나. 너는 켄트가 아니냐?

켄트

맞습니다, 당신의 하인 켄트입니다. 당신의 하인 카이어스는 어디에 있습니까?

리어

그는 좋은 녀석이다, 내가 장담할 수 있어. 그는 공격을, 그것도 잽싸게 할 거야. 그는 죽어서 썩었다.

켄트

아닙니다, 폐하. 제가 바로 그자······.

리어

즉시 확인해 보겠다.

켄트

폐하께서 달라지고 쇠락하기 시작했던 처음부터 폐하의 슬픈 발걸음을 따른······.

리어

여기에 온 걸 환영하네.

켄트

바로 그자입니다.[36] 모든 게 우울하고, 어둡고, 죽은 듯합니다. 폐하의 큰 딸 두 분은 스스로를 해쳤고, 절망 속에서 죽었습니다.

리어

그래, 나도 그리 생각한다.

올버니

폐하는 보이는 것도 못 알아보십니다. 그러니 우리가 누군지 밝혀도 소용없습니다.

에드거

정말 소용없습니다.

(전령 등장)

전령

에드먼드가 죽었습니다, 공작님.

올버니

여기서 그 문제는 하찮다. 대신들과 귀족 친구들, 우리의 의도는 이것이오. 이 위대하신 노인에게 위로가 되는 것이라면 무엇이든 제공하겠소. 노왕께서 살아 계시는 동안은 우리의 절대 권력을 그분께 양도하겠소. (에드거와 켄트에게) 두 분께는 그대들이 쌓은 많은 공적에 합당한 영예를 안겨 주고 그대들의 권한에 이익을 더해 주겠소. 아군들은 모두 무공의 대가를 받을 테고, 적들은 모두 마땅한 벌에 처해질 것이오.—오, 보시오, 봐![37]

리어

내 불쌍한 바보[38]가 목매달려 죽었다. 아냐, 안 돼, 생명이 없어! 어찌하여 개나 말이나 쥐는 살아 있는데 너는 숨을 쉬지 않느냐? 너는 다시 못 오는구나. 결코, 결코, 결코, 결코, 결코. 제발 이 단추 좀 풀어주게. 고맙네. 이것이 보이는가? 이 애를 봐! 봐, 이 애 입술을![39] 여기를 봐! 여기를 보라고! (죽는다.)

에드거

기절하셨다. 폐하, 폐하!

켄트

터져라, 가슴아. 제발, 터져버려.

에드거

눈을 떠보십시오, 폐하.

켄트

그분의 혼령을 괴롭히지 마세요. 보내드려요. 그분은 세상이라는 가혹한 형틀에 자신을 더 오래 묶어두려는 사람을 싫어하셨을 겁니다.

에드거

정말로 돌아가셨습니다.

켄트

그토록 오래 견디신 것이 차라리 놀라운 일이지요. 그분이 자신의 목숨을 찬탈하신 겁니다.

올버니

이분들을 여기서 모시고 나가라. 우리가 당면한 상황은 모두의 슬픔이다. (켄트와 에드거에게) 내 영혼의 친구인 두 사람, 이 왕국을 다스리며 피투성이의 나라를 지켜주시오.

켄트

머지않아 여행을 떠나려 합니다. 내 주인이 부르시니 거절할 수가 없습니다.

에드거[40]

이 슬픈 시간의 무게에 우리 모두 복종해야 합니다. 해야만 하는 말이 아니라 느끼는 바를 말합시다.[41] 가장 나이 든 분이 가장 심하게 겪었습니다. 젊은 우리들은 그 많은 일을 겪지도 않을 테고 그만큼 오래 살지도 못할 겁니다.

(장송 행진곡과 함께 모두 퇴장)

주해

* '신사'는 2막 4장, 3막 1장, 4막 3장, 4막 6장, 4막 7장, 5막 3장에 등장한다. 장과 장 사이에 분명한 연관은 없으며, 이들은 모두 다른 인물일 수도 있다. 이절판의 경우, 조연 역할의 모든 인물을 '신사들'(복수 형태로)이라고 부르는 경향이 분명히 있다. 사절판의 경우에는 그들을 구별하려 할 때도 있고 그러지 않을 때도 있다. 만약 신사가 한 명의 인물일 경우, 그 '신사'는 (1막 5장의 '기사'처럼) 리어를 보좌한다. 예컨대 리어와 함께 글로스터의 저택을 떠나고(2막 4장), 켄트의 명령에 따라 코딜리어를 만나며(3막 1장), 그녀의 반응을 보고하고 리어를 만나러 함께 가며(4막 3장), 리어를 발견하고(4막 6장), 시중을 든다(4막 7장).

1막

1장

1) 이후에 벌어지는 모든 사건의 원인이 이 장에서 제시된다. 글로스터와 에드먼드의 관계 등을 소개하는 짧은 서두에 뒤이어, 무모한 왕위 양도 의식과 영토 '경매'가 전개된다. 충성심과 분별력은 코딜리어 및 켄트와 함께 브리튼에서 추방되지만, 프랑스 왕에 의해 받아들여진다. 자아에 무지한 위정자에게는 위선과 기회주의만 남게 된다.
2) 여기에서 '우리'는 신하들을 의미하는 것이겠지만, 대화를 나누는 자신들과 곁에 서 있는 에드먼드를 지칭하는 것으로 볼 수도 있다.
3) 이절판에는 '자질(qualities)'로 표기되어 있지만, 사절판에는 두 사람에게 나누어 줄 '대등한 유산(equalities)'으로 표기되어 있다. 즉, 두 인물의 자질이 비교되는 것이 아니라, 두 사람에게 분배될 리어의 유산이 대비된다.
4) 이절판과 사절판 모두에서 에드먼드는 주로 '서자(Bastard)'라는 호칭으로 불리며, 무대 지시문에서도 대부분 그렇게 표기된다.
5) 왕국을 분할하는 일의 엄숙함을 보여 주기 위해 마련된 것으로 보인다.

6) 마샬 맥루한은 이렇게 말했다. "지도는 또한 아주 새로운 것이었으며 …… 권력과 부의 외피를 둘러싼 새로운 전망의 핵심이었다. …… 지도는 『리어 왕』의 주요 주제, 즉 일종의 맹목으로서 시각의 단절이라는 주제를 전면화한다."
7) 셰익스피어 시대의 관객이었다면 이 대목에서 마태복음 12장 25절을 떠올렸을 것이다. "스스로 분쟁하는 나라마다 황폐하여질 것이요, 스스로 분쟁하는 동네나 집마다 서지 못하리라."
8) 헤캇(헤카테)은 달의 여신, 대지의 여신, 지하의 여신 등 세 여신이 한 몸이 된 신이다. 여기에서는 앞뒤 대사에서 태양과 천체가 언급되는 것으로 보아 달의 의미로 쓰였을 것이다. 하지만 신비라는 단어에서 마법을 다스리는 지하의 여신을 떠올릴 수도 있다.
9) 스키타이인은 오늘날의 러시아 지역을 차지했던 종족으로, 로마 시인들에 의해 야만적이고 포악한 존재로 묘사되었다.
10) 서론은 충분하니 이제 본론을 말해라.
11) 왕이 제정신이 아니라면 자신의 무례도 정당화될 수 있다는 뜻.
12) 자신을 추방하는 대신에, 왕의 눈이 항상 정통으로 겨냥할 수 있는 수단으로 삼아달라는 것. 즉, 자신을 통해서 본다면 사태를 정확히 볼 수 있을 것이라는 뜻.
13) 말과 행동은 각각 군주로서 법을 공표하는 것과 법을 시행하는 것을 의미한다.
14) 여기에서 리어는 코딜리어가 자신의 자식이라는 것을 부정하는 차원을 넘어, 그녀가 인간이라는 사실조차 부정하는 듯하다.
15) 버건디 지방은 개울과 강이 많다. 그러나 여기에서 '물'은 무엇보다 버건디 공작의 나약함, 즉 의지박약을 암시한다.

2장
16) 에드먼드는 거너릴과 리건처럼 (비록 자기 분석적인 면은 더 많지만) 사악하고 계산적이다. 글로스터는 어리석음이라는 점에서 리어에 상응한다. 글로스터는 미신적인 믿음 때문에, 관대하고 순진한 에드거와 마찬가지로, 무자비할 정도로 계산적인 에드먼드에게 이용당한다.
17) '자연'은 이 작품에서 가장 중요한 단어 중 하나이다. 여기에서는 문명화된 법률, 즉 국가의 법 이전에 존재하는 구속력을 의미하며, 또한 약육강식의 자연, 즉 가장 원시적인 조건에서 살아갈 수 있게 하는 자질들을 강조한다.

18) 에드먼드가 생각하는 것은 어머니로서의 자연, 즉 풍요의 여신이며, 그녀의 권위가 문명의 권위보다 우월하다는 것이다.
19) 여기에서 '참되다'는 아버지의 외모를 쏙 빼닮았다는 뜻이다.
20) 이 장면을 무대 위에서 볼 수는 없다. 그러나 이 구절은 코딜리어와 나머지 가족들의 관계의 양상을 간략하게 보여 주는 매우 편리한 극적 장치이다.
21) 일종의 아이러니를 예견하게 만드는 구절. 여기에서 글로스터는 사물(something)을 분별할 수 있는 자신의 시력에 대해 확신을 드러낸다. 극의 후반부에서 글로스터는, 눈 없이, 상실 또는 아무것도 없음(nothing)으로부터 생겨나는 가능성을 깨닫게 된다.
22) 아버지의 생사 문제가 내 손에 달려 있다면.
23) 백도(白道)와 황도(黃道)의 강교점을 가리킨다.
24) 점성술에 따르면 큰곰자리는 마르스와 비너스가 지배하기 때문에 성정이 대담하고 충동적이며 동시에 음탕하고 색정적이다. 한편, 용과 곰이 언급되는 것은 이들과 연관된 폭력적인 이미지 때문일 수 있다.
25) 구식 희극은 결말이 너무 기계적으로 고안되어, 우연한 일치가 편리할 때마다 항상 일어난다는 것을 암시하고 있다.
26) 역할이라는 뜻을 가진 큐(cue)는 연극에서 사용되는 용어로, 에드먼드 자신이 새로운 역할을 막 연기하기 시작할 것이라는 암시이다. 미친 거지 톰(Tom o' Bedlam)은 베들레헴 병원에서 온 거지로서 특징적인 한숨이 있다.
27) 어떤 방식으로 일을 추진해야 할지 잘 안다.
28) 에드먼드는 서자이기 때문에 타고난 권리로는 땅을 차지할 수 없지만, 그것을 차지할 만큼 충분히 똑똑할 것이다.

3장
29) 1막 1장 이후 상당한 시간이 흘렀으며, 이제 리어는 거너릴의 집에 머물고 있다. 이 장은 1막 4장에서 일어날 일을 예상하게 하고, 거기에서 벌어지는 폭력적인 상황 뒤에 자리 잡고 있는 셈법에 대해 이해할 수 있도록 도와준다.
30) 사절판과 이절판은 호명할 때나 무대 지시문에서 '집사(Steward)'라는 호칭을 사용한다. 현대 판본에서 이름을 사용하는 것은 사절판의 한 구절에서 이름이 사용된 것으로부터 유래한다.

4장

31) 1막 1장에서 암시되고 1막 3장에서 준비된 갈등이 드디어 이 장에서 폭발한다. 신분을 숨긴 켄트의 솔직함과 광대의 잔소리 같은 진실은 거너릴과 그녀의 계산된 무례에 대한 리어의 격렬한 거부로 이어진다. 과거에 대한 충성과 존중의 반대편에는 현재 상황에 대한 철저히 준비된 냉정한 통제가 있다.
32) 관객이 그의 목소리를 알아듣지 못할 것에 대비해, 자신의 정체를 밝히고 있다.
33) 리어가 있는 곳.
34) 가장 그럴듯한 해석은 '최후의 심판'으로, 남은 인생에 도덕적 의미를 부여한다는 뜻이다.
35) 의미가 명확하지 않다. 켄트가 가장하고 있는 인물 카이어스를 특정짓는 다소 거친 농담의 일종이다.
36) 도덕극에서 흔히 나타나는 것처럼 인물을 추상적 가치의 의인화로 만들어버리는 경향을 보여 준다.
37) clotpoll. 머리(poll) 대신에 흙덩어리(clod)를 달고 있는 놈.
38) '눈싸움을 주고받다(bandy looks)'에서 bandy는 테니스의 타구를 가리키는 용어로, 이어지는 대화는 테니스와 관련된 은유를 활용한다. 눈싸움을 '주고받는' 것에서 시작해 리어의 '강타(blow)'로 바뀌고, 오스왈드가 테니스공 취급 받기를 거부하자("저는 맞을 이유가 없습니다."), 켄트가 그의 발을 걸어 넘어뜨린다. 그리고 귀족들의 경기인 테니스보다는 평민들의 경기라 할 수 있는 축구가 그에게 어울린다는 듯이 말한다.
39) 테니스와 축구가 구별되는 것처럼, 사람들에게는 계급에 차이가 있다는 뜻.
40) 나가지 않으려고 버틸 만큼 머리가 나쁘진 않을 것이라는 뜻. 따라서 이어지는 '그렇지'는 오스왈드가 현명하게 상황을 받아들이고 퇴장하는 것을 보여 준다.
41) 리어가 사례금을 준 것처럼 광대도 자신의 모자를 건네는 것. 눈 밖에 난 리어의 편에 서는 것으로 보아 광대 짓 하는 재주가 있으니 광대의 모자가 어울리겠다는 암시이다.
42) 명백한 상황을 역설적으로 뒤집어 말하고 있다. 광대가 암시하는 바는 1막 1장의 가치 판단이 거꾸로 뒤집어졌다는 것이다.
43) 여기에서 '아저씨'는 광대가 후견인이나 윗사람을 부를 때 쓰는 호칭이다.
44) 진실은 개처럼 매를 맞고 집에서 쫓겨나는 반면, 거짓말로 알랑거리는 암캐는

편안하게 실내에 머무른다는 것이다.
45) 광대와 그의 말에 대한 언급으로, '이 녀석이 나를 움찔하게 만드는구나!' 라는 뜻일 수 있다. 한편, 거너릴의 집에서 겪은 일에 대한 기억에서 비롯된 것으로, '내가 얼마나 비참한 처지에 놓여 있는가!' 라는 뜻일 가능성도 많다.
46) '열의 두 곱인 스물' 은 고리대금업자의 재산 증식을 의미하는 것으로 이해되어 왔지만, 아마도 '당신이 기대한 것 이상' 이라는 말을 수수께끼처럼 표현하는 것이라는 설명이 더 설득력 있다.
47) 변호사는 보수가 없으면 변론하지 않는다는 속담처럼, 보수나 사례가 없으면 의미 있는 말을 하지 않는다는 뜻이다.
48) 도버 월슨의 견해에 따르면, 모든 임대료라는 것이 아무것도 없는 것에 대한 대가, 즉 그것을 벌기 위해 아무 일도 하지 않으면서 받는 보상이라는 암시가 들어 있다. 물론 리어는 현재 그럴 땅조차 없다.
49) 영어에서 fool이라는 단어는 광대라는 뜻과 바보라는 뜻을 동시에 갖는다. 동음이의어를 이용한 말장난. (옮긴이)
50) '그분(that lord)' 이라는 단어는 넌지시 리어 자신을 가리킨다.
51) 제정신인 척하고 있지만 결국에는 밝혀진다는 뜻.
52) 광대가 리어를 '타고난 바보' 라고 하는 것은 아닐 것이다. 아마도 셰익스피어는 우리 모두가 어리석음을 지닌 채 태어난다는 것을 강조하려는 의도였을 것이다.
53) 켄트가 '전적으로 바보' 라고 말한 것을 광대는 '세상의 모든 어리석음을 혼자 지니고 있다' 는 의미로 살짝 비틀고 있다. 따라서 고관대작들도 바보짓을 한다는 뜻이다.
54) 국왕이 부여한 독점적인 권리. 당시에 남용되었던 독점권에 대한 암시 때문에 이 대목이 이절판에서는 통째로 빠진 것으로 생각된다.
55) 당나귀 등에 너무 많은 짐을 싣지 않으려고 당나귀를 등에 지고 시장으로 가는 우화 속의 노인처럼.
56) 이것이 어리석다고 말하는 자는 채찍질을 받아야 하는데, 바로 그자가 진짜 바보이기 때문이다.
57) 어리석어. 똑똑한 사람들이 바보들의 자리를 차지하니까, 바보(광대)들이 인기를 못 얻는다는 뜻.
58) 딸들에게 자신을 꾸짖을 권한을 주었다는 뜻.

59) 앞에 아무것도 붙지 않는 숫자 영이란 아무 가치가 없는 것, 아무것도 아닌 것을 의미한다.
60) 리어처럼 세상에 싫증 내고 가진 것을 모두 내주는 사람들도 언젠가는 그중의 일부가 필요하게 될 것이라는 뜻.
61) 완두 꼬투리는 일종의 깍지이므로, 껍질을 깐 완두 꼬투리란 결국 겉만 남고 속은 비어서 아무것도 아니라는 뜻이다.
62) 아마도 지금은 없어진 유행가의 후렴일 것이다.
63) 전통적으로 바다는 공포의 본산이었다. 바다 괴물은 단지 '전통적으로 바다가 만들어내는 괴물'을 의미할 수도 있다. 만약 특정한 바다 괴물을 의미한다면, 히폴리투스를 죽인 바다 괴물이 맥락상 가장 잘 어울릴 것이다. 세네카의 비극 『페드라』의 1581년 영역 판에 묘사된 것처럼 이 괴물은 '대리석의 목'을 지녔으며, 혈육의 배은망덕을 벌하기 위해 보내졌다.
64) 썩은 고기를 먹는 혐오스러운 새.
65) 신명기 28장 15절과 18절 참조. "네가 만일 네 하느님 여호와의 말씀을 순종하지 아니하여 내가 오늘날 네게 명하는 그 모든 명령과 규례를 지켜 행하지 아니하면 이 모든 저주가 네게 임하고 네게 미칠 것이니, …… 네 몸의 소생과 네 토지의 소산과 네 우양의 새끼가 저주를 받을 것이며……."
66) 리어가 거너릴과 함께 머문 기간.
67) 파괴적인 영향력과 질병을 퍼뜨리는 안개.
68) 거너릴은 리어의 말 속에 암시된 반역적 내용을 포착하라고 올버니를 재촉한다. 그것은 마치 리어가 '내 왕관을 되찾고 너를 권좌에서 쫓아내기 위해 어떤 조치를 취하겠다.'라고 말하는 것과 다름없다는 것이다.

5장
69) 이 장은 1막 4장에 연이어서 전개된다. 이제 배경은 거너릴의 성 밖이다. 리어는 예전 방식으로 거너릴과 리건의 연합에 맞서고자 한다. 한편 광대의 불길한 말들은 다가올 재난을 암시한다.
70) '당신은 머리(지혜)가 동상에 걸렸기 때문에 덧신이 필요 없는데, 리건의 집으로 향하는 당신의 여행은 당신이 머리(지혜)가, 심지어 발뒤꿈치에도 없다는 것을 보여 주기 때문이다.' 이런 일련의 생각들은 켄트가 약속한 부지런함에서 촉발되었다.

71) 신 사과가 사과와 닮은 것처럼, 즉 종류에 있어서는 동일한 것처럼, 리건은 거너릴과 닮았다는 뜻.
72) 아마도 코딜리어를 의미하는 듯하다.
73) 물건에 관한 음란한 말장난으로 이루어진 이 구절은 셰익스피어의 것이 아닌 것으로 여겨져 왔다. 그렇지만 점잖지 못하다는 것과 저자의 진본이라는 것은 충분히 양립 가능하다.

2막
1장
1) 플롯의 구성 요소들이 각각의 영역으로, 예컨대 악은 악의 영역으로, 선은 선의 영역으로 분산되기 시작한다. 에드먼드는 '잘 속는 아버지와 고결한 형'을 압도하는 개가를 올린다. 콘월과 리건이 그를 지원하기 위해 합류한다. 이제 리어의 기사들과 연합한 에드거는 (켄트와 코딜리어처럼) 추방된다.
2) 반대쪽 문을 통해 따로따로 등장하거나 퇴장하는 것은, 서로 멀리 떨어진 곳에서 만남에 이르거나 다른 행동을 하기 위해 떠나는 상황을 시각적으로 부각하기 위해 셰익스피어가 사용한 방법이다.
3) 큐란처럼 개인적인 특성이 드러나지 않는 인물에게 고유 명사를 부여하는 일이 셰익스피어의 작품에서는 매우 드물다. (큐란은 여기에만 나온다.) 이 시점에서 셰익스피어가 왜 그러는지는 불분명하다.
4) 앞으로 여러 차례 언급될 두 공작 사이의 싸움을 처음 거론하고 있다.
5) 아마도 중간에 잠시 말을 멈추었을 때 손으로 목을 자르는 시늉 같은 몸동작이 들어갈 것이다.
6) 서자는 법적으로 땅을 상속받을 수 없었다.
7) 글로스터가 의미하는 바는 아버지에게 당연한 충성심을 발휘하는 아들이라는 것이다. 그러나 이렇게 순리를 따르는 아들이 서자라는 사실에 이 구절의 아이러니가 있다.
8) 같은 말을 반복하는 것은 글로스터의 기본 성정이라 할 수 있는 '감상적 자기연민'을 암시한다. 다음 대사의 '부인, 부인'과 그다음 대사의 '너무나 잘못됐습니다, 너무나 잘못됐어요'를 참조.
9) 리건은 즉각적으로 이 새로운 상황을 이용하여 모든 악과 아버지를 동일시한다.
10) 진정한 아들이 마땅히 해야 하는 일. 이 말을 콘월이 한다는 점에서 에드먼

와 어울리는 아이러니가 발생한다.
11) '머지않아 우리에게 어려운 일이 닥칠 때가 있을 것'이라는 암시이다. 그것이 리어와의 전쟁인지, 올버니와의 전쟁인지는 분명하지 않다.

2장

12) 켄트와 오스왈드 사이에서 벌어지는 신체적인 다툼은 앞으로 일어날 더 커다란 충돌을 다소 우스꽝스럽고 비루한 방식으로 암시해 준다. 또한 콘월과 글로스터의 차이점이 더 분명하게 드러나게 된다.
13) 립스베리(Lipsbury)라는 이름의 장소에 대해서는 알려진 바가 없다. 보통은 입술 사이의 공간을 뜻하는 립타운(lip-town)에 상응하는 것으로 여겨진다. 외양간(pinfold)은 길을 잃은 동물들을 가두어놓는 곳이다. 립스베리 외양간은 아마도 '이[齒] 사이의 튼튼한 울타리로 둘러싸인 곳'이라는 의미일 것이다. 그리고 영어에서 care라는 단어는 좋아하다라는 뜻과 걱정하다라는 뜻을 동시에 갖는다. 따라서 전체적으로는, '네놈을 내 이 사이에 가두게 된다면, 네놈이 걱정하도록 만들어줄 테다.'라는 뜻이다.
14) 네놈 속을 꿰뚫어 본다는 뜻.
15) 식사가 끝난 후 남은 찌꺼기를 모아 상자에 넣어두는데, 이것을 가장 신분이 낮은 하인들이 먹는다. 켄트가 생각하는 오스왈드의 이미지는 신사라도 되는 듯이 행세하는 벼락출세한 하인이다. 따라서 그는 천하면서 또한 방자한 자로 여겨진다.
16) 하인 신분이라는 뜻. 하인들에게는 일 년에 세 벌의 옷이 허용되었다.
17) 오스왈드가 하인이라면 상당한 양의 돈이다. 그러나 당시 제임스 1세는 백 파운드에 기사 작위를 수여했다. 따라서 이 구절은 '돈도 없는 주제에 마치 신사 계급이라도 되는 것처럼 흉내를 낸다.'라는 뜻이다.
18) 진짜 귀족들은 실크 양말을 신었다.
19) 너를 만드는 과정에 관여한 사실을 자연마저 부인한다.
20) 알파벳 Z처럼 불필요하다는 뜻. Z가 불필요하게 여겨지는 이유는 그 기능의 대부분을 S가 가져갔으며, 라틴어에서는 그것이 없어도 문제가 되지 않기 때문이다. 마찬가지로 오스왈드가 사회에 쓸모가 없는 잉여 인간이라는 뜻이다.
21) G. L. 키트리지의 설명에 따르면, 두려움에 떠는 오스왈드가 제대로 서 있지도 못하며, 그 모습이 켄트에게 꼬리를 마구 흔드는 할미새를 연상시킨다는 것

이다. 당시에는 할미새(wagtail)라는 단어가 방종하다는 뜻으로 사용되기도 했다.
22) 물총새를 매달아 놓으면 바람에 따라 방향을 튼다고 생각했다. 따라서 아첨하는 하인은 주인의 기분에 따라 방향을 바꿀 뿐, 자신의 의견은 없다는 뜻이다.
23) 어리석은 놈이라는 뜻.
24) 오늘날의 솔즈베리 평원.
25) 아서 왕이 살았다는 전설 속의 성. 어디에 위치하는지에 대해 알려진 바가 없지만, 엘리자베스 시대 사람들은 그것이 윈체스터에 있었다고 믿었다.
26) 태양.
27) 태양.
28) 켄트는 퇴장하지 않은 채 다음 장 내내 무대에 남아 있다가 2막 4장에서 리어에 의해 발견되는 것으로 판단된다. 차꼬는 무대 뒤쪽 깊숙한 곳에 자리하고 커튼에 가려진 것으로 상상할 수 있다.

3장

29) 2막 2장과 2막 4장에 걸쳐 글로스터의 성 안마당에서 벌어지는 연속적인 사건의 중간에 자리함으로써 이 장은 짧지만 잠시 쉬어 가는 기회를 제공한다. 또한 에드거가 불쌍한 톰으로 변장했다는 사실을 관객이 인지하게 만듦으로써, 그의 이름을 듣거나 보게 되었을 때 상황을 잘 파악하도록 도와준다.
30) 짐승보다 더 우월한 존재인 것처럼 인간이 허세 부리는 것을 경멸한다는 뜻.
31) 자신들이 베들레헴 정신 병원에 수용되어 있었으며 생계를 위한 구걸을 허락받았다고 주장하는 거지들.
32) 에드거는 자신이 실행해야 하는 역할을 행동에 옮긴다. 털리갓(Turlygod)에 대해서는 아직까지 아무도 그럴듯한 설명을 하지 못하고 있다.

4장

33) 이 장은 연극의 도입부 말미에서 정점을 이루는 장이다. 켄트에게 모욕을 주는 수준에서 시작한 긴장 상태는 리어와 다투는 리건 및 콘월에 의해 심화된다. 글로스터라는 매개를 통함으로써 아직 전면적인 충돌로 나아가지는 않지만, 곧 거너릴의 도착과 더불어 정점으로 치닫는다. 이들의 갈등은, 리어의 발언이 예언으로 가득한 격분으로 발전하고, 폭풍우가 다가오면서, 그리고 뛰쳐

나간 리어가 그 우주적인 광포함과 하나가 되고 마지못해 피난처로 물러나면서, 또 다른 종류의 정점 속으로 묻혀 들어간다.

34) 야생 거위는 가을에 남쪽으로 날아간다. 켄트가 묘사하는 사건들은 야생 거위가 남쪽으로 날아가는 것과 마찬가지의 메시지를 전달한다. 즉, 불만과 몰인정의 계절이 점점 악화될 것이라는 뜻이다.

35) 질식과 현기증은 자궁에서 시작해 심장을 거쳐 목까지 올라와 환자에게 영향을 주는 것으로 여겨졌다.

36) 이솝의 근면한 개미는 득이 될 때(여름)에만 노동을 한다. 따라서 리어의 추종자들은 주인의 처지가 겨울과 같이 이득이 되지 않을 때에는 추종하기를 멈춘다.

37) 리어의 몰락에서 비롯하는 악취를 맡을 수 있을 것이라는 뜻.

38) 형식만을 좇는다는 것은 익숙한 것과 관례적인 것만을 추구한다는 뜻이다.

39) 런던 여인은 아마도 응석이나 부리는 어리석은 사람을 의미할 것이다. 즉, 장어 파이를 만들어본 경험이 없어서 살아 있는 장어를 반죽 속에 집어넣고, 장어가 움직이면 머리를 때리며 소리를 지른다는 것이다. 마찬가지로 리어의 심장이 그의 어리석음이 초래한 상황에서 빠져나오려고 '일어서고' 있다는 뜻이다.

40) 셰익스피어는 아마도 프로메테우스가 받은 고통을 연상시키고자 하는 듯하다. 그리스 신화에서 프로메테우스의 간(흔히 열정이 있는 곳으로 여겨진다.)을 독수리가 계속해서 쪼아댄다.

41) 여기에서 주목해야 할 점은, 자신의 주장이 정점으로 치닫는 이 순간, 리어가 인성이나 예의범절이 아니라 경제적 근거를 논한다는 사실이다.

42) (원래는 옆구리(sides)로 번역해야 하지만, 심장으로 번역했다.—옮긴이) 가슴을 에워싸고 있는 단단한 옆구리 덕분에 심장이 걱정과 분노에도 터지지 않고 있다는 뜻.

43) 머지않아 그녀에게 수치심이 생겨날 거라는 리어의 확신이 드러나는 대목이다.

44) 주피터 혹은 제우스.

45) 리어가 처음으로 자신의 비참한 처지를 늙음의 문제와 연결해 말하는 대목이다.

46) 늙음으로 인해 자신이 수동적으로 변하고 비참해졌다고 판단한 리어가 남성다운 분노 혹은 복수의 고결함을 달라고 기원하는 것이다.

47) 자기 자신이 고집을 피워서 벌어진 일에 대해 스스로 벌을 받으면서 교훈을 얻어야 한다.
48) 리건과 거너릴이 빈번하게 내세우는 핑계의 예를 보여 준다. 즉, 자신들의 불효는 다른 사람들, 예컨대 거칠고 막가는 리어의 추종자들 때문에 생겨난 것이며, 따라서 리어가 겪는 고통의 책임은 바로 그자들에게 있다는 것이다.

3막

1장

1) 극적 긴장이 최고조에 이르는 두 장을 이어주는 중간 장. 리어의 행동을 묘사하는 내러티브는 3막 2장에서 벌어지는 상황에 어떤 의미를 부여해야 할지 암시해 준다. 사악한 기운이 명백하게 상승 운동을 하는 바로 이 순간에, 셰익스피어는 도버에서 조금씩 모이고 있는 반대 세력의 움직임을 슬쩍 제공한다.
2) 내면세계와 폭풍이 치는 날씨를 등치시키는 최초의 표현. 이 주제는 이어지는 장면들에서 매우 중요하다.
3) 리어가 일종의 소우주이거나, 외부 세계의 모델이 된다는 뜻.
4) 셰익스피어의 전형적인 방식으로 소우주-대우주라는 주제와 생각을 발전시키고 있다.
5) 켄트는 여전히 하인 카이어스로 변장하고 있다.
6) 바로 뒤에 나오는 것처럼 반지가 들어 있다.

2장

7) 리어와 광대는 '황야'를 나타내는 무대 위를 헤매고 다닌다. 그곳에서 그들은 인간에게 적대적인 자연의 세계에 온전히 노출되어 있다. 셰익스피어는 폭풍우에서 발견되는 적대적인 냉혹함을 리어의 마음속에서 벌어지는 감정의 폭풍을 보여 주는 계기로 삼고 있다. 켄트는 충성과 인내의 표상이 된다. 하지만 리어는 적절한 충성을 바칠 만한 인간으로부터 점점 멀어지고 있다.
8) 옛날 지도의 모서리에는 흔히 뺨을 부풀린 것처럼 의인화된 바람의 형상을 볼 수 있는데, 바로 그 이미지에서 비롯한 표현이다. 즉, '뺨이 터지도록 세차게 불어라!'라는 뜻이다.
9) 리어는 제2의 대홍수를 요청하고 있다. 또는 인간 창조 이전의 상태로 돌아가기를 바라고 있다.

10) 모든 사물이 각각의 종류에 맞게 창조될 수 있는 틀을 망가뜨리라는 뜻.
11) 머리를 덮을 좋은 도구를 소유하고 있다는 뜻. 또는 분별력이 있다는 뜻.
12) 살 집을 갖기도 전에 성기를 넣을 집, 즉 여성을 찾는 자의 머리에는 이가 끓는다는 뜻.
13) 의미가 불명확하다. 이가 많다는 것인지 결혼할 여자가 많다는 것인지 모호하다.
14) 발뒤꿈치에 두어야 할 것을 심장에 두지 말라(즉, 마음을 너무 쓰지 말라)는 속담을 변형한 것.
15) 입을 삐쭉거린다는 말은 사람을 경멸적으로 다룬다는 의미도 포함한다. 명백히 엉뚱한 연결이지만, 다시 딸들에 관한 문제로 돌아간다.
16) 숭고한 것과 육체적인 것, 국왕과 광대라는 뜻. '똑똑한 사람'이라는 개념이 역할 선택의 문제를 두드러지게 하기 위해 도입되었다. 직업적인 광대들은 종종 성기 부분을 유난히 강조하는 복장을 한다. 반면 리어의 경우에는, 앞선 광대의 대사에서 언급된 거시기처럼, 똑똑해지기도 전에 (지혜가 생기기도 전에) 자식이 생겼다는 뜻이다.
17) 리어의 이 대사는 켄트의 앞선 대사와 대조를 이룬다. 켄트가 주로 폭풍우의 물리적 영향력에 대해 이야기하는 반면, 그에 관심이 없는 리어는 폭풍우의 도덕적 함의에 대해 이야기한다.
18) 신의 법정으로 소환하는 이 엄청난 폭풍우에 자비를 구하여라. 소환리는 죄를 지은 자를 교회 법정으로 불러오는 역할을 한다.
19) 켄트를 지칭한다.
20) 광대를 지칭한다.
21) 이 노래는 셰익스피어의 다른 작품 『십이야』에서 광대 페스테가 부른 민요에서 따온 것이다. 리어가 머리를 언급한 것("내 머리가 돌기 시작한다.")이 광대에게 이 노래를 떠오르게 했을 수 있다. 우리의 머리를 우리의 운명에 맞춰야 한다는 교훈이 분명히 드러나는 후렴을 쓰고 있다.
22) 미덕을 실천하기보다는 말로만 떠든다.
23) 유행에 민감한 귀족들이 양복장이에게 어떻게 옷을 만들어야 하는지 가르치려 한다.
24) 알비온은 영국을 의미한다.
25) 이 대목을 두고 G. L. 키트리지는 의도적으로 사용된 터무니없고 진부한 표현

이라고 설명한다.
26) 아서 왕 전설에 등장하는 마법사. 몬머스의 제프리가 쓴 역사서에 따르면 리어 왕은 기원전 8세기에, 아서 왕은 기원후 6세기에 살았다.

3장

27) 이 장은 글로스터의 운명이 리어에게 이미 닥친 것과 마찬가지의 배신을 향해 치닫고 있음을 보여 준다. 글로스터가 리어에 대해 보이는 동정심은 황야에서 무슨 일이 벌어지고 있는지를 관객에게 암시해 준다. 하지만 동시에 일상적 삶의 구체성을 상기시킴으로써 광기의 도래에서 비롯하는 열광적인 감정을 방해하는 측면이 있다.
28) 어쩌면 편지에 묘사된 것처럼 프랑스의 침공을 가리킬 수도 있다. 그렇지만 이어지는 대사에서 침공은 별개의 문제처럼 보인다. 아마도 더 나쁜 일이란 올버니와 콘월 사이의 갈등을 그려내기 위해 셰익스피어가 사용하는 일종의 복선일 것이다.

4장

29) 3막 2장에서 이어지는 장. 왕의 신체적 안위에 관한 켄트의 걱정이 벌거벗은 톰의 등장에 의해 나락으로 떨어진다. 톰은 리어가 자신의 정체성에 대한 인식의 끈을 놓게 만들고 정신이 풀어져 결국 세상의 모든 헐벗고 억압받는 자들의 세계 속으로 빠져들도록 이끄는 일종의 유령 같은 존재로서 기능한다. 왕, 광대, 광인은 내면의 환영을 열광적으로 쏟아냄으로써 새로운 종류의 언어를 창조한다. 이들의 언어에 비하면, 켄트와 글로스터의 상식적 차원의 근심이란 그저 외적이고 피상적인 것으로 비춰질 따름이다.
30) 마음이 걱정거리로부터 자유로우면, 육체의 조그만 불편조차도 주목할 수 있는 여유가 생긴다.
31) 리어가 드리는 기도는 매우 독특하다. 자신의 안위에 대한 기도가 아니라 불쌍한 자들을 위한 기도라는 점뿐만 아니라, 신을 향한 기도가 아니라 신의 힘에 좌우되는 대상들을 위한 기도라는 점에서도 그렇다.
32) 권력과 호사를 누리는 자에게 도덕적으로 건강해지는 법을 배우게 해야 한다는 뜻.
33) 뱃사람들이 물의 깊이를 소리쳐 부르는 것을 흉내 내는 것. 아마도 오두막이

폭우로 인해 반쯤은 물에 잠겼다는 암시일 것이다.
34) 광인들은 종종 악마에게 쫓기거나 사로잡힌 것으로 여겨졌다.
35) 칼, 고삐, 쥐약, 이 세 가지는 악마가 절망에 빠진 인간에게 제공하는 전통적인 선물로서, 그가 자살하여 그의 영혼이 영원한 저주의 상태로 빠지게 만드는 물건들이다.
36) 상식, 창조력, 상상력, 계산력, 기억력을 가리킨다. 혹은 다섯 감각(미각, 후각, 시각, 청각, 촉각)을 의미할 수도 있다.
37) 아마도 추위에 떠는 톰의 이가 부딪치는 소리를 표현한다.
38) 중세의 동물학에 따르면, 펠리컨 새끼들은 아비 펠리컨을 공격하여 죽인다. 어미 펠리컨은 처음에는 맞서 싸우지만, 곧 죽은 새끼들의 몸에 자신의 피를 뿌려 살려 낸다. 따라서 예수와 같은 자기희생적인 사랑의 상징이 된다. 여기에서 리어는 거너릴과 리건이 자신을 공격하고 있으며, 또한 그들을 위해 자신에게 희생을 강요하고 있다고 생각한다.
39) 펠리컨과 발음이 비슷하여 쓰인 것이다. 필리콕은 사랑하는 사람이라는 의미이면서 동시에 콕(cock)이라는 단어가 암시하듯 남성 성기에 대한 말장난이다.
40) 운동 경기에서 응원할 때 외치는 고함 소리처럼 사용되고 있다.
41) 십계명에 대한 다소 터무니없는 패러디.
42) 멋쟁이 신사들은 애인의 장갑을 모자에 달고 다녔다.
43) 일종의 후렴을 의도한 것으로 보인다. 아마도 가시나무 사이로 부는 찬 바람의 소리를 나타내는 것이다
44) 마찬가지로 노래 후렴일 가능성이 높다. 설령 그렇다 하더라도 노래는 없어졌다. 돌핀은 말의 이름일 것이고, 세써 역시 프랑스어에서 온 말의 이름일 것이다. 그러나 이 모든 것은 그저 추측일 뿐이다.
45) 옷을 입고 있어서 톰과 달리 인간의 순수하고 벌거벗은 상태(즉, 사물 그 자체)에서 벗어나 있다는 뜻.
46) 옷은 짐승으로부터, 벌레(누에)로부터, 양으로부터 인간이 빌려 온 것이라는 뜻. 리어는 옷을 찢어버림으로써 사물 그 자체, 즉 톰과 자신을 동일하게 만들고자 한다.
47) 횃불을 들고 오는 글로스터를 가리킨다. 또한 에드먼드를 낳은 그의 색정, 그리고 리어 왕을 구하러 오는 그의 마음을 암시한다. 이 대사에 대한 자연스러

운 설명을 찾자면, 광대가 "수영하기에는 아주 험악한 밤이야."라고 말하자마자 글로스터의 횃불을 보았다고 가정해야 할 것이다.
48) 1603년에 출간된 새뮤얼 하스넷의 책에 등장하는 악마의 이름 중 하나이다. 4막 1장에 다시 등장.
49) 저녁 9시부터 자정까지. 혹은 일반적인 의미에서, 악령들이 자유롭게 돌아다니는 황혼부터 새벽까지를 의미할 수도 있다.
50) 엘리자베스 시대 문학에서 성자 위솔드는 해악으로부터 보호해 주는 수호자이다. 여기에서는 악몽으로부터 보호하는 역할을 한다.
51) 성자 위솔드의 도움으로 에드거가 마녀에게 꺼지라고 소리칠 수 있다.
52) 에드거가 앞서 자신의 직업이었다고 말한 하인에게 주어지는 옷들.
53) 자신을 따라다니는 악령을 조심하라고 경고하는 에드거. 스멀킨은 하스넷의 책에 등장하는 악마의 이름 중 하나이다.
54) 글로스터가 리어의 동행에 대해 불평을 하자, 에드거는 자기 주변에 있는 악마들이 신사라고 답한다. 하스넷의 책에 따르면, 모도와 마후는 악마의 군대를 이끄는 장수들이다.
55) 그리스의 현자.
56) 아마도 중세 로맨스에서 빌려 온 구절일 것이다. 롤랑 또는 올랜도는 샤를마뉴 대제 시절의 유명한 용사이다. 어둠의 탑은 직접적으로 글로스터의 성을 지칭하지만, 『리어 왕』의 내용과 관련하여 불길한 암시가 되기에 충분하다.
57) 롤랑에 관한 이야기가 여기에서 '잭과 콩나무'와 합쳐진다. 자신의 집(글로스터의 성)으로 돌아가는 에드거가 성공하여 집으로 돌아가는 아들 이야기를 떠올리는 것이 우연은 아닐 것이다. 탑이 콩나무 줄기를 암시했을 수도 있다.

5장

58) 에드먼드의 본성이 만들어내는 궁극적인 결과가 드러나는 장으로, 아버지를 계획적으로 파멸시키고, 콘월의 총애를 받고, 글로스터 백작이라는 작위를 합법적으로 얻는다.

6장

59) 이 장에서는 3막 4장 끝에서 글로스터가 일행을 데리고 들어간 농가의 내부를 보여 준다. 세 명의 미치광이(미친 왕, 광대, 위장한 광인)가 번갈아 부르는 노

래의 형식을 띠며, 배신, 불 등에 관한 주제가 아주 복잡한 서정적 구조 안으로 짜여 들어간다.
60) 하스넷이 거론한 악마의 이름 중 하나.
61) 흔히 광대를 가리키는 것으로 설명된다.
62) 자유농은 토지는 소유하고 있지만 신사 계급은 아니며, 따라서 가문의 문장이 없다.
63) 에드거와 광대는 자신들의 논리가 이끄는 대로 말하고 있는 반면, 리어의 정신은 거너릴과 리건에게 고정되어 있다. 지옥의 고통을 겪는 그녀들을 상상하고 있다.
64) 벼룩이나 이의 형상을 한 악마를 암시한다.
65) 늑대는 결코 길들여질 수 없다는 것을 암시한다.
66) 이제 리어는 지옥의 고통에 관한 생각을 버리고, 대신 거너릴과 리건을 법정에 세우는 상상을 한다.
67) 여기에서 '그'는 아마 리어일 것이다. 그러나 악마일 수도 있는데, 에드거의 대사가 주로 악마에 관한 것이었다는 점에서 그러하다.
68) 에드거가 인기 많은 가요의 일부를 노래하기 시작하자, 광대가 그 노래를 완결한다.
69) 광대의 노랫소리를 빗대어 말한 것.
70) 호프댄스는 하스넷이 언급한 악마 호버디댄스에서 유래되었다.
71) 검은색이 악마의 색이라는 것을 감안하면, 검은 천사는 악마일 것이다.
72) 영국 법률 제도의 근간이 되는 두 종류의 법정으로 정의의 문제를 다루는 법정(Courts of Justice)과 형평의 문제를 다루는 법정(Courts of Equity)이 있다. 여기에서는 두 법정이 동시에 등장하는 것이다.
73) 그르렁(Pur)은 고양이가 내는 소리이다. 아마도 여기에서 고양이는 또 다른 악마를 가리킬 것이다. ('Purre'는 하스넷이 언급한 악마의 이름 중 하나이다.)
74) 에드거의 다음 대사에서도 드러나듯이, 에드거는 여기에서 잠시 종잡을 수 없는 말을 그만두고 법정 역할극에서 벗어나고 있다.
75) 트레이, 블랜치, 스위트하트는 개의 이름. '내가 지금 너무나도 비루한 처지가 되어 심지어 저런 작은 개들조차 짖어대는구나.'
76) 개들에게 머리를 던진다는 것을 시각화하기 위해 몇몇 공연에서는 에드거가 어깨에서 머리를 뽑아 던지는 시늉을 하기도 했다.

77) 개의 이빨에서 독이 오른다는 것은 광견병을 의미한다.
78) 3막 4장에서와 마찬가지로 추위에 떠는 톰의 이가 부딪치는 소리.
79) 많은 편집자들이 이 단어의 표기를 '세싸(sessa)'로 바꾸었는데, 그것이 의성어라는 점에서 달라질 것은 없다.
80) 광인들은 구걸할 때 목에 뿔로 된 그릇을 달고 다녔다. 물론 앞뒤 맥락을 고려하면, '이런 상황에 대해 더 이상 할 말이 없다.' 라는 의미로 해석될 수 있으며, 따라서 이 장에서 에드거는 더 이상 톰으로서 말하지 않는다.
81) 리어는 여기에서 톰이 걸치고 있는 담요를 보고 전통적으로 화려한 페르시아 의상을 떠올리고 있다.
82) 아마도 아직 저녁을 먹지 않았다는 사실을 기억하고 하는 말일 것이다. 스스로에게 '걱정 마, 아침에 먹으면 되잖아.' 라고 말하는 것이다.
83) 이것이 이 작품에 나오는 광대의 마지막 대사이다. 그래서 이 대사는 인생의 절정기에 무덤으로 간다(즉, 죽는다)는 의미로 해석되곤 했다. 그렇지만 정오에 잠자리에 든다는 속담이 바보짓을 한다는 뜻으로 사용되었다는 점에 주목할 필요가 있다.

7장

84) 리어의 정신과 위엄에 가해지던 격렬한 공격이 이제 글로스터의 눈에 가해지는 신체적 공격과 병렬을 이룬다. 이런 야만적 행위를 중지시키고자 하는 어떤 행동도 미약하기 그지없다. 그러나 하인들의 개입은 무게 추가 반대 방향으로 이동하기 시작했음을 암시하는 대목이다. 사악한 세력이 당하는 최초의 패배는 콘월의 죽음에서 나타난다.
85) 바로 앞에서 시작한 콘월의 질문을 완성하고 있다. '미친 왕' 이라는 표현은 셰익스피어가 상황을 단축하는 것을 보여 주는 좋은 예이다. 리어가 미쳤다는 것을 리건이 알 수 있는 계기는 없었다.
86) 성유는 대관식에서 실제로 왕의 몸에 바르는 성스러운 기름을 가리킨다. 중세 시대의 왕은 하느님이 부어주는 성유를 받은 자로 간주되었다. 따라서 왕을 해하는 것은 신성 모독에 해당하는 것이다.
87) 당신이 남자였다면.
88) 글로스터의 눈알.
89) 나이가 들어 아주 정상적으로 죽음을 맞이한다면.

4막

1장

1) 세상의 가치와 의미를 회복하기 위한 투쟁이 벌어지는 장. 참고 견디겠노라고 결심하는 에드거와 자살하려는 글로스터의 의지가 서로 부딪치는 이 장은 기괴함과 애정 어린 관계 사이를 오가면서 대조적인 분위기를 만들어낸다.

2) 최악의 상태에 있다면, 어떤 변화가 생기더라도 더 좋은 방향으로 변하는 것일 뿐이라는 뜻.

3) 글로스터의 눈이 붉은 피와 하얀 계란 흰자로 뒤범벅되어 마치 광대의 얼룩덜룩한 옷처럼 보인다는 뜻. 글로스터의 눈은 가장 돋보이는 부분이라, 에드거가 기묘한 형상을 띤 것으로 묘사하고 있다.

4) 눈이 있을 때 도덕적인 기반을 잃고 잘못된 판단을 하는 우를 범했다.

5) 욥기 25장 6절을 상기시키는 대목. "하물며 벌레인 사람, 구더기인 인생이랴."

6) 글로스터의 육체 상태보다도 혼란스러운 정신 상태에 대한 언급.

7) 글로스터는 자신의 처지에서 명령을 내리는 게 어울리지 않는다고 판단하고 철회한다. 원하는 대로 하라고 말하는 것이 자신이 말할 수 있는 최선이라 여기는 것이다.

8) 걸어가는 길에는 층계가 있고 말을 타고 가는 길에는 관문이 있어서 일종의 장애물 역할을 한다.

9) 도버로 향하는 길에는 악마들이 출몰하는 곳이 많아서 톰에게 무섭다는 뜻.

10) 하스넷의 책에 나오는 악마들로, 셰익스피어의 표기는 하스넷의 책과 약간 다르다. 플리버디지벳은 춤을 추는 악마이며, 가벼운 말로 재잘대는 여인을 의미한다. 따라서 걸레질과 풀베기는 그가 대변하는 악행을 드러내기에 매우 적절하다.

11) 한 사람의 불행이 다른 사람의 불행에 의해 위로받을 수 있도록 한다.

12) 신들의 힘으로 지나치게 많이 가진 자에게서 넘쳐 나는 것을 빼앗아 필요한 자에게 분배해 달라는 뜻.

2장

13) 선을 향한 상승 운동이 매우 특별하고 예상치 못한 전환에 의해 속도를 내게 된다. 올버니는 이제 분명한 도덕적 책임감을 보여 주는 인물로 부각되고, 아내 거너릴과 그녀의 정부 에드먼드와 대비되는 모습을 보여 준다.

14) 글로스터의 충성스러운 봉사를 '배신행위'라고 부르고 에드먼드의 기만을 '충직한 봉사'라고 부른다는 점에서 도덕적 판단이 전도되었다는 것.
15) 올버니가 비겁하다고 생각해 거너릴은 남편을 없애고 에드먼드와 결합하려는 희망을 구체화한다.
16) 이중적인 의미의 표현으로, 평상복을 갑옷으로 바꿔 입는다는 의미와, 남편과 자신의 역할을 바꾼다는 의미가 있다.
17) 이중적인 의미로, 연인이라는 뜻을 내포한다.
18) 거너릴의 대사는 노골적으로 표현하는 것보다 더 효과적인 성적 암시로 가득하다.
19) 에드먼드는 허세 부리는 연인처럼 다소 과장된 애정 표현을 하고 있다. 물론 거너릴이 그걸 의식하는 것 같지는 않다. 죽음은 종종 성적 오르가슴을 의미하기도 한다. 따라서 쾌락을 나누겠다는 암시도 있다.
20) 여자를 다룰 줄도 모르는 바보.
21) 속담을 활용한 표현. '어떤 초라한 개도 휘파람 소리를 들을 만한 자격은 있다.' 당신이 이렇게 늑장 부리다 이제 마중 나오는 것을 보면, 아직 나에게 개가 받는 휘파람 정도의 대접은 받을 자격이 있는 모양이라는 뜻으로서 비꼬는 표현.
22) 자신의 근원인 부모를 무시하고 경멸하는 사람의 행동은 그 한계를 정하거나 신뢰할 수가 없어서 두려움을 불러일으킨다는 것.
23) 즉, 땔감으로 사용될 것이다.
24) 콘월이 가만있지 않고 행동에 나섰어야 하는 세 가지 이유를 제시하고 있다. 인간이기 때문에, 보통의 인간보다 더 높은 도덕적 기준을 유지해야 하는 군주이기 때문에, 그리고 리어로부터 많은 은혜를 입은 사람이기 때문에.
25) (언제나 주변에 있다고 여겨지는) 눈에 보이지 않는 정령의 개입이 아니라 보다 직접적인 개입이 필요하다는 뜻.
26) 올버니가 적극적으로 개진하는 도덕적 시각에 대한 거너릴의 입장을 대변한다. 찾아온 기회를 붙잡을 용기가 없으며, 간에는 피가 부족해서 남성으로서의 피(혈기)가 아니라 여성의 젖으로 가득한 인간이라고 비아냥거리는 것이다. 이 대목에서 그녀는 덩컨 왕의 살해를 부추기는 맥베스 부인과 유사하다.
27) 아직 일어나지 않은 범죄를 미리 처벌하는 것에 반대하는 것이야말로 어리석다는 뜻. 리어가 아직은 프랑스와 음모를 함께하지 않았지만, 곧 그렇게 하리

라는 것이다. 글로스터의 상황 또한 거너릴과 관객의 생각 속에는 있겠지만, 올버니는 아직 그 소식을 모르는 상태이다.

28) 당신의 마음속 괴물이 밖으로 모습을 드러내게 하지 마시오.
29) 이런, 여성인 내 외모를 배려해 주시며 남성다움을 운운하시다니 정말 무척이나 대단한 남자이시군요.
30) 상상 속에서 글로스터와 결혼하는 꿈을 꾸고 있다.
31) 자신은 올버니의 아내로 남고, 글로스터는 리건의 차지가 될 수도 있으니까.

3장

32) 이 시기 셰익스피어 비극에서 빈번히 볼 수 있는 극적 기법. 도버 근처에서 벌어지는 상황을 다루는 이 일련의 짧은 장들에서 주목해야 할 것은 경쟁하는 양쪽 군대의 태도를 번갈아 제시한다는 것이다. 그러나 『리어 왕』에서 전투 그 자체는 관련된 인물들의 도덕적 입장에 비해 덜 중요하다. 4막 3장에서 만나는 켄트와 신사는 머지않아 이루어질 리어와 코딜리어의 재회에 관한 정보를 나눈다. 그리고 더 중요한 것은, 리어가 겪은 치욕의 가치와 코딜리어의 아름다움이 보여 주는 눈부신 치유의 힘에 대해 이야기를 나눈다는 것이다.
33) 그녀의 격정과 그녀의 통제력이 마치 경쟁하는 것처럼 그녀의 얼굴과 심정에서 드러났으며, 그것이 그녀를 더욱 사랑스럽게 만들었다.

4장

34) 앞 장에서 묘사된 내용의 일부를 코딜리어가 행동으로 보여 준다. 영국의 풍요로운 경치는 (4막 6장을 예견하며) 리어의 통제되지 않는 황폐한 모습을 강조하고, 코딜리어가 불러내는 자연의 회복 능력을 부각한다.
35) 언급된 식물들은 모두 쓴맛이 나거나 톡 쏘는 풀, 아니면 독초라서 미친 왕의 왕관을 장식하는 것으로 매우 적절하다. 동시에 리어 자신이 일체감을 느끼는 야생의 자연 상태를 반영한다. 하독스는 정확히 어떤 식물인지 밝히지 않았다.
36) 코딜리어가 백 명의 수색병을 보내는 것은 백 명의 수행원을 빼앗긴 리어를 복위시키려는 그녀의 의도와 연관하여 보면 매우 암시적일 수 있다.
37) 코딜리어는 개인적인 정치적 야심을 맹세코 부인하면서 리어를 복위시키는 것이 자신이 전쟁을 벌이는 유일한 목적이라고 선언한다.

5장

38) 거너릴과 리건이 보여 주는 자기중심적인 사악함은 에드먼드에 대해 두 사람이 동시에 느끼는 욕망이라는 형태로 처벌을 받게 된다. 이 장에서 보이는 전반적인 파괴적 증오는 바로 전 장을 특징지었던 사랑과 보호의 태도와 아주 극명한 대비를 이룬다.
39) 4막 2장에서 거너릴이 보내기로 약속한 편지를 오스왈드가 리건에게 전달한다. 그리고 거너릴이 에드먼드에게 보내는 또 한 통의 편지가 있다는 사실도 리건에게 말한 것으로 보인다.
40) 이 말은 올버니의 도덕적 가책에 대한 거너릴의 관점을 반영한다.
41) 도덕적인 허세에서 곧바로 현실적이고 정치적인 계산으로 이동하는 것에서 전형적인 리건을 볼 수 있다.
42) 다른 곳에서도 그렇지만 여기에서도 리건과 거너릴은 남성적인 역할을 맡는다. 누가 그들의 손을 잡아주는 것이 아니고, 그들이 원하는 것을 스스로 장악하는 것이다.
43) 리건의 편지. 일부 평론가들은 편지가 아니라 사랑의 증표를 준다고 가정하기도 한다. 오스왈드가 죽으면서 거너릴이 보낸 편지 한 통에 대해서는 분명히 언급한다. 그렇지만 한 통 이상의 편지를 지니고 있었을 가능성이 암시되어 있다. 따라서 여기에서 리건이 부탁한 편시일 가능성을 배제하기 어렵다.

6장

44) 예견되었던 리어와 코딜리어 사이의 화해는 잠시 미루어지고, 장님 글로스터와 미친 리어가 서로 엇갈리면서 공통의 절정으로 치닫는 장면이 전개된다. 이 굉장한 장은 세 개의 작은 상황으로 나눌 수 있다. 1) 절망에 빠진 글로스터가 가짜 도버 절벽에서 떨어지는 경험을 통해 자신의 운명을 받아들이게 된다. 이 괴기스럽고 상징적인 일화는 이어지는 상황을 준비시킨다. 2) 화관을 머리에 쓴 리어가 등장한다. 그는 이제 미쳤지만 도덕적 호소력이 충만한 말을 폭포수처럼 열광적으로 쏟아낸다. 절망에 이를 정도로 무너져 버린 글로스터의 위엄과 제멋대로 주마등처럼 분출되는 리어의 에너지에서, 억압과 무능에 대처하는 두 사람의 상이한 대응 방식을 발견할 수 있다. 하지만 이제 두 사람 모두 사랑하는 자식의 보살핌을 받는다. 리어가 붙잡혀서 치료를 받는 것은 다음 장에 나온다. 3) 에드거가 등장해 사악한 아첨꾼 오스왈드를 몽둥이질하고 그에게

서 글로스터를 구출한다. 글로스터 이야기가 결말로 나아가는 것은 아주 오래된 연극적 관습이라 할 수 있는 가로챈 편지에 의해 가능해진다.
45) 4막 1장에서 노인이 약속한 바를 보여 주는 복장. 이 복장 때문에 잠시 후 오스왈드가 에드거를 촌놈이라 부른다.
46) 도버 절벽에서의 이 대사를 두고 마샬 맥루한은 "삼차원적 구두 예술의 아름다움을 보여 주는 진기한 본보기"라고 칭찬했다. "여기에서 셰익스피어는 이차원의 평면 다섯 개를 차곡차곡 쌓는다. 그리고 이 다섯 개의 평면을 비스듬히 비틀어놓음으로써 그 각각은 '정지된' 시점에서 원근법에 따라 차례차례 이어진다." 평범한 세부 묘사를 겹겹이 쌓음으로써 만들어진 이 전형적인 대사는, 장님 글로스터가 절벽의 높이를 가늠할 수 있도록 표준적인 거리 감각을 제공해 주는 동시에, 관객에게는 시적 환상의 강력하고 일관된 성격을 전달하며, 그것에 의해 글로스터의 치유가 효과적으로 이루어지고 있음을 보여 준다.
47) 즉, 벼랑 끝에 서 계셨다면.
48) 글로스터 자신의 경우를 이야기하는 것이 아니라, 고대 로마 그리스도교도의, 특히 네로나 도미티아누스 같은 폭군들 밑에서 자살을 선택한 로마 스토아 철학자의, 자살에 대한 전통적인 옹호를 생각하고 있다.
49) 아마도 돈을 찍어낼 수 있는 왕이라는 사실(자연)이 그 동전이 담고 있는 왕의 얼굴(기술)보다 낫다는 의미인데, 왜냐하면 후자는 실제가 아니라 만들어진 혹은 위조된 것이며 인간의 주조 기술의 결과이기 때문이다.
50) 군인이 아니라 농부의 아들 같다는 뜻.
51) 리어는 결투를 청하는 의미로 자신의 장갑을 던지는데, 자신의 평결에 의문을 품는 자는 그것이 비록 거인이라 할지라도 도전을 하겠다는 뜻이다.
52) 독수리는 과녁을 맞히는 화살을 뜻할 수도 있다.
53) 마저럼이 뇌 질환에 사용되는 약초라는 점에서 적절한 암호이다.
54) 여기에서 리어는 글로스터의 행동이나 말투에서 아첨의 흔적을 발견한다. 왕의 목소리를 인식한 글로스터가 신하로서 예를 갖추어 리어 앞에 무릎을 꿇고, 이를 본 리어는 곧바로 아첨꾼의 전형으로서 거너릴을 떠올리게 된다. 이 거너릴은 흰 수염을 달고 있는 글로스터이다.
55) 셰익스피어는 주인에게 거짓 아양을 떠는 종으로 항상 견과(犬科) 동물을 언급한다.
56) 창녀를 지칭하는 은어.

57) 신선한 풀을 많이 먹은, 따라서 성적인 에너지로 넘치는 말.
58) 켄타우로스처럼 허리 아래로는 말과 같은 야수라는 것. 켄타우로스는 일찍부터 인간의 욕망에 내포된 동물적 본능의 상징으로서 사용되었다.
59) 소우주로서의 인간 리어.
60) 리어는 앞서 장갑을 던지며 제기했던 자신의 도전을 다시 떠올리고 있다.
61) 예민한 감각으로 이해한다는 뜻. 또는 눈알이 없으니 느낌으로만 이해한다는 뜻.
62) 느낌으로 본다는 글로스터의 대답을 '느낌으로만 알기에 제대로 알지 못합니다.'라는 뜻으로 이해하고, '세상이 돌아가는 꼴을 알기 위해 눈을 필요로 한다면 너는 틀림없이 미쳤다.'라고 고함치는 것. 왜냐하면 신체의 모든 감각이 세상에 대해 도덕적 근거를 상실한 채 천박한 사회적 위계만 남은 곳이라는 동일한 메시지, 동일한 이미지를 전달하기 때문이다.
63) 재판관을 뇌물로 매수하는 소리를 잘 들어라. 그러면 재판관이 도둑과 구별되지 않는다.
64) 가장 낮은 지경의 인간이며 거의 동물의 수준에 육박했다는 의미가 포함되어 있다. 따라서 개한테 쫓기는 인간으로서 거지는 동물(개)과 구별되면서 또한 구별되지 않는 측면이 있다. (옮긴이)
65) 본질적인 가치에 대한 복종이 아니라, 우연히 주어진 지위에 대한 복종.
66) 채찍질로 피가 묻은 손.
67) 더 큰 범죄자가 사회에 제재를 가하고 작은 범죄자를 응징한다. 이 시기에 사채업자나 자본가는 사회적으로 높은 지위를 차지하고 중요한 관직에 임명되었다.
68) 난쟁이의 지푸라기는 강력한 창과 대비되는 약한 무기.
69) 글로스터에게 왕의 특권을 준다는 의미일 수도 있고, 뇌물로 사용할 수 있는 돈을 준다는 의미일 수도 있다.
70) 긴 대사를 마친 리어가 지쳐서 주저앉는다.
71) 여기에서는 연결되는 몇 개의 동작을 볼 수 있다. 리어는 성공회 관습에 따라 설교를 시작하기 전에 모자(화관)를 벗었다. 그런데 설교를 시작하자마자, 자신이 손에 붙들고 있는 모자에 주목하게 된다.
72) 머리를 다쳤다는 신체적인 차원과 마음을 다쳤다는 정신적인 차원을 모두 가리킨다.

73) 눈물을 흘리는 인간.
74) 포로 상태에서 벗어날 기회가 아직 있구나.
75) 거너릴과 리건. 이 대사의 이면에는 아담과 이브에 의해 벌어진 인류의 불행과 그 불행을 치유하는 예수의 이미지가 자리하고 있다. 그런 점에서 코딜리어를 예수와 같은 구원자로 읽는 것도 가능하다.
76) 겁 없는 촌놈이라는 오스왈드의 표현은 에드거가 그에게 대응하는 표현과 태도를 암시한다.
77) 에드거의 말투는 당시 무대에 빈번히 등장하던 시골 사람의 말투이다.
78) 두 통의 편지를 의미할 것이다. (거너릴이 보내는 편지와 리건이 보내는 편지.)

7장

79) 코딜리어와 켄트의 재회가 이루어지고 이것이 코딜리어와 리어의 재회로 이어진다. 이 장에서는 잔인한 악몽에서 깨어나 자연스러운 친절의 세계로 들어간다는 느낌이 들고, 그 덕분에 공포의 소용돌이 속에서 잠시나마 낙원의 고요를 느낄 수 있는 광경이 펼쳐진다.
80) 켄트는 아직도 카이어스로 변장하며 입었던 하인 복장을 하고 있다.
81) 리어의 마음을 현악기에 비유하고 있다.
82) 셰익스피어의 시대에는 정신 치료의 일환으로 음악을 사용했다. 또한 연극적인 맥락에서 자연의 신비한 힘과 치유 능력을 표현하기 위해 음악을 사용하기도 했다.
83) 코딜리어의 수치심과 죄의식이 그녀의 기질과 맞물리며 의사 뒤에 숨어서 그에게 말을 걸어보라고 시키는 것이다. 이것은 1막 1장에서 말수가 적었던 그녀를 상기시킨다.
84) 리어는 자신이 사후 세계를 경험하고 있다고 생각한다. 코딜리어는 천국에 있으며 자신은 지옥에 있다는 것이다. 불타는 수레 혹은 불 수레는 그리스도교도들이 지옥에 존재한다고 일반적으로 믿지만 근거는 희박한 기계 장치이다. 그러나 오늘날 이 이미지는 죄의식으로 인해 겪는 정신적인 고통을 일컫는 표현으로 자주 사용된다.
85) 네 눈물이 진짜냐, 아니면 내가 아직도 환영을 보고 있느냐?
86) 리어가 코딜리어에게 의지하는 상황을 고려하면, 붙잡아 달라는 것은 육체적

인 의지와 정신적인 의지, 두 가지 차원의 의미를 지닌다.

5막

1장

1) 질투에 찬 욕정의 덫이 리건, 거너릴, 에드먼드 세 사람을 더욱 강력하게 옥죄기 시작한다. 그동안 전투 준비는 착착 진행된다. 그러나 이 전투를 넘어서는 차원의 응보가 준비되어 있다.
2) 코딜리어의 군대와 싸우려는 자신과 리건에게 합류할 것인지.
3) 그녀와 짝이 되어 육체적으로도 아주 친밀해져서.
4) 전투를 할지를 두고 이렇게 논리적으로 따지고 드는 이유가 뭐죠? 중요한 것은 나가 싸우는 것입니다.
5) 거너릴은 리건의 말에서 자기가 에드먼드와 단둘이 남게 될까 봐 불안해하는 기색을 감지한다.
6) 거너릴이 에드먼드에게 보내는 편지로, 죽은 오스왈드의 몸에서 발견한 것.
7) 내 지위를 유지하기 위해서는 의논하는 것이 아니라 방어하는 것이 중요하다.

2장

8) 글로스터가 여전히 에드거에게 인도를 받으면서 기다리는 동안, 리어와 코딜리어가 전쟁에서 패배한다.
9) 『리어 왕』의 정점을 이루는 전투 장면이 매우 피상적으로 다루어진다. 셰익스피어에게 전쟁의 동기와 결과는 중요한 관심거리이지만, 실제 전투 과정은 중요하지 않은 것으로 보인다. 선과 악 사이의 진짜 싸움은 전쟁터가 아닌 다른 곳에서 벌어지는 것이다.
10) 인간의 의무는 썩기를 기다리는 것이 아니라 모든 것이 무르익을 때를 기다리는 것이다. 즉, 죽는 것도 알맞은 때가 있다는 뜻이다.

3장

11) 전투에 뒤따르는 혼란스러운 상황에서도, 포로가 된 리어와 코딜리어는 체념에 이어지는 평온한 순간을 잠시나마 보여 준다. 올버니는 정의를 바로 세우기 위해 애를 쓰고, 에드거는 마치 고전극의 데우스 엑스 마키나처럼 갑자기 나타나 에드먼드를 해치운다. 자매들의 욕망은 그들 모두를 파멸로 이끈다. 그러나

사악한 자들의 죽음에 의해 확인되는 정의를 향한 극의 진행은, 감옥에서 살해당한 코딜리어의 시체를 안고 등장하는 리어에 의해 갑작스레 중단된다. 이것의 당연한 결과로 리어 자신도 목숨을 잃는다. 올버니와 에드거만이 이 슬픈 시간의 무게를 감당하도록 남겨진다.

12) 여우를 굴에서 끌어낼 때에는 불과 연기를 이용한다. (그리고 죽인다.) 리어는 최후의 심판에 등장하는 마지막 불을 생각하고 있을지도 모른다.
13) 도덕적 원칙도 상황이 변하면 그에 맞춰 바뀌어야 한다.
14) 군인이 인정에 휩쓸리는 것은 부적절하다.
15) 논리적으로 훌륭한 주장일지라도 사람들이 이렇게 깊숙이 개입되어 전투로 인한 고통과 상실을 경험하고 있는 이 순간에는 미움을 받기 마련이라는 뜻. 에드먼드는 리어와 코딜리어의 살해가 실행에 옮겨지는 동안 시간을 지체하기 위해, 지금 당장 심문을 하면 공정한 재판이 이루어지기 어려울 것이라는 핑계를 대고 있다.
16) 리건은 여성으로서 자신의 마음을 성에 비유하고, 에드먼드의 공략에 의해 성의 모든 벽이 함락되었으므로 항복하고 모든 것을 넘기겠다는 암시를 하고 있다.
17) 언어적 관습에서는 남자가 여자를 가지고 노는 것이다. 여기에서는 리건에게 가지고 논다는 표현을 사용함으로써 그녀의 남성적이고 지배적인 특성을 부각한다.
18) 곧이어 트럼펫을 불도록 명령하는 것으로 보아, 올버니는 대화를 하기보다는 행동을 취하려 한다. 그의 이어지는 대사는 이 복잡한 상황에 대한 상세한 설명을 포함한다.
19) 이미 올버니와 결혼했으므로 에드먼드와의 계약은 이중 계약인 것이다.
20) 반역자라는 비난이나 험담. '비난이나 험담을 되던져 주는 것만으로는 너의 갑옷을 스칠 뿐이다. 그러나 내 칼로 네 심장을 찌르고 길을 만들어주면 그것이 가슴 속에 영원히 머물게 될 것이다.'
21) 거너릴이 에드먼드에게 보내는 편지. 오스왈드와 에드거의 손을 거쳐 올버니에게 전해진 것.
22) 누구에게 하는 말인지 불분명하다. 아마도 다시 에드먼드를 향해 칼을 휘두르려는 에드거에게 하는 말일 것이다.
23) 아마도 그녀는 왕의 딸이므로 통치자의 적법성은 그녀에게서 나오고, 올버니

는 단지 배우자일 뿐이라는 뜻이다.
24) '아버지는 자신이 저지른 도덕적인 죄 때문에 결국 눈을 잃고 암흑 속에 빠지게 되었다.' 죄의 암흑과 아버지의 신체적 암흑을 병치하는 것.
25) 그의 금 간 심장이 기쁨과 슬픔 두 감정의 압력에 터져버렸다. 그러나 이 죽음은 절망 때문이 아니다. 그는 죽는 순간에도 미소를 지으며 자신의 기쁨을 느꼈던 것이다.
26) 불쌍한 톰으로 살아온.
27) 죽은 글로스터의 시체 위로 자신의 몸을 던져 애도했다.
28) 1막 1장에서 리어는 켄트를 적대자로 선포한 바 있다.
29) 죽어서 함께 만나게 될 것이다.
30) 동정심과 공포심을 일으키는 광경.
31) 코딜리어가 언니들처럼 행동하게 하려는 시도였지만, 성공하지 못했다는 점을 주목할 필요가 있다.
32) 혀와 눈은 인간이라는 소우주에서 각각 대우주의 천둥과 번개를 대변한다. 따라서 혀와 눈은 자연의 폭풍우를 연상하게 만든다.
33) (마가복음 13장에 예언된) 세상의 종말. 또한 리어가 왕국을 분할하며 스스로에게 약속한 결말을 의미하는 것일 수도 있다.
34) 하늘은 무너지고 지상의 생명들은 파멸하라.
35) 두 사람은 리어와 켄트일 것이다.
36) 이것은 리어가 끼어들어 중단된 켄트의 말을 완결해 주는 부분이다. 동시에 리어의 환영에 대한 대답을 시작하는 부분이기도 하다.
37) 주목을 집중시키는 대상이 무엇인지 확실하지 않다. 아마도 리어가 코딜리어를 안으면서, 혹은 그녀 곁에 무릎을 꿇으면서 취하는 어떤 몸짓일 것이다.
38) 코딜리어. 불쌍한 바보는 셰익스피어 시대의 부모가 자식을 부르는 애칭으로 자주 사용했다. 이 바보(fool)라는 표현이 광대(Fool)를 상기시킨다는 점이 우연인지 의도된 것인지는 확실하지 않다.
39) 리어는 코딜리어가 다시 살아나고 있다고 상상한다. 리어가 즐거움 속에서 죽는 것인지 혹은 환각 상태에 빠진 것인지 여부는 확실하지 않으며, 또 전체 작품을 고려하면 중요하지도 않다. 어떤 배우라도 정확한 해석을 연기하기는 무척 어려울 것이다.
40) 사절판에서는 이 마지막 대사를 올버니가 말한다. 비극에서는 일반적으로 마

지막 장의 마무리 대사를 살아남은 인물 중 가장 나이 많은 사람이 하는 것이 관행이라는 점을 고려했을 것이다.
41) 공식적인 국정의 형식이 개인적인 감정의 문제로 분화된다.